La Route du lac

Du même auteur

Répercussions (IS Edition, 2016)
L'Inconnue de l'équation (Taurnada Éd., 2019)
Némésis (Taurnada Éd., 2020)
30 secondes (Taurnada Éd., 2022)

Xavier Massé

La Route du lac

Taurnada Éditions

Avertissement

Les opinions exprimées par les personnages de ce roman leur appartiennent, elles ne sont nullement le reflet de celles de l'auteur. Ce texte est une fiction, toute ressemblance avec des personnes ou des organismes existants relèverait de la pure coïncidence.

ISBN : 978-2-37258-121-9

ISSN : 2276-0717

Si l'innocence est un super-pouvoir,
alors tous les enfants sont des supers-héros.

À mon fils, Éthan.

PROLOGUE

Sa respiration était forte et brusque. À son passage, les feuilles virevoltaient et les branches se brisaient sous ses pas. Sa course était effrénée. Elle était effrayée et ne savait plus dans quelle direction aller. Elle ne voyait rien. Les arbres cachaient la lueur de la lune. En panique totale, elle gémissait de terreur et n'arrêtait pas de se retourner. Elle ne l'entendait ni ne l'apercevait. Ce qui décuplait son stress. Les ronces écorchaient ses mollets, son sang perlait. Elle pleurait. La noirceur de cette forêt était devenue son ennemie. La peur l'engloutissait comme des sables mouvants.

La seule chose qu'elle distinguait était le vacarme de cette chute d'eau. Son unique point de repère.

Elle continua sa course jusqu'à arriver au bord de la falaise. Tournant sa tête dans tous les sens, elle cherchait une solution, une échappatoire.

Soudain, un bruit sourd. Elle se figea. Sa respiration se coupa quelques secondes. Elle se retourna. Elle n'entendait plus la faune ni le vent. L'eau se fracassant sur la roche avait pris l'ascendant sur son souffle saccadé et tous les bruits naturels de la forêt.

Elle regarda encore une fois autour d'elle… mais rien.

Il faisait toujours aussi noir, même les ombres étaient cachées par la nuit.

Sa bouche, tremblante, frissonnait de terreur.

Tout à coup, une branche craqua et, devant elle, sous une lumière aveuglante, le visage de son poursuivant apparut…

CETTE NUIT

Samedi 21 avril 2018, soir de l'anniversaire

C'était une soirée comme les autres, un anniversaire arrosé comme il se doit. Tous dansaient, criaient dans la salle. La fête battait son plein. La bière et les shooters étaient au menu. Sur la piste, les corps transpirants ondulaient. Ils étaient en ébullition. Les bras en l'air, ils chantaient les paroles de leurs chansons préférées. Ils riaient. C'était tout ce qui comptait. Une soirée entre amis dans le bar du village de Blaches, avec sa forêt et sa plage… Un samedi soir où toute une bande de copains se réunissait une fois de plus.

Ce lieu, c'était leur deuxième maison, leur point de ralliement. Ils ne passaient pas un seul week-end sans s'y retrouver. Sans y passer un bon moment. Sans s'y réunir des après-midi entiers sur la terrasse, quand ce n'était pas la journée complète. Discuter, partager, se confier. Un groupe d'amis, en somme.

C'était aux premières chaleurs du mois d'avril que les nuits commençaient à être agréables. Chacun pouvait sentir les bonnes odeurs que la forêt dégageait. Ce soir, seul le lac se faisait entendre. Les clapotis sur la roche résonnaient comme une berceuse. Un peu comme un air de mer, sans pour autant y être. L'humidité révélait des effluves de mousse fraîche, de pins, les senteurs de cette terre qui regorgeait de champignons. La nature imprégnait le corps de chaque habitant.

En ce doux instant, tous cherchaient la sérénité.

Lui, finissait sa dernière bière au bord de cette baie magnifique où le reflet de la lune le captivait. Il jeta son gobelet dans la poubelle et regarda sa main trembler, essayant tant bien que mal de l'arrêter… Il finit par relever la tête en se disant que c'était le moment.

Tandis que lui, aspirait seulement à s'allonger sur son lit, la fenêtre grande ouverte, à admirer le ciel avant de fermer les yeux. Il n'avait plus la force d'astiquer son bar pour nettoyer toutes les saloperies laissées par ses hôtes. Il était pressé de partir…

Et cet autre, qui depuis des années ne dormait que d'un œil, sa jeunesse, ses souffrances lui avaient appris à survivre au milieu des loups. Être toujours sur le qui-vive, ne jamais baisser sa garde. Un pas de travers et tout pouvait s'arrêter.

Ou celui-ci, comme d'habitude éreinté par les shooters enquillés. Il roulait la vitre baissée en humant l'air vivifiant et apaisant, gâché par la fumée de la cigarette qu'il grillait. Il finit par arrêter sa voiture… comme chaque fois.

Quant à ce dernier, qui après avoir fêté l'anniversaire de son pote tentait de faire démarrer sa moto, il sentit soudain le vent se lever sur la forêt de Blaches.

Et *elle*, rentrait à vélo, à son rythme. Elle préférait l'écologie plutôt que la pollution. De toute façon, elle n'avait pas assez d'argent pour se payer une voiture. Elle ralentit, puis décida de marcher.

À cette heure tardive, il faisait bon à Blaches, ni trop chaud ni trop froid. Toutes les bonnes odeurs étaient là. Une idyllique fin de soirée d'anniversaire.

Nul ne pouvait savoir, cette nuit là, ce que leurs actes allaient engendrer…

LE TROU

Dimanche 22 avril 2018

Éric s'était réveillé en sursaut. Trempé. Il reprenait sa respiration. Il venait de faire un sale rêve. Mais ce n'était pas ce qui l'avait sorti du lit. Il entendait comme un bruit de fond. Plusieurs même. Ça venait de dehors.

Il vérifia l'heure : 3 h 40. Stéphanie dormait. Il la regarda. Elle ne semblait pas perturbée. Il avait chaud. Il se leva doucement.

Le bourdonnement venait de chez Guillaume, son frère. Il ne savait pas ce qu'il faisait, mais il était dans son atelier : il distinguait une lumière. Il entrouvrit la fenêtre pour mieux percevoir le son : c'était comme le ronronnement d'une machine, accompagné d'une résonance particulière.

Aussitôt, l'air frais s'engouffra dans la chambre. Il ne savait pas ce que foutait Guillaume à cette heure. Mais il connaissait son frère et savait que ses nuits étaient parfois difficiles. Son expérience dans la Légion étrangère l'avait changé. Il n'était plus le petit délinquant qu'il avait connu. Mais la Légion, ce corps d'armée avec qui il avait été marié pendant cinq ans, lui avait aussi laissé des traumatismes. Guillaume n'en parlait pas, ou très peu. Mais Éric connaissait son frangin mieux que quiconque et il savait au fond de lui quand quelque chose n'allait pas.

Il tourna le regard vers les maisons alentour. Tout était sombre. Au loin, il vit un des tracteurs de ce bon vieux Gérald, feux allumés. Lui non plus ne semblait pas avoir trouvé le sommeil. Travailler de nuit lui arrivait de temps à autre. Lorsqu'il le faisait, il bossait au fond de ses champs pour ne pas réveiller un voisin. Comme tout agriculteur, sa vie, c'était ses terres. Les vacances n'existaient pas. S'il n'était pas obligé de dormir, Gérald travaillerait jour et nuit.

Sur la gauche, Éric pouvait distinguer la route qui longeait la forêt de Blaches. Elle était calme. Il savourait cet air frais. Ça lui faisait du bien. C'était un bosseur lui aussi, mais cette campagne autour de lui, ce village, avec les années, lui avait permis d'apprécier les bonnes choses de la vie : la nature, les parties de pêches, les barbecues en famille et entre amis. Toujours trouver une excuse pour faire un apéro avec des potes. Profiter et maintenir une ambiance familiale au sein du village.

« Mais qu'est-ce que tu fais ?

– Rien, rien ! »

Éric referma la fenêtre.

« Mais ça ne va pas d'ouvrir en pleine nuit ! Qu'est-ce qui t'a pris ? Tu sais bien que je suis frileuse !

– J'ai entendu du bruit, ça m'a réveillé.

– C'est sûrement Thomas qui est revenu de sa soirée.

– Non, je ne pense pas, et il n'a pas dû rentrer tard, le connaissant.

– Oui, tu as raison, notre fils est un sportif… et il n'a jamais vraiment aimé sortir. »

Éric regarda de nouveau dehors et fixa son attention sur le garage de son frère. Que pouvait-il bien y faire à cette heure ?

« Allez, reviens te coucher.

– Oui, j'arrive, j'arrive… »

Stéphanie se leva et vint à côté de lui.

« Mais qu'est-ce qui t'intéresse autant ?

– C'est Guillaume, je ne sais pas ce qu'il fabrique.

– Mais laisse-le tranquille, il est assez grand !

– Moi, je ne m'occupe pas dans mon garage au beau milieu de la nuit.

– Ton frère est passé par de dures épreuves, donc si ça lui fait du bien, lâche-le un peu.

– Oui, je sais, mais je m'inquiète pour lui.

– Et Gérald, tu trouves que c'est une heure pour travailler ses terres ?

– Ça n'a rien à voir, Guillaume est mon petit frère !

– Laisse-le… Pendant ses années dans la Légion, il ne devait pas forcément dormir beaucoup. Donc, c'est normal. Et il ne fait rien de mal à bosser dans son garage. Tu préfères quoi ? Qu'il refasse des conneries comme quand il était jeune ? »

Stéphanie enlaça Éric et lui caressa le bas du dos :

« Et si tu foutais la paix à ton frère… et que tu t'inquiétais un peu de moi, hein ? »

Doucement, elle lui mordilla le lobe de l'oreille et lui susurra :

« J'ai adoré ce que tu m'as fait tout à l'heure et je sais comment te faire oublier ton frère… Viens avec moi… allez…

– Attends, attends… tu me chatouilles !

– Tu ne disais pas ça tout à l'heure, monsieur Éric Roche…

– Ah bon ? Je vous trouve bien sûre de vous, madame Stéphanie Roche… »

Éric la souleva et la porta jusqu'au lit.

*

Éric peinait à ouvrir les yeux en buvant son café. Stéphanie, elle, tentait de se réveiller en restant sous la douche. Il regarda l'heure : 7 h 45. Il se disait qu'il allait être à la bourre quand le téléphone sonna.

« Pff, de bon matin ! »

Il se leva, alla dans un coin du salon et décrocha :

« Allô, oui ?

– Éric ?

– Oui. Sandrine ?

– Euh… désolée de te déranger… je t'appelle concernant Mylène… elle… elle n'est pas dans sa chambre, elle n'est pas rentrée cette nuit. Elle était à la soirée d'anniversaire de Benjamin… Je suis inquiète, ce n'est pas son genre… Est-ce que, à tout hasard, tu l'aurais vue ? Elle est peut-être chez toi avec Thomas ? Je sais qu'il était à la soirée, lui aussi… J'ai essayé de la joindre sur son portable, mais ça ne répond pas.

– Euh… je ne sais pas… attends, ne quitte pas… »

Éric mit le combiné de côté et cria :

« THOMAS ! THOMAS !! »

Sans réponse.

« Attends, ne raccroche pas, je vais voir.

– D'accord, merci, Éric, je ne quitte pas. »

Il monta et frappa à la porte de la chambre de son fils :

« Thomas, c'est moi, je peux entrer ? Thomas ? »

Stéphanie sortit de la salle de bains.

« C'est toi qui hurles comme ça ? Mais qu'est-ce que tu lui veux ? Fous-lui la paix, il dort !

– J'ai Sandrine au téléphone et elle me dit que Mylène n'est pas rentrée. Thomas était avec elle à la soirée, ils sont peut-être tous les deux ici. »

Frappant de nouveau à la porte, un peu plus énergiquement :

« Thomas ! C'est moi, je peux entrer ? »

Seul le silence lui répondit. Éric regarda Stéphanie, qui commençait à s'inquiéter.

Agacé, il ouvrit la porte.
« Thomas ? »
Mais la chambre était vide. Le lit encore fait, comme si personne n'y avait dormi.
Stéphanie s'approcha de son mari.
« Non, mais je rêve ! Ils sont où ?
– Bordel, ça va barder s'ils ont fait une connerie ! »
Éric redescendit et reprit le combiné :
« Sandrine, le mien n'est pas rentré non plus ! »
Son interlocutrice poussa un petit soupir de soulagement, elle se sentait moins seule.
« La soirée d'anniversaire de Benjamin avait lieu au bar de la plage, c'est bien ça ? demanda le père de Thomas.
– Oui.
– J'espère qu'ils n'ont pas eu d'accident. Je vais prendre la voiture et faire la route jusque là-bas. En attendant, contacte les autres parents pour savoir si leurs enfants sont rentrés. On s'appelle dès qu'on a des nouvelles.
– Ça marche, merci, Éric. »
Puis il raccrocha.
Stéphanie se dépêcha de descendre :
« J'essaie de joindre Thomas sur son portable, mais je tombe directement sur son répondeur. Ça ne sonne pas. On fait quoi ?
– On va commencer par se calmer… Pour le moment, c'est deux gamins qui ne sont pas rentrés d'une soirée, ce ne sont pas les premiers ni les derniers… Je vais aller jusqu'au bar, on ne sait jamais. Reste près du téléphone, et appelle-le toutes les 5 minutes, on se tient au jus.
– J'espère qu'il ne lui est rien arrivé !
– Ne t'inquiète pas. Si ça se trouve, ils ont fini la nuit tous les deux, comme les jeunes adultes qu'ils sont, rien de plus… J'y vais. »

Avant de partir pour le pub, Éric jeta un œil dans le garage : la moto de son fils n'était pas là.

Tout en montant dans sa voiture, il marmonna dans sa barbe :

« Punaise, Thomas, espèce de petit con ! Mais qu'est-ce que t'as foutu ? »

Roulant à moyenne allure, Éric remontait les premiers quartiers. Il tentait de voir s'il n'apercevait pas Mylène, ou Thomas, ou au moins sa bécane garée dans un coin.

Il continua par l'unique route qui menait à la plage artificielle, elle traversait le bois de Blaches. Il scruta les moindres recoins. Mais il ne vit rien. La forêt était immense et faisait le tour du lac.

Sorti de cette zone verte, il fila directement vers le bar situé à l'entrée centrale de la plage. Il ralentit en arrivant. Devant lui, sur le parking, stationnaient une voiture et la moto de Thomas.

« Bon sang ! Ils sont encore là ! »

Il descendit et voulut entrer dans le bar, mais l'établissement semblait fermé. Il tapa, puis cogna pour qu'on lui ouvre.

Eddy, le fils du gérant, écarta le rideau de la porte vitrée. Son père, Franck, qui s'occupait des lieux jour et nuit, avait demandé à son fils de lui donner un coup de main. Aussi, chaque week-end, le jeune homme était chargé du nettoyage le matin.

« Éric ! Mais ça va pas de faire tout ce raffut ?

– Désolé, Eddy, ouvre-moi s'il te plaît !

– Ce n'est pas l'heure, j'ouvre que dans deux heures, je nettoie tous les vestiges de la soirée d'hier !

– Mon fils est à l'intérieur ?

– Thomas ? Non, il n'y a personne. J'ai débarqué il y a une heure de ça, et le bar était vide… heureusement…

– Eddy, ouvre-moi s'il te plaît, je t'entends mal… Thomas n'est pas rentré hier ! »

Le jeune homme finit par ouvrir.

« Tu fais chier, Éric, je n'ai pas le temps, je dois faire le ménage, c'est un vrai bordel, ici ! En plus, la porte de service est restée ouverte. On a eu du bol que rien n'ait été piqué.

– Je suis désolé, Eddy, mais Thomas et Mylène ne sont pas revenus de la soirée.

– Ben ouais, je me doute, j'ai vu la moto et la voiture ce matin. C'est celle de Benjamin, l'Audi noire… »

Éric tourna la tête une seconde vers le coupé sport.

« Lui non plus n'est pas rentré ?

– Je n'en sais rien, j'ai vu les véhicules, donc j'imagine que Benjamin et Thomas sont restés dans le coin. Je n'étais pas là hier, c'est mon père qui tient le pub le soir. Et il ne m'a rien dit de spécial ce matin. »

Éric tenta de jeter un œil à l'intérieur, mais l'établissement semblait bien vide.

« Et… personne n'a laissé un mot ou un message ?

– Non, rien. Mais ils ont peut-être dormi sur la plage… on l'a déjà fait. »

Une lueur d'espoir traversa le regard d'Éric.

« Merci, Eddy, je vais aller voir. Et si tu as des nouvelles, appelle-moi sur mon portable de boulot. Ton père a noté le numéro sur son carnet. Avec les autres entrepreneurs du coin.

– Oui, je sais où il inscrit les coordonnées des artisans, papa a laissé ta carte de visite sur le frigo. Il m'a dit que si quelque chose ne marchait pas, je devais t'appeler. D'ailleurs, y a encore les toilettes qui déconnent. Je sais que t'es venu les changer il y a un mois, mais y a encore un souci. Je suis sûr qu'ils ont fait les cons hier soir et qu'ils les ont cassées.

– Désolé, Eddy, mais il faut que je retrouve les enfants avant. Je repasserai. »

Le jeune homme referma derrière lui.

Éric partit à pied sur le chemin. Au passage, il jeta un œil sur la voiture et la moto. Un détail attira son attention : le casque de Thomas était accroché. Ce n'était pas normal. Il ne le laisserait jamais dehors. Il le prenait toujours avec lui.

Éric accéléra le pas. Arrivé à destination, personne. Aussi loin qu'il regardait, il n'y avait pas âme qui vive.

Il souffla d'agacement. Son téléphone sonna :

« C'est moi ! Alors, tu l'as trouvé ?

– Non ! Je ne comprends rien, sa moto est devant le bar, comme la voiture de Benjamin.

– Benjamin… il n'est pas rentré, lui non plus ? Mais ce n'est pas possible, où sont-ils ?! Je commence à paniquer, Éric !

– Je ne sais pas pour Benjamin… il y a juste sa voiture. Mais la moto de Thomas est là, en tout cas. Calme-toi, si les véhicules sont là, c'est qu'ils n'ont pas eu d'accident.

– Sauf s'ils sont rentrés avec quelqu'un d'autre !

– Je ne pense pas, et je n'ai rien vu sur la route. Non, je te jure, c'est comme s'ils n'étaient pas partis du bar, il y a même le casque de moto de Thomas. Et pour Mylène, je n'en sais rien, son vélo n'est pas là.

– Et au bar ?

– Rien. J'ai seulement pu parler avec Eddy, mais il n'a rien vu, il n'était pas à la soirée. Et le bar est vide.

– Mais ils sont où, bon sang ! »

Dans sa voix, Éric pouvait ressentir l'angoisse réelle de sa femme.

« Je vais rappeler Sandrine, elle a peut-être eu des nouvelles. En attendant, téléphone aux hôpitaux près de chez nous, sait-on jamais. Je te recontacte après. »

Éric rejoignit sa voiture, le portable collé à l'oreille :

« Sandrine, c'est moi ! Tu as des news ?

– Non, toujours pas, mais j'ai eu les parents de Benjamin. Ils ne sont pas chez eux, ils sont partis en week-end. Ils ont essayé de lui téléphoner, il ne répond pas. Mais ils ne sont pas plus inquiets que ça, Benjamin a apparemment l'habitude de découcher…

– Écoute, sa voiture est là, avec la moto de Thomas, donc ils n'ont pas dû aller bien loin. Par contre, je n'ai pas vu le vélo de Mylène. Stéphanie sonde les hôpitaux au cas où, mais j'ai du mal à croire qu'ils aient eu un accident. Je vais remonter la route de la forêt pour vérifier et on se rappelle. Ils se sont peut-être paumés dans le bois, ou un truc comme ça. Si je ne vois rien, à mon retour, on préviendra la police.

– Rappelle-moi au plus vite, Éric.

– Ça marche… et essaie de te calmer, d'accord ?

– Ça ira mieux quand tu l'auras retrouvée. »

Éric raccrocha. Il se la jouait calme, mais rien ne lui paraissait normal. Il y avait de quoi paniquer, mais il devait garder son sang-froid.

Il remonta dans sa voiture et fit demi-tour. Cette fois-ci, il roula tout doucement, scrutant les moindres recoins de la forêt.

À peine trois cents mètres plus loin, il freina brusquement et recula de quelques mètres, juste à la hauteur d'un chemin qui menait à la cascade. C'était l'accès le plus proche du bar, et ils avaient sûrement dû l'emprunter. Il passa la première et y engouffra son 4 × 4. Il roula un peu, puis s'arrêta. Il descendit du véhicule et se mit à crier leurs prénoms tout en s'enfonçant dans le bois.

Mais aucune réponse. Seulement le murmure du vent dans les branches. Rien d'autre.

Il allait rebrousser chemin quand il entendit un léger bruit.

Il s'arrêta et prêta l'oreille : plus rien. Juste le gazouillis des oiseaux…

Il reprit sa marche, mais le son, un peu comme un frémissement, recommença. Il stoppa net : cette fois, il en était sûr, quelque chose vibrait !

C'était tout proche. Il se pencha en avant pour mieux l'entendre. Avança au milieu des feuilles encore humides. Se décala un peu sur la droite. Puis de nouveau, plus rien.

Il retint sa respiration, attendant que ça reprenne. Il en était maintenant certain : c'était le vibreur d'un téléphone. Il ne bougeait pas d'un millimètre, sur le qui-vive.

Quelques secondes s'écoulèrent et le phénomène reprit. C'était là, tout près de lui, il le percevait distinctement. Éric tournait sur lui-même : un pas de trop et ce son était derrière lui ; s'il allait vers la gauche, ça diminuait.

Il devrait être là, à ses pieds, mais il ne voyait rien.

Puis le vibreur s'arrêta de nouveau.

Il fouilla les alentours du regard. Hormis des feuilles et des branches, il n'y avait rien. C'était étrange, le son lui avait semblé faible, comme étouffé. Il balaya le sol de ses mains, doucement, espérant y trouver le téléphone. En vain.

« Mais c'est quoi ce bordel ?! »

La vibration recommença. Éric tendit l'oreille. Ça venait clairement d'en dessous. Du pied, il remua les feuilles mortes puis la terre, peu compacte à cet endroit. S'accroupissant, ses doigts rencontrèrent quelque chose de dur. Il y avait un truc en dessous !

Il continua à déblayer. Apparurent alors des sortes de rainures : une plaque ! Il la souleva et la déplaça : un trou ! Mais assurément pas naturel. Au fond, un portable.

Éric respirait fort. Il était fatigué et nerveux. Surpris surtout de voir une cache ici.

Soudain, le portable reprit vie. L'écran affichait « Maman ».

Il le prit délicatement et décrocha.

« Mylène ! Ah ben, quand même, tu te décides à me répondre ! Allô ? Allô ?… »

C'était Sandrine.

« … Mylène ! C'est maman ! Tu m'entends ? »

Mal à l'aise, il se décida enfin à parler :

« Allô, Sandrine… c'est Éric.

– Éric ?… tu as retrouvé Mylène ? Tu es avec elle ?… »

Il essayait de rassembler ses idées. Tout lui paraissait effrayant. Retrouver le téléphone de Mylène en pleine forêt, dans un trou artificiel… Il présageait le pire.

« Non… j'ai retrouvé son portable… juste son portable. »

Sous le choc et à bout de nerfs, elle fondit en larmes.

« Mais où elle peut être, Éric ? Où elle peut être ?… »

Effondrée, Sandrine avait du mal à articuler. Désemparé, abattu, Éric pensait à Thomas, il avait peur pour son fils, peur qu'il lui soit arrivé quelque chose ou que quelqu'un lui ait fait du mal… Alors, il se résigna :

« Sandrine, préviens la police… Ne perds plus de temps et signale la disparition de nos enfants. »

Puis, il raccrocha.

Quelques secondes plus tard, son propre téléphone se mit à sonner : Stéphanie. Il fallait qu'il lui dise ce qu'il venait de découvrir, il devait lui faire part de ses craintes… Il saisit son portable et prit une grande inspiration.

Il décrocha et lui raconta tout.

L'ÉNIGME

En l'espace de quelques heures, la mauvaise nouvelle s'était répandue dans tout le village. C'était dans ces moments-là que l'on voyait la solidarité de Blaches. Sandrine, Éric et Stéphanie appelèrent tous leurs amis. L'ensemble des familles des copains de Benjamin, Thomas et Mylène, se mobilisa.

En parallèle des premières recherches de la gendarmerie locale, une immense battue fut organisée dans la forêt.

*

Le lac avait été construit il y avait plus de dix-sept ans. Blaches était alors un village de campagne typique en bordure de forêt. Quelques maisons, et de vieilles fermes. Un bled parmi tant d'autres. Puis l'inflation immobilière avait forcé les jeunes voulant devenir propriétaires à s'éloigner. Il était impossible d'acheter en ville et la campagne avait la cote. Et ça, les promoteurs immobiliers l'avaient bien saisi. En un rien de temps, les terres agricoles de Blaches étaient toutes passées constructibles. La plupart des paysans étaient devenus plus riches que les riches et les pavillons XXL avaient fait leur apparition.

Seul Gérald avait refusé de vendre. Pour lui, il était hors de question de lâcher ses terres et ses cultures de maïs. Néanmoins, ça n'avait posé aucun problème. À l'époque, pour le maire, le deal était bon : le village s'agrandissait et la culture des terres restait malgré tout présente. Et pour une fois, l'édile avait réussi à négocier un concept fabuleux à la fois pour la commune et pour ses habitants, anciens et nouveaux. Il ne voulait pas d'un agrandissement basique et voir un nombre incalculable de maisons se construire dans tous les sens. Il voulait un village reconnu pour sa spécificité. Blaches avait la chance d'avoir une forêt des plus magnifiques, qui contournait à l'époque des champs non cultivables. Alors, il avait marchandé la construction d'un lac artificiel, avec sa plage, et fait bâtir de nouveaux lotissements non loin de la forêt et du plan d'eau. Il avait su agrandir sa bourgade tout en préservant la nature.

De ce fait, les maisons valaient maintenant une fortune, bien plus qu'en ville. Toutes les habitations aux alentours avaient pris de la valeur, incitant, malgré le changement, les habitants à rester, y trouvant leur intérêt.

Le lac était tout simplement une aubaine pour la vie du village. Pendant la saison chaude, le tourisme battait son plein. En quelques années, Blaches, en réinvestissant, devint un centre nautique référencé comme un spot de wakeboard. L'été, l'endroit était désormais incontournable pour les sportifs de la région. Sa plage, son tourisme… un business lucratif qui remboursa très rapidement les investissements. D'autres villas se construisirent, et Blaches devenait l'une des localités les plus prisées, des gens fortunés y ayant même fait bâtir une résidence secondaire. Blaches s'était transformé en un paradis à la campagne pour certains riches.

L'eau du lac tournait en circuit fermé autonome. Elle était filtrée par une sortie et remontait pour être déversée de nouveau sous forme de cascade. La forêt cernait ce plan d'eau. Les architectes avaient tout fait pour harmoniser cet artifice avec la nature sans la négliger.

*

Tout au long de la journée, les appels des prénoms de Mylène, Thomas et Benjamin ne cessèrent de résonner. Les parents de Benjamin, après cette inquiétante annonce, raccourcirent leurs vacances immédiatement et embarquèrent sur le premier vol. Certains chasseurs du coin amenèrent leurs chiens et firent renifler des affaires personnelles des jeunes gens.

Plus les heures passaient, plus l'inquiétude et l'angoisse montaient au sein du village. Certains ne pouvaient s'empêcher d'imaginer le pire : tomber nez à nez avec leurs cadavres dissimulés sous un tas de bois Ils voyaient déjà Blaches faire la une des journaux :

Une macabre découverte

Mais la plupart des habitants gardaient espoir, il fallait bannir toutes ces idées morbides.

Et en fin d'après-midi, leur persévérance paya.

*

Lundi 23 avril 2018

La cascade faisait un bruit de fond apaisant. Les rayons du soleil, à son apogée, faisaient apparaître un arc-en-ciel. Cette chute d'eau était devenue comme un point central. Beaucoup s'y baladaient, longeant les sentiers de la forêt pour se ressourcer, écouter simplement le bruit des oiseaux dans ce poumon de verdure, respirer l'air pur et se laisser bercer par les mouvements de cette eau et ses légers petits « floc, floc » qui rebondissaient sur la roche.

Mais ce matin, le lac était calme, plat, quasi inerte. Seule la brise engendrait de légères variations en surface. L'arc-en-ciel avait disparu, ne laissant place qu'à des éclairs blancs. Un orage venait de frapper Blaches, et la lumière aveuglante des flashs des équipes de la scientifique mitraillait une scène au pied de la cascade. La chute d'eau avait été coupée dès la découverte du corps.

« Qui l'a signalé ? demanda le capitaine Leroy.

– C'est un pêcheur du coin, ce matin. Il était en barque au milieu du lac. Il passe la plupart de ces journées ici, et pas loin de la cascade, il a aperçu une forme. Il était parfaitement au courant des disparitions. Alors, il a eu un doute, et il s'est rapproché. Lorsqu'il a vu le corps, il a tout de suite compris. Il s'est empressé d'appeler la gendarmerie. »

Le capitaine regarda le sommet de la cascade, à plus de huit mètres de hauteur. Puis il observa les alentours.

« En somme, pour arriver ici, soit il faut passer par le lac et nager soit… descendre par le mur de cette cascade, sachant qu'il faut du matériel. Or, dans notre cas… »

Ses yeux se posèrent sur le corps sans vie.

« Docteur Hennecart, votre premier avis ?

– La température du corps n'est plus exploitable. Elle a passé trop de temps à proximité de l'eau. Visuellement, on voit que le poignet droit est brisé. Le tibia et le péroné de la jambe gauche sont eux aussi fracturés. »

Délicatement, de ses mains gantées, il souleva la tête du cadavre.

« On note aussi un traumatisme crânien, situé à l'arrière. »

À son tour, le docteur regarda le haut de la cascade, puis scruta le corps de la victime.

« Il est probable que cette jeune fille soit tombée de là-haut pour malheureusement finir sa chute ici, et qu'elle soit décédée des suites de ses blessures. D'après mes premières constatations, elle a dû chuter en arrière. Pour le confirmer, il me faut emmener le corps à l'IML, où je pourrai procéder aux radios, puis à des scanners. Je demanderai un bilan toxico et, au vu des traces physiques, une anapath, bien entendu… Mais ça, c'est à vous de me dire quand je pourrais procéder à la levée du corps. »

Le capitaine se tourna vers les équipes scientifiques :

« D'autres éléments exploitables ? »

Ils firent non de la tête.

Le médecin légiste reprit :

« Comme je viens de vous le dire, je dois pousser mes analyses à l'IML et le plus tôt sera le mieux…

– Faites donc, docteur… »

Plusieurs bateaux avaient encerclé la cascade.

N'ayant plus rien à faire sur place, le capitaine demanda à l'un de ses hommes de le ramener sur la berge.

« Anthony, viens avec moi, et embarque des gars, on va fermer l'accès au public à l'entrée de la forêt. Je n'ai pas envie que ça devienne la foire et l'attraction du jour, et je ne veux surtout pas qu'on efface d'éventuelles traces. »

Sur le bateau, le capitaine de gendarmerie Michel Leroy et le lieutenant Anthony Ramazzy, de la section de recherches du 2e arrondissement de Lyon, balayaient du regard les environs. La plage était déserte : le gendarme Rathier de l'antenne locale avait déjà fait fermer les accès et baliser le terrain.

Leroy et Ramazzy décidèrent aussi d'interdire le bar au public. Au grand désarroi de son patron, Franck, qui ne comprenait pas pourquoi. Le lieutenant Ramazzy lui *réexpliqua* les procédures. Parfois provocateur, il savait se faire respecter et ne se laissait pas marcher sur les pieds. C'était un homme de terrain, malin et obstiné. Le capitaine lui faisait confiance les yeux fermés. Il arrivait toujours à ses fins.

Le gendarme Rathier accompagna Leroy et Ramazzy jusqu'au chemin permettant l'accès au haut de la cascade.

Depuis ce point de vue, penchés au-dessus du vide, Leroy et Ramazzy pouvaient observer maintenant le médecin et son équipe embarquer le corps. Puis ils se retournèrent vers la forêt.

« Bon… soupira Leroy. Tu m'arrêtes si je me trompe : on signale hier matin trois personnes disparues, deux garçons et une fille. Ils étaient à une soirée d'anniversaire, celle de l'un des garçons…

– Benjamin. C'est le nom du gosse.

– Donc, Benjamin fêtait son anniversaire dans ce bar… Jusqu'ici, on a bon… Puis, chacun rentre chez soi. Sauf trois d'entre eux. Et ce matin, un pêcheur aperçoit le corps de la fille…

– Mylène.

– Oui, Mylène, donc le corps de Mylène est retrouvé au pied de la cascade. Et concernant les garçons, Benjamin est toujours porté disparu ; en revanche, pour le deuxième, Thomas…

– En fin de matinée hier, tout le village a participé à une immense battue dans la forêt, et ils ont fini par le retrouver. Ils l'ont récupéré, il déambulait en lisière de la forêt deux kilomètres plus loin de là où nous sommes. Il était complètement dans le brouillard, perdu, sans aucun souvenir de la soirée de la veille ni de comment il a atterri dans cette forêt. Il ne sait absolument pas où est son ami Benjamin, et apparemment, il n'est pas au courant pour Mylène. »

Leroy réfléchit à haute voix :

« Ils l'ont retrouvé deux kilomètres en amont du bar… Donc, si la voiture et la moto y sont encore, c'est qu'ils étaient à pied… Mylène avait un moyen de locomotion ?

– D'après les gendarmes locaux, elle devait rentrer à vélo. Il n'a pas été retrouvé. »

Leroy et Ramazzy rebroussèrent chemin, jusqu'au trou découvert par le père de Thomas.

« Quelle est la probabilité pour tomber par hasard sur ce portable ? C'est un peu gros quand même, non ? On met M. Roche en tête de liste des personnes à interroger. Et les parents de Benjamin, où sont-ils ?

– Ils étaient partis en week-end… Apparemment, ils laissent pas mal d'autonomie à leur fils. Mais ils ont écourté. Ils rentrent aujourd'hui, ils ont pu avoir un avion. On va envoyer un agent pour leur expliquer la situation. On ira les voir par la suite. »

Leroy ne disait plus rien, prenant des notes sur son calepin. Il releva les yeux en entendant des pas : les équipes arrivaient pour procéder aux relevés d'empreintes et d'ADN, suivies du gendarme Rathier.

Leroy secoua la tête. Quelque chose le tracassait :

« Je ne percute pas le coup du portable. Si tu veux t'en débarrasser… qu'est-ce que tu fais ?

– Déjà, je le coupe, ou je désactive la géolocalisation, et je le jette…

– Donc, tu ne le planques pas… du moins, pas en le laissant allumé. Et puis, on a un lac à côté : pas plus simple de le balancer dedans ?

– Ou alors, ils étaient tous bourrés et ils ont oublié de l'éteindre ?

– Bourrés, peut-être, mais quand même suffisamment lucides pour le planquer dans ce trou. Hypothèse : elle est ivre, marche ici dans la nuit et glisse malencontreusement…

– Ou alors… elle vient là de sa propre volonté et décide de sauter… Ou quelqu'un la force à venir ici et à faire le grand saut, ou la pousse dans le vide…

– Et les garçons ?

– Ils sont soit témoins, soit victimes, soit coupables…

– Soit ils n'ont rien à voir dans tout ça et on a une autre affaire de disparition et de réapparition en parallèle…

– Le premier témoignage du patron du bar dit qu'ils sont sortis quasiment tous en même temps, vers minuit et demi… Pourtant, ils ne sont jamais rentrés chez eux… Si on ne retrouve pas ce fameux Benjamin, je demande à une équipe de venir draguer le lac.

– En venant ici, je m'attendais à tout sauf à ça.

– Tu m'étonnes ! Allez, on a du pain sur la planche : je veux que tout le site reste fermé jusqu'à nouvel ordre, je veux que les équipes balaient toute la forêt, on refait une battue pour tenter de retrouver ce Benjamin… Et je veux savoir pourquoi on a cette cachette enfouie dans le sol. On va interroger de nouveau le patron du bar, je veux savoir combien ils étaient à cette soirée, qui il y avait d'autre dans le bar, ce qu'ils ont bu, ce qu'ils ont mangé, à quelle heure ils sont venus, repartis… Je veux qu'on épluche tout ce merdier. Et il va falloir aussi que la mère de la jeune Mylène vienne identifier le corps. Dans un second temps, on ira voir la famille de ce Thomas.

– Le gosse a été hospitalisé hier, et son état est stable, il devrait sortir rapidement.

– Qu'on lui fasse une analyse toxicologique.

– C'est déjà demandé.

Demain matin, on sera à l'IML avec le docteur, je vais appeler le procureur pour confirmer l'autorisation d'autopsie. Le légiste va peut-être nous apporter des informations essentielles. »

Leroy regarda de nouveau la cavité dans le sol. Un véritable petit coffre impossible à déceler dans ces bois. Il s'accroupit au-dessus en réfléchissant.

« Anthony, tu vas aussi… mais… c'est qui, ça ? »

Le lieutenant Ramazzy releva la tête et fut aussi surpris que le capitaine.

*

« *Uno ! Dos ! Tres ! Cuatroooooo !* »

Sur un rythme endiablé de Gil Scott-Heron, Rémi faisait sa balade quotidienne. Rémi adorait la musique soul, elle le faisait vibrer et égayait ses journées. Il faisait beau aujourd'hui, ses saisons favorites étaient le printemps et l'été. Rémi détestait l'hiver : il passait ses journées devant la fenêtre à regarder le temps s'écouler. Même la neige, quand elle tombait, ne l'intéressait pas. Ce que préférait Rémi, c'était le soleil et la chaleur.

Traverser cette route chaque jour était son passe-temps de prédilection. Respirer la nature. Voir la verdure reluisante de cette forêt. Apercevoir les oiseaux. Remonter ce chemin qui le menait à la plage. Passer un peu de temps à admirer le lac. Voir les petits clapots s'échouer sur le sable.

Rémi avait son rituel mais aussi sa musique. Il était fier de son lecteur MP3, que son père lui avait acheté et dont le design rappelait celui des Walkmans eighties. Dès qu'il le pouvait, il le montrait à tous les habitants de Blaches. Son père lui avait aussi offert un casque. Un énorme, avec une antenne pour capter la radio. En plus, il était sans fil. Et ça, pour Rémi, c'était le plus top des cadeaux.

Quotidiennement, Rémi remontait la route jusqu'à la plage, puis la redescendait. Il marchait plus de dix kilomètres par jour. Il avait des jambes musclées. Et ça aussi, aux habitants, il le leur disait dès qu'il en avait l'occasion, en tapant fort du poing sur sa cuisse : « Mes jambes, c'est du béton ! »

Quand Rémi marchait, il ne marchait pas vraiment : il dansait ! Ses jambes avançaient au rythme de sa musique. Il faisait comme des petits pas de danse en suivant la cadence. Rémi, on le voyait gesticuler, parfois en avant, puis en arrière, tout en avançant dans ses longues balades.

Ce que les gens appréciaient chez Rémi, c'était son sourire. Il avait toujours le sourire. Peu importait le temps qu'il faisait, l'ambiance… Il souriait en permanence. Il avait le don de redonner du peps à toutes les personnes qu'il croisait. Pour lui, passer une journée sans faire un câlin à quelqu'un n'était pas envisageable. Ses balades étaient donc truffées de « *free hugs* », comme il les appelait. Depuis qu'il avait découvert à la télévision que des gens se plantaient dans la rue pour donner du baume au cœur en faisant des câlins gratuits, Rémi s'était juré d'offrir à son tour de la joie et de la tendresse aux habitants de son village.

Anthony Ramazzy et Michel Leroy le regardaient sautiller au loin, le long de la route en direction de la plage.

« Mais c'est quoi, ce bordel ? »

Le gendarme Patrick Rathier se dirigea vers le jeune garçon.

« Bonjour, Rémi, désolé, mais aujourd'hui, tu ne peux pas aller à la plage. Elle est fermée. »

Rémi, toujours avec son casque sur la tête et son éternel sourire, fit un signe au gendarme et, bras tendus, s'empressa de le rejoindre.

« Un *free hug* ! » cria Rémi.

À cause de sa musique dans les oreilles, il ne s'entendait pas parler.

« Non, non, Rémi, pas aujourd'hui, tu ne peux pas rester là… »

Mais le gendarme Rathier n'eut pas le temps de réagir : Rémi lui fit sa plus grande accolade. Tout en souriant, le jeune garçon le serrait dans ses bras, aussi fort qu'il le pouvait :

« Hmmmm un *freeee huuuugggg*… »

Rathier se laissa faire et se prêta au jeu.

« Voilà, Rémi, on s'est fait notre câlin… »

Puis il recula légèrement :

« Écoute, je sais que tu adores venir ici, mais aujourd'hui, ce n'est pas possible, il s'est passé quelque chose de grave et nous avons besoin de faire notre travail. On débloquera la route rapidement… Donc, il faut que tu fasses demi-tour… D'accord ? »

Rémi gardait son grand sourire, il était content de voir le gendarme Patrick. Il était toujours impressionné par son pistolet.

Rathier voyait bien que le jeune garçon ne l'avait pas vraiment écouté. Alors, il releva légèrement son casque stéréo et lui répéta calmement la situation.

Patrick Rathier était l'une des figures locales de Blaches. Il était présent partout pour régler et résoudre toutes les mauvaises situations. Il représentait la loi de Blaches. Mais aujourd'hui, le problème était bien plus grave et dépassait ses compétences.

Rémi, tout en l'écoutant, regardait la forêt et toutes les personnes qui s'y trouvaient. Le gendarme tapota dans ses mains pour capter son regard.

« Rémi… tu m'as compris ? Rémi ? »

Le sourire toujours aux lèvres, Rémi sortit de sa poche une paire de dés. Il les mélangea d'un geste puis les posa dans sa main gauche, comme pour jouer :

« Cinq !
– Rémi, je suis désolé, je n'ai pas le temps pour ça.
– Allez, ça sera pas long ! À toi ! »
En soupirant, Rathier s'exécuta :
« Neuf !
– Bravo, tu as gagné. Je pars, alors !
– O.K., merci, Rémi. Rentre chez toi, et passe le bonjour à ton père.
– D'accord, Patrick ! »
Rémi replaça son casque sur ses oreilles et repartit sur son *dancefloor* imaginaire en direction du village.
Leroy s'approcha du gendarme.
« C'était qui, ça ?
– Rémi Plan, le fils de Gérald, un agriculteur du village.
– Mais encore ?
– Tout le monde le connaît, ce gamin. Son père cultive du maïs dans "le vieux village". C'est de l'autre côté de la forêt, à l'entrée. Rémi est un bon gosse.
– Je n'en doute pas… Et il est toujours comme ça ? Il prend tout le monde dans ses bras ?
– Oui, il a son propre univers. On peut dire qu'il a une forme de "retard". Ma cousine a un enfant avec une déficience similaire. Rémi, lui, a toujours eu besoin de contact, de câlins… Il y trouve un réconfort, ça le rassure, je pense. Ici, tout le monde l'adore. Il nous rappelle à tous que nous nous devons d'être heureux. On a tendance à oublier la chance qu'on a. Rémi ne fait jamais la gueule, il a toujours le sourire, il aime Blaches et tous ses habitants. Il est le rayon de soleil du village. De nous tous, c'est le seul qui mériterait de se plaindre, mais il ne le fait jamais… C'est une crème, ce gosse. Mais il est dans son monde et n'a pas le même ressenti ni les mêmes approches que nous face à certaines choses ou certains événements.

– Crème ou pas, et aussi sympa que soit votre patelin, on a quand même un cadavre sur les bras et un disparu…

– Foutez-lui la paix, ce gamin ne ferait pas de mal à une mouche !

– Sauf que je n'enquête pas sur le meurtre d'une mouche ! Mais je vous rassure, il n'est pas en tête de liste des personnes à interroger. »

Le capitaine Leroy regarda encore un moment Rémi s'éloigner, faisant toujours de temps à autre ses petits pas de danse. Puis il rejoignit le lieutenant, resté près de la cachette.

« Anthony, réquisitionne l'opérateur téléphonique de Benjamin, il faut tenter de le localiser. Et aussi celui de Mylène, pour récupérer les données de son portable.

– Pas de problème, je m'en occupe.

– Aujourd'hui, on voit la mère de Mylène, et demain, les parents de Thomas et ceux de Benjamin.

– O.K. ! »

LA CASQUETTE

Lundi 23 avril 2018, IML de Lyon

Sandrine était anéantie, effondrée. Après l'annonce de la découverte du corps de sa fille, elle était venue à l'IML, accompagnée de sa sœur, Sylvie, identifier le corps avant que l'autopsie ne commence.

Elles avaient été installées dans une petite salle impersonnelle : des murs gris dépouillés et au centre une table en bois brinquebalante entourée de quatre chaises. Sandrine pleurait toutes les larmes de son corps, et sa sœur la soutenait comme elle le pouvait. Le capitaine Leroy et le lieutenant Ramazzy veillaient à faire preuve de tact et de bienveillance dans leurs propos :

« Madame Mollat… Avant toute chose, je suis sincèrement désolé, et le lieutenant et moi-même vous présentons nos condoléances. Je sais que le moment n'est pas idéal, mais il est nécessaire pour nous de vous poser quelques questions sur ces derniers jours et l'emploi du temps de Mylène pour tenter de savoir ce qu'il s'est passé. Est-ce que vous comprenez ? »

Sandrine, blottie dans les bras de Sylvie, acquiesça de la tête, mais sa sœur rétorqua :

« Et ça ne peut pas attendre ? Vous ne voyez pas dans quel état elle est ?

– Madame, je compatis, mais c'est nécessaire. »

Le capitaine donna à Mme Mollat un sac en plastique contenant les effets personnels de Mylène. En les voyant, elle eut un sursaut et se remit à pleurer de plus belle.

Reprenant sa respiration, elle sortit le portefeuille de sa fille et le caressa du bout des doigts comme si elle pouvait la toucher, la sentir, respirer les derniers effluves de son parfum. Sa main tremblait et sa bouche se tordait de douleur. Elle venait de perdre la chair de sa chair.

Après quelques secondes de recueillement, essuyant les larmes sur son visage du revers de sa manche, elle se mit à parler :

« Elle était si gentille. C'était une fille adorable, et si douce. Tout le monde l'aimait. Elle n'aurait jamais fait de mal à personne. Mylène riait tout le temps et avait toujours le sourire. C'était la joie de vivre incarnée. Elle avait tout juste 18 ans. Elle avait eu son bac l'été dernier et avait entamé à la faculté sa première année de biologie. Ma fille avait tout pour elle, capitaine. Elle avait la vie devant elle !... C'est tellement injuste. Je la vois de partout... Tout à l'heure encore, j'étais dans le salon et quand je me suis retournée, j'ai cru la voir arriver... Je sais bien qu'elle ne reviendra pas. Je ne suis pas folle mais c'est tellement dur. Si je pouvais juste encore une fois la toucher, lui parler... »

Sa main, posée sur le portefeuille, tremblait encore. Ses larmes jaillirent de nouveau. Sylvie serra sa sœur un peu plus fort.

Leroy et Ramazzy ne voulaient pas la brusquer. Ils patientèrent un peu, le temps qu'elle se reprenne.

Dans le sac, se trouvaient également un collier et une bague. Mme Mollat les prit dans sa main et les porta à ses lèvres, comme pour embrasser son enfant.

« Ce n'est pas possible. Ce n'est pas possible... », répétait-elle sans cesse, les larmes déferlant le long de ses joues.

« Il n'y a que ça ? s'étonna Sylvie.

– Oui, on ne peut pas vous rendre les vêtements. »

À ces mots, la mère éplorée releva la tête :

« Elle avait une casquette. Elle l'aimait tant. Elle l'emportait partout. »

Leroy fit un geste à Ramazzy pour qu'il se renseigne.

Le lieutenant se dirigea vers le téléphone mural situé à côté de la porte de la salle et appela l'assistant du légiste.

Après avoir échangé quelques mots avec son interlocuteur, il raccrocha et se tourna vers les deux sœurs :

« Je suis désolé, mais aucune casquette n'a été retrouvée.

– Elle l'avait, j'en suis sûre, s'exclama Sandrine. Elle ne la quitte jamais. C'est elle-même qui l'a confectionnée : elle est rose avec des carrés de couleurs. Cette casquette est sa marque de fabrique. S'il vous plaît, j'aimerais la récupérer.

– J'entends bien, madame Mollat, mais nous ne l'avons pas retrouvée. Elle est peut-être tombée dans le lac.

– Non, c'est impossible. Ma fille a fabriqué un système pour l'accrocher à sa taille. Lorsqu'elle fait du vélo, elle la met sur ce mousqueton. Elle a toujours peur que cette casquette s'envole. »

Leroy demanda à Ramazzy d'aller voir le légiste pour vérifier cette histoire de crochet. Il voulait mettre la mère de Mylène en confiance, lui montrer que son partenaire et lui étaient à son écoute. Leroy continua l'entretien :

« Madame Mollat, est-ce que votre fille buvait ou consommait d'autres choses, comme de la drogue ? Désolé, mais je me dois de vous poser ces questions. »

Outrée, Sandrine aboya :

« Mylène ne se droguait pas ! C'était une fille droite !

– Quelle était sa relation avec Thomas et Benjamin ?

– Ils se connaissaient tous les trois depuis le collège, ils ont passé tout le secondaire ensemble et nous avons même fait une fête pour la réussite de leur baccalauréat. Nous vivons dans le même village. Thomas habite dans la même rue que nous, et Benjamin dans une des villas sur les hauteurs du lac. Toutes les familles se connaissent très bien, capitaine. Blaches est un petit village.

– Une bande de jeunes accros aux sensations fortes aussi, ajouta alors Sylvie.

– Comment ça ? » fit Leroy.

Sylvie développa :

« Aujourd'hui, ces jeunes font ce qu'ils veulent. Ils sont toujours ensemble, le week-end sur la plage, le sport, leurs soirées… bref… »

Le gendarme leva un sourcil :

« Vous parlez de Thomas et Benjamin ?

– Non, pas Thomas. »

Mme Mollat regardait sa sœur.

« Mais Benjamin, lui, oui. Lui, et toute sa bande de copains ! cracha Sylvie. Un gosse de riches sans limites. »

La tante de Mylène ne mâchait pas ses mots, sa haine était palpable.

« Nous allons devoir perquisitionner chez vous, madame Mollat. Nous devons vérifier que votre fille ne cachait rien. »

Sandrine semblait perdue :

« Je ne comprends pas. Il n'y avait rien de mauvais chez ma fille, elle était heureuse, une adolescente simple, sans problèmes, qui respirait la joie de vivre. Vraiment je ne comprends pas. »

Elle se mit de nouveau à pleurer. Sylvie serra sa sœur contre elle et fusilla Leroy du regard.

« C'est bon, vous pouvez la laisser tranquille, maintenant ? Faites ce que vous avez à faire. »

C'est à cet instant que Ramazzy réapparut. Il s'approcha de Leroy et lui chuchota quelque chose à l'oreille. Ce dernier se tourna vers la mère endeuillée :

« Madame Mollat, avant de vous laisser repartir, j'aimerais m'entretenir seul avec vous quelques instants.

– Pourquoi ? » demanda Sylvie, sur la défensive.

Sandrine opina du chef et pria sa sœur de sortir. À contrecœur, celle-ci s'exécuta.

« Il y a bien un crochet avec un fil raccordé à sa ceinture. Mais il a été rompu, probablement dans sa chute, l'informa Ramazzy. On suppose que sa casquette a dû se détacher. Nous ne sommes qu'au début de l'enquête, et les analyses vont se poursuivre. Si toutefois nous retrouvons cette casquette, nous vous la rendrons. »

Sandrine acquiesça, mais elle avait peu d'espoir.

Sortant une enveloppe kraft de son blouson, Leroy enchaîna :

« Nous voulions vous voir seule, car nous avons trouvé ces images dans le portable de votre fille. »

Vingt minutes plus tard, Ramazzy raccompagna Sandrine auprès de sa sœur puis revint vers le capitaine. Il était au téléphone.

« Des nouvelles ? demanda Ramazzy quand l'officier eut raccroché.

– Plutôt, oui, répondit ce dernier. C'étaient les collègues qui sont à l'hôpital où Thomas est soigné. À l'arrière de son pantalon, au niveau des fesses, une infirmière a trouvé une tache de sang. Elle a d'abord pensé qu'il s'était blessé, mais après vérification, aucune égratignure, ni aucune autre blessure d'ailleurs. Donc, a priori, ce sang ne lui appartient pas. J'ai demandé une analyse ADN pour comparaison avec celui de Mylène. Et j'ai également demandé à ce que l'on procède à des prélèvements sur la famille de Benjamin.

– C'est étrange que la tache soit positionnée sur l'arrière de son pantalon, releva Ramazzy.

– En effet, ce n'est pas commun. Mais on a peut-être notre première piste. »

L'ALBUM PHOTO DE FAMILLE

Mardi 24 avril 2018

Le lendemain matin, sur le trajet du domicile de la famille Roche, les deux gendarmes étaient plongés dans leurs pensées.

Ramazzy, qui avait grandi dans les quartiers de Vénissieux et n'avait pas eu une adolescence dorée, brisa le silence :

« Regarde-moi toutes ces baraques de friqués. Tu sais, la sœur de Mme Mollat a raison, ces gamins vivent dans l'opulence et n'ont aucune limite.

– N'exagère pas, quand même, on n'est pas dans le cliché à l'américaine où tous les gosses de riches se droguent et se défoncent autour d'une piscine en mode *Projet X*.

– Peut-être, peut-être pas.

– Enfin, Ramazzy, au pays de l'Oncle Sam c'est plutôt le trio "suicide, overdose et viol" qui arrive en tête des explications. Dans notre cas, on a une personne disparue, une autre qui est amnésique, retrouvée avec un pantalon taché de sang, et pour finir un meurtre.

– Parce que tu penses que c'est un meurtre ?

– Pas toi ?

– Si. Ça pue l'embrouille dans ce patelin. Si on n'avait que le corps de la fille, j'aurais tendance à penser au suicide, ou encore à un accident, mais tout le reste ne me plaît pas : le trou, le téléphone, la tache de sang, un disparu. Ça commence à faire beaucoup, non ?

– J'espère que Thomas va vite retrouver la mémoire. J'ai appelé l'hôpital ce matin pour prendre de ses nouvelles. Il va bien physiquement mais émotionnellement c'est autre chose. D'ailleurs, le psychologue du service m'a demandé de différer son audition. Le labo est en train de terminer les analyses pour voir s'il était drogué. On va attendre d'avoir les résultats pour aller l'interroger.

– O.K., en attendant on va s'occuper du père. Tiens, c'est là, dit Ramazzy en pointant du doigt une coquette petite maison.

– Eh ben, ce quartier n'a rien à voir avec ceux du bord du lac. »

Ils descendirent de leur voiture et prirent le temps de faire du repérage.

Ici, pas de demeures somptueuses, de jardins immensément grands et entourés de clôtures comme des forteresses. Les maisons avaient été construites de sorte que l'essence de ce village ne soit pas dénaturée. La verdure avait partout sa place. Le long des trottoirs, au milieu des ronds-points. Partout où les gendarmes posaient le regard, un arbre, de l'herbe, des fleurs. Le lieu idéal pour construire une famille. Une véritable photographie de catalogue.

En lisière du quartier, des champs et au bout d'un chemin de terre, à gauche de la maison de Thomas, une immense ferme. La seule du village d'ailleurs.

En contemplant cette grande bâtisse agricole, les deux gendarmes tombèrent nez à nez avec le « sourire » de Blaches.

Le soleil était étincelant ce matin, et ça, c'était de bon augure pour Rémi, qui partait pour sa balade matinale. Casque sur la tête, il faisait ses petits pas de danse au son de *Je danse le Mia*. Même si la soul était sa préférence, Rémi adorait tous les genres. Ce qui le faisait vibrer, c'était le rythme. Une fois la touche « *play* » enfoncée, il ne pouvait pas s'empêcher de chanter, ou plutôt de crier. Il était dans son univers. Il n'était pas comme tout le monde. Il était unique.

Les deux officiers en civil regardaient Rémi avancer. Deux pas en avant, puis un en arrière, un semblant de smurf à l'ancienne. Le gosse était « habité ». Il vivait sa musique.

Ils détournèrent le regard de ce spectacle vivant et avancèrent jusqu'au pas de la porte de la maison des Roche. Leroy sonna, et quelques instants plus tard la porte s'ouvrit.

« Monsieur Roche ?

– Oui ?

– Capitaine Leroy, et voici le lieutenant Ramazzy. Nous enquêtons sur la mort de Mylène Mollat. Comme votre fils est à l'hôpital et que nous ne pouvons pas l'interroger pour le moment, nous aurions aimé nous entretenir avec vous.

– Oui, oui, pas de souci… entrez. »

« Hééée Ohhhh ! Ériiiiccc ? »

Ça, c'était Rémi : il avait aperçu Éric, et ce dernier ne pouvait pas y échapper.

Surpris d'entendre hurler dans la rue, les deux visiteurs se retournèrent.

« Un *free hug*, Éric ! »

Face aux deux hommes, M. Roche était un peu gêné. Mais il ne fallait pas déroger aux habitudes du village. Surtout que Rémi ne comprendrait pas pourquoi, aujourd'hui, il n'aurait pas le droit d'avoir son câlin.

Le jeune garçon s'approcha du père de famille et le prit dans ses bras. Éric en fit autant. Le câlin dura quelques secondes. Rémi adorait les Roche. Parce qu'ils étaient voisins, mais aussi parce que, comme son papa Gérald, ils vivaient à Blaches bien avant la création du lac et des nouvelles constructions.

Éric avait bien connu la maman de Rémi ; sa disparition brutale avait été un choc. Toute la famille Roche avait été d'un grand soutien pour Gérald et Rémi. En plus, Éric était celui qui pouvait tout réparer. Rémi adorait l'assister quand il intervenait à la maison. Il prenait lui aussi des outils et les lui passait quand il en avait besoin ; il aimait jouer au bricoleur. Rémi l'avait toujours dit, et il le répéta devant les deux gendarmes :

« Plus tard, je serai bricoleur, comme Éric !

– Pas de souci, Rémi, je te montrerai encore plein de choses.

– Et au fait, Éric, avant que je continue ma promenade… »

Rémi sortit ses dés et les jeta dans sa main droite :

« Huit… À toi. »

Un peu mal à l'aise devant la maréchaussée, Éric n'osait pas, mais Leroy l'encouragea :

« Allez-y, monsieur Roche… »

Il s'exécuta alors.

« Six. J'ai perdu, Rémi, tu as gagné, bravo. »

S'approchant de Rémi, Ramazzy lâcha :

« Mais, ce n'est pas la veste de Marty, dans *Retour vers le futur 2* ? »

Rémi bomba le torse, fier :

« Oui, c'est elle ! »

Le plastron était rouge vif, les manches grises, avec un rappel sur les poches de poitrine. Tous les détails y étaient : les élastiques en accordéon au bas de chaque manche, et à la taille, les velcros. N'importe quel fan de la saga l'aurait reconnue.

« Et ça, c'est la casquette, tachetée de toutes les couleurs », renchérit Rémi.

Il la retira pour la mettre devant le nez du lieutenant.

« Je suis fan des années 80 et 90 !

– Je vois ça.

– Elle est classe, hein ?

– Oui, elle est très sympa », sourit Ramazzy.

Rémi se retourna vers M. Roche :

« Bonne journée, Éric ! Et tu as perdu !

– Bonne balade, Rémi. Oui, bravo à toi ! »

Avec un immense sourire, Rémi salua les trois hommes, le bras bien haut et de façon exagérée pour être sûr qu'on le voit bien, car sa maman lui avait toujours dit : « C'est important d'être poli dans la vie, les gens te respecteront toujours si tu es le plus poli des garçons. » Alors, Rémi s'était juré d'être le plus poli du monde entier.

« Au revoir ! Au revoir !… »

Puis il repartit pour sa promenade, tout en se balançant avec un petit déhanché dont lui seul avait le secret.

« Eh ben ! lança Leroy. On peut dire qu'il a toujours la pêche, celui-là !

– C'est Rémi.

– Je sais, oui. Apparemment, il est très apprécié de tous, nous l'avons déjà croisé. En revanche, c'est quoi cette manie avec les dés ?

– Oh ça, rien. C'est juste un petit jeu qu'il fait avec tout le monde depuis deux ans. Il ne faut pas chercher à comprendre, en tout cas ici on n'a pas besoin d'explication, ça fait plaisir à Rémi, alors tout le monde se plie au jeu. »

L'épisode « Rémi » ayant pris fin, Leroy et Ramazzy suivirent M. Roche, et tout le monde s'installa dans le salon.

Deux canapés en cuir brun se faisaient face. Au centre, une table basse en verre sur laquelle étaient posés une télécommande et des magazines de décoration. À côté de la baie vitrée, qui donnait sur le jardin, un buffet en merisier supportant les traditionnelles photos de famille.

« Monsieur Roche, commença le capitaine Leroy, nous aimerions discuter avec vous des derniers événements. Avant toute chose, sachez que cet entretien n'a rien d'officiel, c'est juste une discussion. Vous êtes d'ailleurs en droit de refuser mais dans ce cas, nous vous convoquerons de manière plus formelle. Nous préférerions éviter cela pour le moment, et gagner du temps. Nous avons toujours un jeune homme dans la nature.

– Comment refuser, vu les circonstances terribles.

– Vous avez pu rendre visite à votre fils ? Se souvient-il de quelque chose ?

– Oui nous avons pu le voir, et il ne se souvient de rien. Le trou noir. Nous n'avons pas insisté. En même temps, ce qui nous importe le plus, c'est qu'il soit en vie. D'ailleurs ma femme est restée à son chevet, elle a refusé de le laisser seul. Nous avons eu si peur.

– Thomas a-t-il déjà eu des pertes de mémoire ?

– Non jamais, et ça nous inquiète. Il était complètement désorienté et c'est toujours le cas, j'ai eu mon épouse tout à l'heure au téléphone.

– Votre fils se drogue-t-il, ou plutôt, je reformule, a-t-il déjà touché à la drogue ?

– Mais non ! »

Éric avait haussé la voix. Il continua sans reprendre son souffle :

« Et il ne boit quasiment pas. C'est un sportif, il est à fond dans le wakeboard, il doit passer les sélections pour le prochain championnat de France. C'est pour ça que je ne comprends pas ce qui a pu se passer…

– Vous savez, le coupa Ramazzy, vous seriez surpris du nombre de parents qui ignorent ce que font leurs enfants. Je ne dis pas que c'est le cas pour votre fils, mais on croit toujours savoir alors qu'en fait, on ne sait rien. »

Vexé et agacé, M. Roche croisa les bras sur sa poitrine et martela :

« Mon fils ne se drogue pas. Vous ne le connaissez pas. Vous ne savez rien de notre relation et je vous interdis de sous-entendre que je ne le connais pas bien. La relation que nous avons avec Thomas est différente. Il a toujours été franc avec nous. Nous sommes très fusionnels. Je vous le répète une dernière fois, mon fils ne se drogue pas.

– Ne vous énervez pas, monsieur Roche. De toute façon, des analyses sont en cours. Si vous avez raison, nous le saurons rapidement. Dans tous les cas, nous interrogerons Thomas dès que son état le permettra.

– Très bien, mais je persiste à dire que mon fils n'a rien fait !

– Il faut que vous sachiez tout de même qu'une tache de sang a été retrouvée à l'arrière de son pantalon, et il semble que ce ne soit pas le sien puisque votre fils ne présente aucune plaie. Nous espérons donc qu'il pourra nous donner une explication. En attendant, j'aimerais que vous nous racontiez précisément ce que vous avez fait avant-hier matin, lorsque vous avez constaté l'absence de votre fils. »

Éric était un peu déboussolé par l'information que venait de lui transmettre le gendarme. Il se redressa pour reprendre contenance :

« Bien sûr, je n'ai rien à cacher… »

Puis, calmement, il raconta le déroulement de la journée : les conditions dans lesquelles son épouse et lui avaient remarqué la disparition de Thomas, leur stress, les recherches, la découverte du téléphone, la montée d'angoisse, jusqu'au soulagement final grâce à l'aide des villageois et à la battue ayant permis de retrouver leur fils.

« Merci, monsieur Roche. J'aimerais maintenant revenir sur cet épisode en forêt : c'est une sacrée coïncidence que vous vous soyez justement trouvé là quand le téléphone s'est mis à vibrer.

– En effet, j'ai eu de la chance. En même temps, il y a très peu de chemins dans la forêt de Blaches. Celui-ci est le plus proche du bar et mène au sommet de la cascade. Quand j'ai vu la moto de Thomas sur le parking, je me suis dit qu'il avait dû partir à pied, et ce chemin était le seul qu'il pouvait emprunter pour rentrer.

– C'est quand même bizarre que votre enfant, qui fait partie d'un groupe d'ados dont trois ont disparu la même nuit, soit le seul à avoir été retrouvé vivant, amnésique et taché d'un sang qui n'est pas le sien, résuma Ramazzy. Qui plus est, c'est vous, son père, qui découvrez le téléphone de Mylène, qui, elle, a été retrouvée morte dans la même forêt que celle où a été retrouvé votre fils. »

N'en croyant pas ses oreilles, Éric tapa du poing sur l'accoudoir du fauteuil et bondit, toisant les gendarmes :

« Mais je rêve ! Vous nous suspectez ?! Je croyais que cet entretien était juste une discussion ?

– C'en est une, monsieur Roche, c'en est une, le rassura Leroy sur un ton apaisant », espérant que l'homme allait redescendre en pression.

Ce que sous-entendaient les gendarmes lui avait donné des sueurs froides. Il était pâle et sa tête lui tournait.

« J'ai besoin de prendre un verre d'eau. »

Il se dirigea vers la cuisine et, quelques secondes plus tard, revint s'asseoir dans le fauteuil. Il ne se sentait pas mieux, mais tenta de faire bonne figure.

Ramazzy reprit les hostilités. Dans le duo qu'il formait avec Leroy, il avait endossé le rôle du méchant :

« Soyez objectif, monsieur Roche, et dites-nous : si vous regardiez la scène dans son ensemble, à travers un œil extérieur, comme nous, ne vous poseriez-vous pas les mêmes questions ?

– Bien sûr que je m'en poserais, et je m'en pose ! Mais je vous garantis que mon fils n'a rien à voir dans cette affreuse histoire ! Et je vous jure que de mon côté, je suis tombé par hasard sur ce téléphone. »

Le front d'Éric était luisant de sueur. Il était visiblement très stressé. Il se passa la main à plusieurs reprises pour s'essuyer. Il tentait de se maîtriser, mais les gendarmes n'étaient pas dupes.

« Nous vous croyons, monsieur Roche. Et tant que vous nous dites la vérité, il n'y aura aucun souci », essaya de temporiser Leroy.

Il attendit quelques secondes, le temps qu'Éric redescende en pression. Leroy avait de l'expérience et savait mener ses entretiens. Il était fin psychologue, observateur, et analysait les moindres réactions de ses interlocuteurs. Il examinait l'homme sous toutes ses coutures et, sentant que c'était le moment, il le lança sur un autre sujet :

« J'aimerais que vous nous parliez de Blaches et de ses habitants. »

Éric inspira un grand coup et raconta l'histoire de son village :

« Je suis originaire de Blaches. J'y ai toujours vécu. Ici, c'est la campagne, c'est assez rustique, comme vous avez pu le remarquer. Bien avant l'agrandissement de la commune, on cultivait beaucoup le maïs et à grande échelle. Il y avait même une usine, où la plupart des habitants travaillaient. La culture de cette céréale faisait vivre et nourrissait tout le village. Malheureusement, petit à petit, l'exploitation est devenue moins rentable. Les coûts d'entretien du bâtiment, des machines et de la masse salariale ont dépassé de beaucoup les bénéfices. L'usine a fermé ses portes et les trois quarts des champs cultivés ont été vendus. La fermeture de l'usine a vraiment porté un coup aux habitants. Nous avions notre propre production, une véritable coopérative, une marque, un label, une distribution nationale… et du jour au lendemain, plus rien. Seul Gérald Plan, le père de Rémi, s'est accroché à cette “tradition”. Avant, il travaillait à l'usine. Et quand elle a cessé son activité, il a acheté la ferme qui se trouve derrière chez nous et des terres. Il a repris la culture du maïs, mais à plus petite échelle. Bien qu'elle ne soit plus exploitée de la même manière, Blaches et les villes environnantes sont attachés à cette céréale, et l'affaire de Gérald ne fonctionne pas si mal. Il a l'exclusivité, il est l'un des seuls agriculteurs dans le coin à encore le cultiver. Il a le quasi-monopole du bio local. Il a aussi relancé une tradition qui se mourait : la fête du maïs. Elle se déroule chaque année, en septembre, et elle est le symbole de Blaches. Elle permet aux souvenirs de perdurer. Aux histoires de village de se raconter. Ici, tout le monde se connaît. On se réunit souvent, nos enfants ont grandi ensemble. Nous sommes très solidaires.

« De son côté, le maire, lui aussi originaire de Blaches, a su transformer notre village, avec le soutien de la communauté de communes et des subventions qu'il est allé chercher auprès du département et de la région. Son idée était excellente : changer le visage de Blaches sans le défigurer en optant pour la construction d'un lac artificiel. Il voulait une plage, qui s'intégrerait dans le paysage sans le dénaturer et notamment aux abords de la forêt. Quelques années plus tard, la forte fréquentation des lieux lui a donné une autre idée : développer l'activité sportive et nautique, et y autoriser l'ouverture d'un bar. Il a associé pas mal d'habitants à ce projet, dont moi. Je suis plombier, mais je touche à tout, et avec le maire, nous avons conclu un contrat de maintenance pour les maisons en location.

Il a aussi trouvé des investisseurs qui ont mis la main à la poche pour la plupart des installations de wakeboard. Le bar, c'est le père de Benjamin Folias qui en est le propriétaire. Comme je travaille pour le service de maintenance de la mairie de Blaches, et que le père de Benjamin sous-traite avec la mairie pour assurer la maintenance du bar et des installations, je bosse aussi avec M. Folias. C'est vrai que je bricole beaucoup et je suis appelé à intervenir sur pas mal de petits chantiers un peu partout dans le village.

– Je comprends mieux pourquoi tout à l'heure ce jeune garçon a dit qu'il aimerait devenir bricoleur, comme vous.

– Rémi, oui, il aime bien m'aider quand je vais chez lui pour réparer des choses. Nous vivons ici depuis longtemps, comme Gérald, et nous les connaissons bien. Nous avons aussi été très présents lors du décès de sa femme. Ce sont des amis. »

Ayant écouté attentivement l'histoire du village de Blaches, Leroy résuma :

« Donc, si j'ai tout suivi, c'est vous le "monsieur bricolage" du coin, autant pour les particuliers que pour les installations de la mairie, le bar de la plage, les maisons en location, etc. Vous côtoyez donc beaucoup de monde tous les jours. C'est bien ça ? »

Éric opina et l'officier poursuivit :

« Avec toutes les personnes que vous avez pu croiser ces derniers jours, vous n'avez rien remarqué de spécial, ou d'étrange, qui pourrait avoir un lien avec Mylène, votre fils ou le jeune Benjamin ?

– Non. Rien ne me vient en tête, je ne vois pas.

– D'accord, répondit Leroy en faisant un signe de la main à son collègue. Maintenant, nous aimerions vous montrer quelque chose. »

Ramazzy avait sorti de son blouson une enveloppe marron. Enveloppe identiquc à celle qui avait été présentée à Sandrine.

« C'est pour moi ? » demanda Roche.

Ramazzy la lui tendit. Éric l'ouvrit et en sortit des photos. Sans un mot, il les observa une à une, les yeux écarquillés. On aurait pu entendre une mouche voler.

Le père de famille était visiblement mal à l'aise. Il portait le masque de la culpabilité.

Leroy brisa le silence :

« Monsieur Roche, nous essayons de comprendre certains liens.

– S'il vous plaît, ne dites rien à ma femme ni à mon fils. Je vous en prie. »

L'homme posa l'enveloppe et les clichés, et se prit la tête entre les mains.

Sur la table, des photos de lui en compagnie de Mme Mollat, la mère de Mylène. Elles avaient été prises devant sa porte d'entrée. Sur certaines d'entre elles, on voyait les deux amants se tenir la main ou discuter de près, tandis que sur d'autres, sans équivoque, ils s'embrassaient.

M. Roche tenta de se ressaisir :

« C'était il y a quelques mois. Avec ma femme, on n'arrêtait pas de se prendre la tête pour tout et pour rien, ça faisait un moment que beaucoup de choses n'allaient pas et j'avais pas mal d'interventions à faire chez Sandrine, elle refaisait sa cuisine et c'est à moi qu'elle avait confié les travaux de plomberie. Un soir, alors que Stéphanie devait rentrer tard du boulot, Sandrine m'a invité à rester prendre un verre et… »

Il ne termina pas sa phrase. Il évitait de regarder les preuves de son infidélité. Il reprit :

« Mais qui a pris ces photos et quel est le lien avec la disparition des enfants ?

– Elles proviennent du téléphone de Mylène. »

Éric encaissa le choc. Il secoua la tête de gauche à droite, dépité :

« Mylène était donc au courant.

– Il faut croire que oui, fit Leroy. Vous vous entendiez bien avec elle ?

– Oui, bien sûr ! s'insurgea le père de famille. D'ailleurs, je ne comprends pas pourquoi elle a pris ces photos, elle aurait dû m'en parler…

– Vous ne vouliez pas que ça se sache, j'imagine. Et si Mylène voulait dévoiler votre secret, ces clichés auraient prouvé ses allégations.

– Peut-être vous les a-t-elle déjà montrés ? avança Ramazzy. Et peut-être que vous ne vouliez pas qu'elle en parle… »

Les insinuations du gendarme firent sortir Éric de ses gonds :

« Quoi ?! Mais qu'est-ce que vous êtes en train de sous-entendre ?!

– Rien, on pose juste des questions », précisa Leroy.

Ramazzy ne quittait pas le père de Thomas des yeux, cherchant l'élément qui lui prouverait qu'il était sur la bonne voie, qu'il avait raison de se méfier et que l'homme adultère savait quelque chose.

« Écoutez, c'est vrai que j'ai eu une aventure avec la mère de Mylène, admis Éric, mais je vous certifie que je n'étais pas au courant pour ces photos ni qu'elle savait pour nous deux.

– Votre relation dure toujours ? l'interrogea Leroy.

– Non. Ça n'a duré que quelques semaines, puis ça m'a énormément travaillé, j'ai commencé à culpabiliser et, je ne sais pas si vous allez me comprendre, mais ça m'a ouvert les yeux sur mon couple. Finalement, cette aventure m'a permis de me rapprocher de mon épouse. Je ne saurais pas l'expliquer, mais c'était comme si notre couple trouvait un second souffle. S'il vous plaît, ne dites rien à mon fils et à ma femme.

– Monsieur Roche, nous ne sommes pas là pour déballer vos histoires sur la place publique, mais je vous rappelle qu'une jeune fille est morte et qu'un jeune homme est toujours porté disparu. D'ailleurs, nous avons fait une autre découverte en perquisitionnant chez Mylène. »

Ramazzy glissa sur la table un journal intime et reprit :

« Sur certaines de ces pages, vous trouverez ces quelques mots : "Lundi, comme tous les autres jours, ma mère pleure. Encore. Connard, tu lui as fait du mal !" ; "Vendredi… c'est décidé, je vais tout balancer." »

Leroy enchaîna :

« À la lecture de ces passages, on est en droit de croire que Mylène vous en voulait, mais aussi que votre relation avec sa mère s'est mal terminée. »

Éric était accablé par la culpabilité et la tristesse. Il ne put qu'admettre les faits :

« Sandrine n'a pas accepté notre séparation. Elle était triste bien sûr, mais aussi énervée. Je pense qu'elle avait espoir que je quitte ma femme pour elle. Mais il n'en a jamais été question. De mon côté, c'était juste… une faiblesse. Nous avons eu une longue discussion il y a quelques semaines et je pensais que Sandrine s'était apaisée et que cette histoire était derrière moi.

– "Apaisée" selon vous, mais d'après les déclarations que nous a faites Mme Mollat hier, ce n'était pas tout à fait clair pour elle. Il est évident, au regard de ces éléments, que Mylène souffrait de voir sa mère comme ça. Sandrine vous a-t-elle menacé de tout dévoiler à votre femme ? »

Éric se passa la main sur le crâne, il se sentait un peu perdu, la tournure que prenait cet interrogatoire « non officiel » commençait à le dépasser.

« Au début, lorsque je lui ai dit que c'était fini, elle était un peu hystérique, et… oui, sous le coup de la colère, elle a dit qu'elle allait tout balancer à Stéphanie.

– Quelle a été votre réaction ?

– Je me suis mis en colère, moi aussi. J'ai tenté de lui dire que nous étions des adultes. Mais elle avait du mal à lâcher l'affaire. »

Leroy reprit la main :

« Vous saviez que Sandrine prenait des calmants depuis votre rupture ?

– Non, je l'ignorais. Et quand bien même, ça changerait quoi ?

– Ne soyez pas autant sur la défensive, le tempéra le capitaine. Croyez-vous que Mylène aurait pu tout révéler à Thomas ?

– Je ne pense pas. En tout cas mon fils n'a jamais fait de sous-entendu ou eu un comportement qui m'aurait laissé croire qu'il était au courant.

– Mais ce n'est pas impossible, insista Ramazzy.

– Je ne sais pas », finit par admettre Éric.

Les gendarmes échangèrent un regard : l'entretien avait assez duré, ils n'en apprendraient pas plus de M. Roche aujourd'hui.

Le lieutenant récupéra les photos et ils se levèrent.

« Et qu'est-ce que vous allez faire pour ces clichés ? s'inquiéta Éric.

– Pour le moment, rien, le rassura Leroy. Mais comme on vous l'a dit, si ça doit sortir au grand jour, nous ne pourrons pas l'empêcher. »

Éric referma derrière eux et, relâchant le stress accumulé pendant la visite des militaires, il laissa retomber sa tête contre la porte, dans un bruit sourd.

« Putain de merde ! »

AUDI OR NOT AUDI

Neuf mois plus tôt, samedi 15 juillet 2017

Il faisait chaud ce jour-là. Installée depuis plusieurs heures sur le ponton en bois, Mylène bronzait. Elle était à demi assise, appuyant ses mains sur sa serviette. La crème solaire, sous l'effet de la chaleur, faisait luire son corps. L'été, la jeune fille adorait se prélasser sur cette berge, profiter du soleil et faire dorer sa peau. Ses cheveux s'éclaircissaient toujours en cette saison et ses yeux vert clair ressortaient, prenant l'aspect de deux billes de jade.

Elle ne laissait aucun garçon indifférent. Grande, fine, un sourire rivé sur ses lèvres pulpeuses, Mylène avait tout pour elle. Malgré cela, elle ne jouait pas de son physique, d'ailleurs d'aucuns disent qu'elle n'a pas conscience de sa beauté. Issue d'une famille modeste, et élevée à la campagne, elle était une fille simple, naturelle, qui avait, pour ne rien gâcher, oublié d'être bête.

Elle passait son temps à lire. C'était son petit plaisir. Elle tournait les pages une à une tout en jetant parfois un œil sur les garçons qui s'entraînaient au wakeboard. Quand elle se plongeait dans les aventures de ses héros préférés, elle avait une manie : caresser sa casquette fétiche. Elle aimait cette sensation unique sous ses doigts et jouer avec les fils du patchwork dépassant du tissu.

Alors que son esprit s'évadait grâce à la lecture, les garçons, eux, travaillaient leur technique sur l'eau. Elle les voyait prendre les tremplins et virevolter au-dessus du lac. Benjamin, Thomas et toute la bande s'entraînaient d'arrache-pied pour être prêts pour le championnat de France. L'année prochaine, celui-ci serait mémorable : la commission avait validé la participation de Blaches comme village d'accueil de la compétition. Les garçons étaient en ébullition.

Passer les week-ends ici était devenu, avec les années, un rituel. Une bande de copains qui se posait au bord du lac, les uns pratiquant des activités, les autres devenus docteurs ès farniente, le tout accompagné par l'ambiance du bar, sa musique et ses boissons fraîches.

Mylène et ses copains n'étaient pas les seuls à apprécier ce lieu. Rémi l'adorait aussi. Mais ce que Rémi aimait surtout, c'était s'asseoir à côté de Mylène pour observer ses copains si doués dans les sports nautiques.

Elle était là. Sans faire de bruit, il s'installa d'un bond juste à côté de la naïade.

« Ah ! Rémi ! Tu m'as fait peur, bon sang ! Ça va, mon ange ? »

Mylène lui fit un gros câlin et un énorme bisou. Comme tout le monde, elle l'appréciait beaucoup. Elle était affectueuse et pleine de tendresse envers lui.

« Tiens ! »

Rémi lui tendit ses dés.

« Ah, combien tu as fait ?

– Sept !

– Attention alors, c'est à moi… Waouhhh ! Douze !

– Tiens, c'est pour toi. »

Il lui tendit une glace.

« Oh ! t'es un amour ! Merci. Et toi ? »

Rémi fit un grand sourire.

« C'est toi qui as gagné, alors la glace, elle est pour toi. »

L'étrange garçon prenait aussi plaisir à rester là, à se prélasser les week-ends d'été. Assis en plein soleil, c'était un moment privilégié pour lui que de pouvoir assister à l'entraînement des wakeboarders qu'il admirait tant. Et les meilleurs jours, il mangeait une glace, voire deux et même trois parfois. Il savait qu'il ne fallait pas trop en abuser mais il en était dingue.

À chaque saut ou chaque passage des copains, il applaudissait. Il était conscient de ses capacités, comme de ses faiblesses, et savait que ce sport était trop compliqué pour lui. Alors, au lieu d'être le plus grand wakeboarder de Blaches, il avait décidé d'être le plus grand supporter des jeunes du village. Ça, il savait le faire, et il le faisait drôlement bien. Des étincelles d'admiration pétillaient dans ses yeux. Surtout vis-à-vis de Thomas. C'était son meilleur ami, Thomas.

Mais l'attention de Rémi ne se portait pas que sur ses copains. Il n'avait d'yeux que pour elle : Mylène, sa jolie sirène. Parfois, son regard s'égarait sur elle et il ressentait une étrange sensation dans son ventre.

Il la regardait se délecter de sa glace. Elle était belle et il était fou d'elle. Mais il savait pertinemment que cet amour n'était pas possible. Il n'était pas comme elle, il n'était pas comme eux. Mais il s'en fichait. Rien ne lui interdisait de l'aimer. Même si c'était en cachette et à sens unique.

Soudain, Mylène tourna la tête vers lui : elle avait un peu de glace juste au-dessus de la lèvre, ce détail le fascina.

« Rémi ? Rémi ? Hé ! Oh ! Tu dors ?

– Non, non. »

Le jeune garçon se sentait tout bizarre. Il éprouvait des choses étranges qu'il ne comprenait pas.

« T'écoutes quoi dans ton Walkman ? »

Elle s'approcha de lui et lui prit son casque. Il se laissa faire en rougissant. Elle était si près que le doux parfum à la noix de coco de la crème solaire lui chatouilla les narines. Il était en extase.

Mylène, qui ne s'était rendu compte de rien, lui fit un grand sourire et un clin d'œil. Elle adorait le morceau qui passait. Elle dodelina de la tête tout en bougeant les bras sur le rythme endiablé de *Don't You*, de Simple Minds. Elle en chantonna le refrain : « *Don't you, forget about me, don't, don't, don't, don't...* »

À la fin du morceau, Mylène lui rendit son casque :

« J'adore tout ce que tu écoutes, Rémi ! Je kiffe à donf ! »

Il sourit. Il était heureux. Avoir sa douce à ses côtés, écoutant la même musique. Manger des glaces ensemble pendant des heures. C'était ça son kif.

En fin de session de wakeboard, les garçons avaient pour habitude de passer un peu plus près du ponton pour leur faire un signe. Ce jour-là, ce fut d'abord Thomas, qui, plein d'aisance, s'approcha à une dizaine de mètres en prenant un virage large pour les saluer. Rémi était fier de son copain.

« Hou ! Hou ! Thomas ! » hurla-t-il en faisant de grands gestes, très vite imité par Mylène.

« Houuuu ! T'as vu, Rémi, comme il est beau ? »

Rémi voyait bien que Mylène ne regardait pas Thomas comme elle le regardait lui. Thomas était beau. Fort. Rémi et lui ne luttaient pas à armes égales. C'est ce genre de petits moments qui le ramenait toujours à la dure réalité, lui rappelant la limite de ses possibles. Il eut, cette fois encore, un petit pincement au cœur. Mais cette peine était toujours passagère. Il se remémorait les mots de sa maman, des mots d'encouragement :

« Tu ne dois jamais baisser les bras et ne jamais te rabaisser face aux autres. » Et puis, de toute façon, avec Thomas, c'était différent. Thomas, c'était son ami.

Quelques instants plus tard, Benjamin arriva à son tour. Prenant un angle différent, il approcha plus vite que Thomas. Puis, au moment de passer devant le ponton, il s'inclina au ras de l'eau, provoquant une immense vague d'éclaboussures destinée à Mylène et à Rémi. Ils furent trempés. Comme toutes leurs affaires.

Benjamin, fier de lui, poussa un cri de victoire.

« Mais qu'est-ce que tu peux être con ! » s'énerva Mylène.

Elle se tourna vers son ami :

« Ça va, Rémi ? »

Ce dernier était en train d'essuyer son baladeur. Mylène ne lui laissa pas le temps de répondre :

« C'est un abruti, ce mec, quand il s'y met ! Je te jure qu'il va m'entendre. »

Il épongea l'eau sur son visage avec le bas de son T-shirt :

« Non, ce n'est rien… ça nous rafraîchit, au moins. »

Mylène regarda Rémi et éclata de rire.

« Tu as raison ! Tu vois toujours le bon côté des choses, toi… hein ? »

Il lui sourit.

« Allez, viens, on va remonter. Je vais demander aux garçons s'ils peuvent te ramener.

– Non, c'est bon, je préfère rentrer à pied.

– Mais comment tu fais pour marcher autant ?

– J'ai des cuisses musclées !

– Ah ! ça oui, elles sont musclées tes cuisses ! » lâcha Mylène en riant.

Rémi raccompagna celle qu'il aimait en secret jusqu'à son vélo. Au moment où ils allaient partir, Thomas et Benjamin arrivèrent devant le bar, planche à la main.

« Alors, rafraîchis ? cria Benjamin.

– Pauv' con ! lança Mylène tout en lui faisant un doigt d'honneur.

– Bah, c'était qu'un peu d'eau…

– T'as trempé le Walkman de Rémi !

– C'est vrai, Rémi ? demanda Thomas en s'approchant de lui. Fais-moi voir. »

Thomas était attentionné avec Rémi. Il prit son appareil dans les mains et appuya sur « *play* ». *Don't You* envahit ses oreilles.

« C'est bon, je pense qu'il n'a rien.

– Tu vois, il marche toujours son truc ! » pouffa Benjamin.

Ce dernier plaqua ses cheveux en arrière avec sa main, un masque d'arrogance vissé sur le visage. Il faisait comme s'il n'était pas gêné. Trop prétentieux pour admettre qu'il avait eu tort. Il n'avait jamais tort, c'était une question de principe. Avoir tort, c'était admettre sa faiblesse. Les apparences avaient été au centre de son éducation. Il soignait donc l'image qu'il renvoyait aux autres, y compris ses amis.

Benjamin était grand et musclé. Un athlète aux mèches blondes, pour se donner un style. Issu d'une famille de riche industriel, il était toujours bien habillé. Il se la jouait parfois à l'américaine : quand on a des sous, il faut le montrer. Mais il savait garder une certaine mesure quand c'était nécessaire. Avoir de l'argent pour soi n'était pas toujours un avantage. Il avait appris beaucoup de son père. Lorsque celui-ci avait investi dans diverses entreprises, notamment dans l'agrandissement de Blaches, il avait pris conscience du pouvoir de la richesse : si parfois l'argent divise, bien utilisé, il pouvait rassembler. Et ça, Benjamin l'avait bien compris.

Il était prétentieux, sûr de lui, hautain par moments, mais Benjamin n'était pas radin avec les autres et savait se rattraper quand il le fallait :

« Rémi, si je l'avais cassé ton Walkman, je t'en aurais acheté un neuf, et deux fois mieux que celui-là ! »

Agacée, Mylène leva les yeux au ciel et attrapa son sac :

« Bon, allez, les petites tapettes du wake', moi, je file. On se voit tout à l'heure. »

Elle s'éloigna sans un regard pour ses amis.

« Salut, Mylèèèènnne ! » cria Benjamin.

Elle se tourna et lui fit un doigt d'honneur tout en riant. Les garçons éclatèrent de rire.

Thomas s'adressa à Rémi :

« Tu viendras ce soir ?

– Ben non, je n'ai pas passé mon bac, moi !

– On s'en fout de ça, Rémi…

– Oui, mais vous fêtez tous votre bac !

– C'est vrai, mais c'est avant tout une fête de Blaches, et toi, plus que la plupart d'entre nous, tu *es* Blaches ! Donc, tu viens ! N'est-ce pas, Benji ?

– Mais ouais, Rémi, et tu pourras te saouler à la bière !

– Je ne bois pas de bière.

– Ben, tu prendras ce que tu veux. J'arrose tout le monde ce soir !

– D'accord, alors. À tout à l'heure. »

Thomas et Rémi se firent un check de la main tandis que Benjamin lui donnait une tape amicale dans le dos.

Le jeune garçon replaça le casque sur sa tête et, sur un de ses airs magiques, reprit le chemin de la maison.

*

Mardi 24 avril 2018, maison de Benjamin

Après son entretien avec Éric Roche, le capitaine Leroy était passé à la brigade locale pour déposer

Ramazzy, qui voulait faire des vérifications. Il en avait profité pour récupérer Rathier avant de se rendre chez les parents de Benjamin. Le gendarme connaissait parfaitement les habitants du village et il tenait à participer activement à l'enquête.

À leur arrivée chez les Folias, c'est la femme de ménage de la famille qui les introduisit dans l'immense demeure. Du clinquant partout où les militaires posaient leurs yeux. Les Folias avaient réussi dans la vie et ils voulaient que cela se voie. Ils vivaient dans l'opulence.

Leroy avait mené sa petite enquête sur eux : c'était le père de Benjamin qui était à l'origine de l'empire familial. Il possédait de nombreuses entreprises, il était l'investisseur principal dans le développement de Blaches, membre du conseil municipal, ancien acteur au sein du groupe LR de Lyon, et bénévole pour la paroisse. Il était un homme de pouvoir qui avait le bras long et un fort caractère.

Les deux gendarmes rejoignirent le couple dans leur salon, où d'immenses tableaux et des vases en cristal trônaient comme des trophées.

« Monsieur et Madame Folias, merci de nous recevoir. Je suis venu accompagné du gendarme Rathier, que vous connaissez bien. Il a insisté pour être présent et a mobilisé ses équipes pour rechercher votre fils. Malheureusement nous n'avons, pour le moment, aucune piste qui pourrait nous indiquer où il se trouve.

– Capitaine, je vous en prie, retrouvez-le ! le supplia la maîtresse de maison, accrochée au bras de son mari.

– Nous mettons tout en œuvre, mais c'est une enquête qui se révèle complexe. Trois jeunes gens qui disparaissent la même nuit et un seul est retrouvé vivant… Nous essayons de démêler tout ça et de comprendre ce qui a pu se passer. Retrouver Benjamin a autant d'importance que résoudre le mystère de la mort de Mylène.

– C'est affreux, nous la connaissions bien. »

Il y eut quelques secondes de silence, puis elle reprit :

« J'espère juste que Benjamin… »

Mme Folias, les larmes aux yeux, s'interrompit, puis éclata en sanglots. Son mari, quant à lui, tentait de garder son sang-froid.

Leroy poursuivit :

« Comme je vous le disais, pour l'instant, un seul jeune sur les trois a été retrouvé vivant. Thomas a été découvert avant-hier, en fin de journée. Il est à l'hôpital.

– Et vous attendez quoi ? Vous l'avez interrogé ?! lança M. Folias en haussant le ton. C'est le meilleur ami de Benjamin, il doit savoir où il se trouve ! »

Ne laissant pas le temps de répondre à Leroy, il enchaîna :

« Gendarme Rathier ?! »

M. Folias s'était adressé au militaire comme si ce dernier était à ses ordres. Ne pas avoir de nouvelles de son fils faisait ressortir l'aspect autoritaire de son caractère. La mort de Mylène lui glaçait le sang et il avait peur pour son enfant.

Rathier garda le silence, c'est Leroy qui répondit :

« Pour le moment, non.

– Mais bon sang, qu'est-ce que vous attendez ? s'emporta à son tour Mme Folias.

– C'est prévu, dès que son état nous le permettra. Mais sachez que le fait que vous ayez accepté que nos techniciens de la scientifique effectuent des prélèvements ADN dans les affaires de Benjamin nous a fait gagner un temps précieux. Si nous avions dû attendre votre retour ce matin, nous aurions perdu des heures non négligeables. »

Rathier intervint pour la première fois :

« Si vous le permettez, monsieur Folias, je souhaiterais monter dans la chambre de Benjamin. Peut-être pourrais-je trouver quelque chose qui puisse faire avancer l'enquête. Je sais que ce n'est pas conforme aux procédures, mais…

– Oui, oui, pas de souci, allez-y. Faites tout ce que vous voulez, je ne veux pas que vous perdiez une seconde de plus ! Si ça se trouve, mon fils est lui aussi inconscient quelque part ! »

Rathier s'éclipsa et Leroy relança l'entretien :

« Merci d'avoir accepté, le temps nous est compté et tout est important. Nos services repassent toute la forêt au peigne fin, et nous espérons trouver de nouvelles pistes. Nous allons aussi draguer les eaux du lac. Une équipe de techniciens est déjà sur place et passe au crible le bar et les véhicules. Nous faisons notre maximum, je vous le garantis. »

Il fit une pause avant de reprendre :

« Si vous le permettez, j'ai encore quelques questions à vous poser. Est-ce que, dans l'entourage de Benjamin, vous connaissez des personnes qui lui voudraient du mal ? »

Les parents réfléchirent un instant. Le père fit non de la tête. Mais Mme Folias prit la parole :

« J'ai toujours dit à Benjamin de ne pas être aussi généreux avec les autres. Les gens finissent toujours par abuser de la gentillesse.

– Que voulez-vous dire ?

– Les gens sont envieux ! Ils jalousent notre réussite. Benjamin ne voit pas de mal à montrer qu'il a de l'argent, nous lui avons toujours appris à en être fier. Mais non seulement il le montre, mais il le partage aussi. Il n'hésite pas à payer des tournées à ses amis, à les inviter, que ce soit pour manger un hamburger ou pour venir à la maison. Mais il y a du vice en chacun. Quand on ne vient pas du même milieu que nous, un jour ou l'autre, on nous le reproche.

« Benjamin est comme son père, poursuivit-elle en se tournant vers son mari, il croit qu'on peut gagner la confiance des gens avec de l'argent. Qu'on peut acheter les amitiés. Malheureusement, il traîne avec des personnes qui ne peuvent pas nous comprendre. J'aurais préféré qu'il reste avec ses nouveaux amis de Sciences Po. C'est sa première année. Je lui avais dit que son environnement allait changer et qu'il devrait faire des choix.

– Mais il est ami avec Thomas, et l'était avec Mylène, non ?

– C'est ce qu'il nous a dit et c'est ce que croit mon mari, parce qu'ils se connaissent tous les trois depuis des années, mais allez savoir s'ils ne restaient pas avec mon Benjamin parce qu'il payait tout. »

Mme Folias commençait à remettre tout en cause et, en premier lieu, l'amitié des trois jeunes gens. Le chagrin prenait le dessus sur l'objectivité et la raison.

« Vous pensez que Benjamin avait des soucis avec un de ses amis ? Thomas, par exemple ? »

Mme Folias ne répondit pas. Le père prit la parole :

« Non, non. Leur amitié est sincère, je le sais. Ma femme est juste bouleversée.

– Et, de votre côté, votre réussite doit faire des jaloux. De plus, vous avez fréquenté le milieu politique, vous n'avez aucun problème avec une personne qui aurait pu s'en prendre à votre famille ?

– Mais non, voyons. Même si j'ai quelques relations dans les milieux politiques lyonnais, je suis un self-made-man comme tant d'autres. J'ai eu des opportunités que j'ai saisies, mais je n'ai jamais trempé dans des affaires douteuses. »

À cet instant, une sonnerie retentit. Leroy sortit son téléphone de sa poche et s'excusa auprès des Folias.

« Oui, je t'écoute, Ramazzy. »

Leroy resta en ligne quelques secondes puis plaça sa main sur le haut-parleur pour s'adresser aux parents de Benjamin :

« Les clés que votre femme de ménage nous a données ne déverrouillent pas le véhicule de votre fils. Êtes-vous certains qu'il s'agisse des bonnes ?

– Oui, affirma M. Folias. C'est le double de l'Audi, il n'y a que lui dans la famille qui en possède une. Maria vous a donné les seules clés que nous ayons. Peut-être que ce sont les piles qui sont foutues ?

– Monsieur Folias, il ne s'agit pas des piles. La clé n'est pas celle de la serrure de la portière. »

Leroy demanda à Ramazzy des précisions sur le véhicule et prit des notes avant de raccrocher.

Il se tourna de nouveau vers le couple :

« Pouvez-vous me décrire, avec précision, la voiture de votre fils, s'il vous plaît ?

– C'est une Audi A5 noire, 3 portes. Un V6 qu'on lui a acheté pour ses 18 ans.

– Alors je sais pour quelle raison la clé ne correspond pas. C'est bien une Audi A5, noire, V6, qui est devant le bar. Mais c'est une 5 portes. »

Rathier, de retour dans le salon, avait suivi la fin de la conversation.

Leroy présenta à M. Folias le papier sur lequel il avait noté les informations transmises par Ramazzy.

« Mais, ce n'est pas l'immatriculation de la voiture de mon fils. »

Rathier proposa au capitaine de rejoindre le lieutenant Ramazzy devant le bar pour aider à faire la lumière sur ce véhicule inconnu. En parallèle, Leroy contacta la brigade pour que l'immatriculation de l'Audi de Benjamin soit ajoutée au télégramme de diffusion relatif à sa disparition. Ce qu'il expliqua aux parents du jeune homme :

« Nous avons donné la description complète du véhicule de votre fils à nos patrouilles mais également aux autres brigades de la région. Avec un peu de chance, elle sera repérée rapidement, et votre fils avec. Est-ce que vous pensez que Benjamin aurait pu partir, ou fuir, pour une quelconque raison, quelque chose ou quelqu'un ? Qu'il aurait profité de cette soirée, justement ? »

C'est Mme Folias qui répondit :

« Non, mais non ! Tout se passe à merveille, autant avec nous qu'à l'école. Financièrement, il a tout ce qu'il lui faut. Benjamin est un bon garçon. Il est doué, et il a un bel avenir. Il est aimé par tous ses amis. Au sport comme dans ses études, tout va bien, sa première année à Lyon se passe parfaitement bien, et il va probablement faire les championnats de France de wakeboard. Benjamin est un garçon heureux.

– Dans ce cas, je vais vous laisser et poursuivre les investigations. Voici ma carte avec mon numéro de téléphone. Mon collègue, le lieutenant Ramazzy, va interroger le gérant du bar pour connaître le déroulement de la soirée, et nous ferons une perquisition de l'établissement. De votre côté, si vous avez quoi que ce soit de nouveau, un souvenir qui vous revient ou une question, appelez-moi. »

Sur le point de partir, Leroy s'arrêta dans son élan :

« Vous savez si Benjamin a une petite copine ?

– Je n'en sais rien, répondit le père. À vrai dire, on ne parle pas souvent de ça avec lui. C'est plutôt axé sur le sport et les études.

– Quelle était sa relation avec Mylène ?

– Des amis. Ils étaient simplement amis. Ils traînaient tout le temps ensemble, c'est un bon groupe de copains.

– Vous ne les avez jamais surpris ou vus ensemble ?

– Non, pourquoi ? Vous pensez que… »

M. Folias s'arrêta un instant et reprit :

« Si vous imaginez que mon fils aurait pu…

– Je n'imagine rien, monsieur Folias. C'était juste une question. »

Le capitaine quitta les lieux, laissant les parents de Benjamin à leurs interrogations.

ACIDE GAMMA-HYDROXYBUTYRIQUE

Neuf mois plus tôt
Samedi 15 juillet 2017, bar de la plage

Devant l'entrée du bar, Rémi ajustait la chemise qu'il avait mise pour l'occasion. Il rangea son Walkman, pour être certain que rien ne pourrait l'abîmer. Après l'eau de cet après-midi, il voulait éviter à son « précieux » une douche à la bière. Il avait déjà pris cher aujourd'hui.

À l'intérieur de l'établissement, il y avait déjà pas mal de monde. Thomas aperçut Rémi et s'approcha de lui :

« Hé ! Ça va, mon poto ? Allez, viens avec nous. »

Avec les années, la timidité de Rémi s'était effacée. À force de côtoyer cette bande de copains, il avait le sentiment d'avoir été accepté. Il savait qu'il n'était pas comme eux, que malgré les efforts de Thomas pour l'intégrer, il serait toujours différent. Mais peu lui importait, Rémi se satisfaisait de l'amour que lui témoignaient les autres.

« Ah ! Mon ange ! Tu es là ! » s'exclama Mylène en sautant dans ses bras.

Elle lui avait pris le visage entre ses mains et le regardait comme jamais personne ne l'avait regardé avant, hormis sa mère. Mylène s'était fait un devoir de protéger Rémi et de prendre soin de lui. Il le voyait dans ses yeux, sa prévenance, ses gestes. Rémi se sentait aimé.

Il rejoignit le groupe. Benjamin voulut lui offrir des bières, mais Rémi refusa et finit par obtenir ses milkshakes vanille.

Benjamin n'avait jamais compris l'attachement de Mylène pour Rémi, et ce soir, sous l'effet de l'alcool, le ressentiment prenait la place de l'incompréhension. Il voyait la jeune femme en admiration devant ce garçon et cela le dépassait. Benjamin avait beau être parfait, en tout cas dans sa vision de lui-même, Mylène ne lui portait pas autant d'intérêt. La jalousie flottait dans son regard. Pour la première fois de sa vie, le pouvoir et l'argent ne lui étaient d'aucune utilité, cette déesse ne le mettait pas sur un piédestal. Ce déficient n'était rien, et, pourtant, c'était avec lui qu'elle rigolait.

Tout en faisant un geste de dédain, il reprit sa bière et continua de beugler avec ses potes :

« Et qui c'est qui va défoncer le championnat cette année ? Haouuu ! Haouuu ! Haouuuu !

– J'espère qu'on va tout gagner ! Et que Thomas sera champion, renchérit Rémi.

– Tu as raison, Rémi. C'est notre Thomas national qui va gagner ! »

Tout à coup, Mylène se leva et se dirigea vers le juke-box. Elle choisit un titre et se retourna vers Rémi en lui faisant signe avec son index de venir la rejoindre.

Rémi était rouge comme une tomate. Le rythme transcendant de U2, *With Or Without You*, prit place. Mylène avança lentement vers lui, comme pour l'attirer dans ses bras.

Cette chanson évoquait énormément de choses pour lui. Son cœur battait au rythme de la batterie. Il revoyait sa mère tournoyer dans le salon, les bras écartés. Elle était si belle et si joyeuse. Il la scrutait du coin de la porte et adorait l'entendre fredonner cet air. Elle fermait les yeux et se laissait transporter. Rémi avait une admiration inconditionnelle pour sa maman. Elle était fan de ce groupe et l'écoutait en boucle. La musique, à la maison, était quelque chose d'indispensable, de vital. Une vie sans musique, c'était comme un gâteau sans sucre. La vie perdait de sa saveur si elle n'était pas rythmée par une mélodie.

Il souriait de bonheur. Mylène, quant à elle, continuait son avancée sur les paroles de Bono, les murmurant : « ... *I'll wait for you... With or without you...* »

Rémi était gêné. Il n'osait pas, mais Mylène était bien décidée à danser.

Thomas tapa sur l'épaule de son copain.

« T'as pas le choix, Rémi, il faut que tu y ailles ! »

Mais le jeune garçon était collé au sol.

Le voyant dans l'incapacité de bouger, Thomas poussa son ami vers Mylène. Surpris, Rémi bascula et ne put se retenir, atterrissant directement dans les bras de sa dulcinée.

Tout le monde se mit à chanter. Mylène était comme en extase, emportée par le rythme envoûtant de *With Or Without You.*

« Accroche-toi, mon Rémi. »

Le tenant par les mains, les bras tendus, elle se pencha en arrière. Rémi la retenait de toutes ses forces pour qu'elle ne chavire pas. La musique battait son plein.

Mylène tournoyait. Se penchant de plus en plus en arrière, elle dessinait un cercle imaginaire tout autour de Rémi, et il se prit au jeu. Ils tournèrent tous les deux. Il la regardait sourire. Il se sentait ivre. Ivre de bonheur. Il était comme dans un tourbillon où tout disparaissait et plus rien n'avait d'importance. Pendant un instant, Rémi ne se sentit plus différent. Toutes ses peurs et ses craintes avaient disparu. Il était là, avec celle qu'il aimait, à partager un moment rien qu'à eux. Un cercle fermé dans lequel personne ne pouvait s'immiscer et que nul ne pouvait détruire. Une intimité indestructible et impénétrable. Un moment unique…

… jusqu'à ce que la chanson se termine.

Ils voulurent s'arrêter mais, sous l'effet centrifuge, Rémi sentit ses mains glisser et il utilisa toute sa force pour retenir sa partenaire. Il réussit à la ramener vers lui et elle se serra contre sa poitrine. Rémi sentit son cœur s'emballer. Il avait chaud, elle aussi.

Elle reprenait son souffle, épuisée par cette danse. Puis, lentement, avec tendresse, elle l'embrassa sur la joue. Rémi était tétanisé. Elle lui glissa ces mots doux dans l'oreille :

« Profite de la vie, Rémi. Éclate-toi, mon ange. »

Puis elle recula et lui fit un sourire accompagné d'un clin d'œil avant d'aller rejoindre le groupe.

Au fond du bar, Guillaume, le frère d'Éric Roche, était accoudé au comptoir, une bière devant lui, pas la première. Franck Girard savait faire tourner son établissement à plein régime.

Comme tous les samedis soir dans le village de Blaches, et souvent lors de grosses soirées, le gendarme Rathier passait histoire de voir si tout allait bien. Le mot d'ordre : pas de grabuge, pas de bagarre. Seulement la fête.

Son inspection était bien rodée : un signe de la tête à Franck pour savoir si tout était « O.K. », suivi d'un coup d'œil à Guillaume, afin de vérifier qu'il reste dans son coin et ne cherche des noises à personne. Il y a quelques années, Guillaume avait eu une altercation dans ce bar, et si, depuis, il n'y avait plus eu d'incident, Rathier ne pouvait s'empêcher de s'assurer du calme du client le plus fidèle de Franck. Pour finir, avant de partir, le gendarme ne manquait jamais de prendre Benjamin à part pour s'entretenir avec lui dans un coin de la salle. Le jeune homme était coutumier des excès et le militaire l'avait à l'œil.

La soirée battait son plein, les jeunes s'amusaient, dansaient. Ils fêtaient la fin de leur année scolaire. Le bac en poche pour la plupart, ils allaient attaquer une nouvelle vie. Études de biologie, IUT ou encore grandes écoles, une chose ne changerait pourtant pas : le groupe qu'ils formaient continuerait d'exister de même que les folles soirées au bar.

*

Mardi 24 avril 2018, bar de la plage

Conformément aux instructions qu'il avait reçues du capitaine Leroy, le lieutenant Anthony Ramazzy se rendit au bar, en compagnie d'une équipe de techniciens de scène de crime, pour interroger son gérant.

L'établissement était construit en rondins pour se fondre dans la nature. Une sorte de chalet à la mode wakeboard. Des planches colorées ornaient la façade du lieu préféré de la jeunesse de Blaches. À l'intérieur, le comptoir occupait tout le mur gauche. À droite, juste à côté de la porte, un juke-box, puis des grandes tablées entourées de bancs pouvant accueillir jusqu'à douze personnes chacune. Au centre, une grande piste de danse, que Franck Girard était en train de balayer. Ramazzy l'interpella :

« Bonjour, monsieur Girard, j'ai encore quelques questions à vous poser concernant la soirée qui a précédé le meurtre de Mylène et la disparition de Thomas et Benjamin. »

Franck était las.

« Écoutez, comme je vous l'ai déjà dit, samedi soir Benjamin Folias fêtait son anniversaire. C'était donc une soirée comme la plupart de celles que les jeunes de Blaches passent ici, si ce n'est qu'il y avait un peu plus de monde et qu'ils étaient un peu moins vigilants sur leur consommation d'alcool. Généralement, ces gamins sont très raisonnables, ce samedi, ils se sont un peu plus lâchés, mais c'est de leur âge.

– Donc, vous maintenez qu'il n'y a eu aucun problème dans votre bar lors de cette soirée ? Une bonne ambiance, un peu d'alcool, mais raisonnablement.

– C'est ça !

– Sauf que cette nuit-là rien n'a fini comme d'habitude. Au moment de fermer votre établissement, vous n'avez rien remarqué d'inhabituel : quelqu'un, un véhicule, ou autre chose ? »

Franck était déconcentré par l'affluence dans son bar : le lieutenant et une dizaine de gendarmes de la scientifique. Tout ce petit monde fouinait un peu partout, ils relevaient des empreintes, prenaient des photos.

« Non, mais non, je vous l'aurais dit. Vous en avez encore pour longtemps à me foutre le bordel ? Ils font quoi vos collègues ?

– Leur boulot ! Nous avons encore des relevés à faire et des clichés pour finaliser les constatations. »

Ramazzy ressentait bien le ras-le-bol du gérant.

« On tente de récupérer des éléments qui pourraient servir à l'enquête. Ça ne sera plus très long. Et pour en revenir à ma question ? »

Franck s'énerva :

« Mais on dirait qu'il y a eu un crime ici ! Et ce n'est pas le cas ! Vos collègues sont là à tout retourner comme si j'étais un criminel. »

Ramazzy mit les points sur les i :

« Comprenez bien, monsieur Girard, qu'il y a eu effectivement un meurtre, peut-être pas dans votre bar, mais meurtre il y a eu, et un jeune homme est toujours porté disparu. »

Les épaules de Franck s'affaissèrent :

« Vous savez comment ça se passe. Ces gosses vont et viennent sans arrêt entre ici et la plage. Combien passent leur soirée et la nuit sur le sable ? Des voitures viennent, restent, puis repartent. Idem avec les vélos, les scooters. Vous croyez que je n'ai que ça à faire, surveiller une bande de jeunes ? La plupart ont 18 ans et ne rendent plus de comptes à leurs parents. »

Ramazzy prit son carnet et relut ses notes. Quelques heures plus tôt, Leroy et lui avaient été informés des résultats toxicologiques de Thomas. Il s'adressa de nouveau au tenancier du bar :

« Avez-vous déjà vu de la drogue circuler entre les gosses ?

– Qu'est-ce que j'en sais ! Moi, je suis là pour faire tourner mon affaire. Le reste je m'en cogne.

– Acide gamma-hydroxybutyrique, ça vous parle ?

– Non.

– Plus connu sous le nom de GHB, c'est une drogue qui a été retrouvée dans les analyses de sang de Thomas. Elle est appelée plus communément "la drogue du violeur". Cela explique qu'il ne se souvienne de rien, et qu'on l'ait retrouvé errant dans les bois ce soir-là. Je vous repose donc la question : avez-vous vu de la drogue circuler entre ces jeunes ? »

Le ton de Ramazzy était plus ferme, Franck répondit sur la défensive :

« Je vous le répète, NON ! Et puis comment voulez-vous que je le sache ? Je ne peux pas avoir les yeux partout, s'ils veulent se droguer, ils peuvent le faire n'importe où. Ici ou ailleurs et sans que personne le voie. »

Ramazzy poursuivit le flot de questions :

« À quelle heure êtes-vous parti du bar ?

– Vers une heure environ.

– Et les jeunes ?

– À peu près une heure moins le quart. Normalement, je ferme à minuit et demi, mais comme c'était l'anniversaire de Benjamin, je leur ai laissé un peu plus de temps. Ils sont quand même partis rapidement. Ensuite, j'ai rangé un peu. Et mon fils s'est occupé du nettoyage le lendemain matin.

– En repartant, vous n'avez rien remarqué ? Pas d'autres véhicules, personne sur la route, personne à pied ?

– Non, rien. J'étais crevé, ce soir-là. Quand j'ai fermé, il y avait bien l'Audi noire de Benjamin et la moto de Thomas, mais je ne me suis pas posé de questions. Pour moi, les garçons devaient être sur la plage. Ils traînent tout le temps ensemble et à leur place, c'est ce que j'aurais fait. »

Ramazzy décida de pousser l'homme dans ses retranchements :

« Donc, selon vous, ces gamins sont tous amis et ils s'entendent tous très bien. C'est le monde des bisounours ! Pourtant j'ai du mal à croire que tout était si "merveilleux", quand je vois le résultat. Vous êtes le gérant d'un lieu où tout se dit, où toute la jeunesse du village se regroupe et se lâche, vous savez forcément des choses.

– Mais non, lieutenant ! Il n'y a rien à dire sur Blaches et ses habitants. Avant cette tragédie, tout se passait à merveille. Blaches c'est le cliché du village parfait. Pas de délinquance, une jeunesse respectueuse des adultes, pas de différends de voisinage et une solidarité hors norme. Vous l'avez bien vu avec la battue qui a permis de retrouver Thomas. »

Ramazzy prenait des notes mais restait sceptique sur le peu de choses qu'avait à dire Franck. Rien n'était jamais parfait. Derrière les apparences, il y avait toujours de sombres secrets.

« Y avait-il des adultes à cette soirée ?

– Si ma clientèle est jeune, j'ai aussi un certain nombre de clients plus âgés, oui, et heureusement pour mon business. L'été j'ai les touristes et en période creuse, certains habitants de Blaches passent régulièrement. »

Ramazzy feuilleta son carnet puis balança un nom :

« Guillaume Roche, par exemple ?

– Ah oui, Guillaume. En effet, mais c'est un habitué. Et puis Thomas est son neveu. Je ne vois pas en quoi il pourrait être mêlé à cette histoire.

– Nous nous sommes renseignés sur lui, comme sur toutes les personnes présentes ce soir-là. Guillaume Roche n'est pas inconnu de nos services. Des arrestations pour trafics en tous genres, plusieurs condamnations et un passage par la case prison. Vous n'avez jamais eu de soucis de comportement avec lui ?

– On a tous un passé, on fait tous des conneries ! Guillaume est un mec bien. Il bosse avec le père de Rémi, il l'aide aux champs. Il ne demande rien à personne. Et c'est un ancien légionnaire. J'ai aussi été militaire. Ce mec-là est un type très correct. Son passé, je m'en cogne, mon bar lui sera toujours ouvert.

– Vous ne répondez pas à ma question. Je vous ai demandé si vous aviez déjà eu des problèmes de comportement avec lui. Nous savons qu'il y a deux ans, une plainte a été déposée auprès du gendarme Rathier, par des touristes qui étaient venus dans votre établissement. Vous voyez de quoi je veux parler ?

– Vous êtes bien renseignés.

– Disons que nous ne sommes pas stagiaires, monsieur Girard. Et donc ?

– O.K., O.K., je vais vous raconter, même si d'après moi c'est une perte de temps : cet été-là, un groupe d'Allemands s'est arrêté ici pour manger et boire un coup. L'un d'entre eux était déjà bien allumé. Je pense qu'il avait dû consommer pas mal d'alcool déjà. Je ne parle pas un mot d'allemand et on ne se comprenait pas. Guillaume est arrivé, il s'est mis dans son coin, comme d'habitude et a commandé une bière. C'est Mylène qui l'a servi, je l'avais prise pour m'aider ; c'est souvent le rush, l'été. Et cet Allemand, je m'en souviens, c'était un costaud. Il n'a pas supporté que Guillaume soit servi alors qu'eux attendaient encore. J'étais en train d'essayer de lui expliquer que je ne comprenais rien à leur langue quand il a commencé à s'en prendre à Mylène en l'attrapant par le bras, et Guillaume est intervenu pour défendre la p'tite.

– Il n'y est pas allé de main morte, le Guillaume. Sur le rapport médico-légal, il est écrit que l'Allemand a dû être opéré de l'œil, qu'il avait aussi le nez cassé, la mâchoire disloquée et de multiples contusions. Malgré la gravité des blessures et grâce à votre témoignage, celui de Mylène, et l'intervention du père de Benjamin auprès du procureur, Guillaume s'en est sorti sans aucune peine. »

Girard hocha la tête et haussa les épaules :

« C'est vrai que Guillaume est un peu nerveux, comme beaucoup d'anciens légionnaires d'ailleurs, mais sincèrement, cet Allemand a mérité cette bonne branlée. »

Ramazzy mit fin à l'entretien : il n'apprendrait rien de plus. Il expliqua au barman qu'il pourrait de nouveau ouvrir dans quelques jours. Il sortit de l'établissement et en profita pour allumer une cigarette.

La tête ailleurs, il observa l'environnement : les véhicules bleu marine des TSC et des gendarmes locaux, les rubalises jaune et noire desquelles semblait s'échapper une mélodie, petit vibrato léger sous l'effet de la brise. Il leva les yeux et son regard se perdit dans les branches des sapins. L'air était chaud et il faisait bon. Malgré les circonstances, Ramazzy ressentait une certaine sérénité. C'est vrai qu'il devait être agréable de vivre ici.

Le vibreur de son téléphone le tira de ses pensées :

« Ramazzy, j'écoute.

– C'est Rathier, lieutenant. Je voulais vous informer que la plaque d'immatriculation de l'Audi du parking est bidon. Elle appartient à une Parisienne. Une cheffe d'entreprise. On l'a contactée : sa voiture est chez elle. »

LA SOIRÉE

Mercredi 25 avril 2018, chez la famille Roche

Le capitaine Leroy avait un rituel avant de procéder aux auditions. Il préparait un dossier contenant un maximum d'informations, mais aussi des feuilles blanches pour donner plus d'épaisseur quand c'était nécessaire. Il se frottait toujours le menton avant de lancer les hostilités. Trois fois. Pas plus. Pas moins. Cela lui permettait de réfléchir à l'angle d'ouverture de l'interrogatoire. Le choix des mots était primordial. Il ne fallait pas froisser son interlocuteur, tenter une approche en douceur, être convaincant et instaurer une certaine confiance propice aux confidences.

Aujourd'hui, face à lui, Thomas était prêt à répondre à ses questions. Le jeune homme était sorti de l'hôpital tôt le matin et Leroy n'avait pas voulu patienter plus longtemps pour s'entretenir avec lui. Les Roche s'étaient installés dans la cuisine devant un café, inquiets pour leur fils, seul face au capitaine de la gendarmerie.

Thomas avait le visage d'un gamin déboussolé. Il ressemblait plus à un adolescent pris en faute qu'au jeune homme sûr de lui et futur champion de wakeboard qu'on ne cessait de lui décrire. Il était vrai que les dernières quarante-huit heures avaient de quoi secouer. Il avait appris la mort de son amie Mylène, la disparition d'un de ses meilleurs copains, Benjamin, et ne se souvenait de rien depuis son réveil au milieu de la forêt. Il savait juste que le corps de Mylène avait été découvert à quelques mètres du sien et qu'il se retrouvait au centre de toutes les interrogations.

Leroy se frotta les mains. Puis, le menton. Trois fois. Il voyait bien que Thomas était inquiet, sans doute avait-il peur, mais cet interrogatoire était primordial : Thomas Roche était le seul des trois gamins à pouvoir donner un début d'explications sur le déroulé de cette fameuse nuit.

Leroy afficha un sourire et un regard réconfortant.

« Comment ça va, Thomas ?

– Ça va, je vous remercie. Un peu fatigué, mais ça va », répondit le jeune homme, la tête basse et les épaules rentrées.

Le militaire reprit doucement :

« Thomas, à l'hôpital tu as dit à mes collègues que tu ne te souvenais de rien, et je te crois. Alors nous allons nous attacher à ce dont tu te rappelles. J'imagine que tu as bien des souvenirs avant ce black-out ? »

Le jeune Roche releva la tête :

« Oui. Quelques-uns.

– O.K., Thomas. Que peux-tu me dire de cette soirée ? Te souviens-tu de l'heure à laquelle tu es arrivé, des personnes que tu as vues, de ce que vous avez fait ?

– Je ne sais plus trop quand nous sommes arrivés. Le samedi soir, je ne fais pas trop attention à l'heure, c'est le seul moment de détente de la semaine. Les autres jours c'est la fac et le wake', rien d'autre. Ça peut paraître étrange pour un jeune de mon âge, mais je suis du genre à me fixer des objectifs et à tout faire pour les atteindre. Quand nous sommes entrés dans le bar, avec Benji, nos potes étaient déjà là.

– D'accord. Vous êtes amis depuis longtemps Benjamin et toi ?

– Depuis qu'on est gosses, quand sa famille et lui sont arrivés à Blaches.

– Donc, vous vous connaissez bien, j'imagine. Il était comment ce soir-là ? Était-il bizarre, as-tu remarqué quelque chose de particulier ?

– Il était chaud, comme d'habitude. Benji, quoi !

– C'est-à-dire ?

– Il a toujours été à fond, Benji, sur tout ! Toujours un peu dans l'excès, mais c'est un mec cool. Il sait faire la fête et… et il a les moyens de la faire. Il n'a jamais été rapiat avec son argent. Au contraire, il en fait profiter tout le monde, et d'abord ses amis. Ça n'a jamais été une barrière entre nous. C'est vrai qu'on est différents, pas du même milieu, pas le même caractère… mais il s'en fiche, et moi aussi. On s'est toujours bien entendus, et sa famille a toujours été géniale avec nous. C'est vrai, ils sont super gentils, ils ont même participé à l'aménagement de Blaches.

– En effet, que dire d'autre du fils de la famille qui offre des emplois, met la main à la poche pour construire une plage pour les familles et améliorer ainsi le bien-être des enfants du village et qui, en plus, aide à l'économie locale en développant ainsi le tourisme. »

Le ton de Leroy était limite cynique. Cela perturba Thomas.

« Vous ne me croyez pas ?

– Mon garçon, je ne dis pas que je ne te crois pas. Je veux juste la vérité. Si tu le dis, c'est que c'est vrai. Mais continue. Alors, cette soirée, vous étiez donc à fond, c'est ça ?

– Ouais, c'était l'anniversaire de Benji, il avait déjà bien entamé les festivités. Il avait un peu bu avant de venir. Mais il est toujours comme ça. Une fois garés devant le bar, on est entrés… »

*

Samedi 21 avril 2018
Soir de l'anniversaire de Benjamin

« Regarde, Thomas, tous nos potes sont là !!! »

Benjamin prit son ami par l'épaule et brailla dans le bar pour ajouter à l'ambiance et faire savoir qu'il était arrivé. Tous les fêtards se mirent à hurler, et la musique fut montée d'un cran.

Au cours de la soirée, d'autres copains de Benjamin arrivèrent ; le bar se remplissait au même rythme que les verres. Thomas était raisonnable sur l'enchaînement des shooters, à la différence des autres, qui, sans limites, les enquillaient les uns après les autres. Benjamin, sous l'emprise de l'alcool, saisit le visage de Thomas entre ses mains. Son haleine empestait.

« Tu sais que je t'aime, mon pote ! » cria Benjamin, lui postillonnant à la figure.

Thomas, porté par l'euphorie de son ami, entra dans son délire :

« Moi aussi je t'aime, mon pote ! »

Puis ils se mirent à beugler à l'unisson.

Benjamin tourna soudain la tête vers son copain :

« Au fait, c'est quand que t'y vas, avec elle ? »

Il lui désigna du menton Mylène, qui dansait au milieu de la salle.

Thomas s'empourpra et répondit sur la défensive :

« Non, non, pas Mylène. Je ne peux pas. Pas avec elle, je la connais trop !

– Bordel, mais t'es un tocard ! Elle est complètement folle de toi depuis des années… et toi, tu réponds “non, je ne peux pas” ! Quel mongolien ! »

Thomas baissa la tête, entre honte et retenue.

« Tiens, en parlant de mongolien, lança Benjamin. Lui, il va finir par se la faire ! »

Le jeune Roche releva le menton et vit Mylène et Rémi en pleine discussion.

« Punaise ! Il assure, *mongolito* ! ricana son ami.

– Ne dis pas ça. Ne parle pas de lui comme ça !!

– Je décoooonnne ! En fait, je l'adore ce mec ! Il me fait marrer.

– C'est ça le problème avec toi, Rémi n'est pas là pour te faire rire, ce n'est pas une attraction de foire.

– Ouh là ! Monsieur est susceptible ce soir ?

– Non, mais faut que t'arrêtes avec ça. »

Benjamin le défia du regard, puis coula un œil en direction de Mylène et Rémi en avalant son verre cul sec. Il s'essuya la bouche avec sa manche et observa la jeune femme, qui s'était mise à danser. Il regardait avec une certaine envie la sueur glisser sur son corps. Puis, il fixa Rémi, accoudé au bar, qui lui aussi dévorait des yeux la danseuse tout en buvant un de ses milk-shakes préférés.

« Tous des crétins ! » fit le gosse de riches en s'éloignant.

Laissé en plan, Thomas en profita pour se rendre aux toilettes. Sur le retour il aperçut Guillaume dans un coin.

« Hé, tonton, ça va ?

– Ça va, beau gosse. Tu t'amuses bien ?

– Oui, c'est cool ! Et toi, tu fais quoi ? Tu ne veux pas venir avec nous ?

– Non, je suis bien là ! »

Guillaume était assis au bar, au fond de la salle. Seul, il écumait ses bières en toute tranquillité. Personne ne venait le faire chier et il ne faisait chier personne. Il était toujours comme ça : seul. Il paraissait étrange pour la plupart des gens, mais pas pour Thomas, qui connaissait parfaitement son oncle. Son père lui avait beaucoup parlé de lui. De leur enfance, mais aussi de son passé de légionnaire. Guillaume était un guerrier aux yeux de son neveu, une force de la nature. Il voyait en lui un grand frère protecteur et savait qu'il gardait toujours un œil sur lui.

Thomas insista :

« T'es sûr ? Allez, viens avec nous, ils sont cool, mes potes ! »

Son oncle tourna légèrement la tête, les yeux fatigués par les quelques pintes consommées. Il observa la bande de jeunes déchaînés.

« Pff… Non, reste avec ta bande de petits puceaux », répondit-il avec un sourire en coin.

Son neveu éclata de rire.

« Tu ne sais pas ce que tu loupes !

– Mouais, j'ai eu ma dose à ton âge, t'inquiète. Va t'amuser. Mais ne bois pas trop, et sois prudent.

– Tu ne diras rien aux parents ?

– Allez, casse-toi ! » fit l'ex-légionnaire en lui mettant une claque sur le crâne sans que le jeune homme parvienne à l'esquiver. Il se moqua : « Encore trop lent ! »

Thomas partit rejoindre ses amis.

*

Mercredi 25 avril 2018, chez la famille Roche

Après avoir écouté Thomas sans l'interrompre, Leroy souhaita avoir des précisions :

« Ton oncle est souvent au bar ?

– Je ne sais pas trop. C'est quelqu'un de solitaire et il aime bien la bière.

– Cela semble être quelqu'un de nerveux qui, sous l'effet de l'alcool, aurait pu… comment dire… péter un plomb. Tu es au courant qu'il a déjà eu une altercation au bar et qu'il a envoyé un touriste à l'hôpital ?

– Mon oncle n'a rien fait ! » le défendit Thomas en haussant le ton.

Éric Roche rappliqua dans le salon, pensant qu'il y avait un problème.

Leroy lui fit un signe de la main pour lui faire comprendre que tout allait bien.

« On parlait de votre frère. Votre fils n'a pas apprécié certains propos que j'ai tenu à son sujet. »

Sans vraiment savoir pourquoi, Éric repensa à la nuit du drame : la lumière chez Guillaume et l'étrange bruit provenant de son garage… La nuit où Mylène, Benjamin et Thomas avaient disparu.

« Si vous voulez en apprendre plus sur mon frère, alors allez l'interroger directement. Je pense que c'est préférable.

– C'est bien ce que nous comptons faire. »

M. Roche se tourna vers son fils et lui intima du regard de se calmer, avant de rejoindre son épouse dans la cuisine.

« Excuse-moi pour ton oncle, fit le capitaine Leroy. On peut reprendre ? »

*

Samedi 21 avril 2018
Soir de l'anniversaire de Benjamin

Thomas, appuyé sur le zinc, regardait la foule en liesse pour un dernier tour de piste. Le patron avait sonné la cloche pour annoncer la fermeture imminente du bar. Une coutume de tous les établissements de ce genre. Un « glas » redouté de tous les fêtards. Le jeune homme commençait à être fatigué. Il tourna la tête vers Benjamin, qui discutait avec Mylène. À bien y regarder, ça ressemblait plus à une engueulade. Benjamin faisait de grands gestes, et brusquement, Mylène le repoussa.

Thomas fronça les sourcils, devinant que quelque chose n'allait pas. Il alla vers eux :

« Oh ! Qu'est-ce qui se passe ? »

Ils parurent gênés.

« Rien, ne t'inquiète pas, répondit Mylène en lui coulant un regard doux.

– Benji, il se passe quoi ? » insista Thomas.

Benjamin, malgré l'alcool, semblait garder la tête froide.

« Rien, mon pote, rien du tout, se défendit-il en tapant sur l'épaule de son ami.

– Tu vois, tout va bien, le rassura Mylène. De toute façon, la cloche a sonné, je vais y aller. Je suis crevée.

– Oui, moi aussi, fit Thomas.

– Attendez, vous n'allez pas partir comme ça ! tenta Benjamin. On se boit un dernier verre ! Un dernier shoot !

– Non, je suis mort. Je vais rentrer.

– Thomas, c'est mon anniversaire. Allez, juste un dernier. S'il te plaît. De toute façon, après, le bar va fermer et on va tous se pieuter ! »

Thomas chercha l'approbation de Mylène dans ses yeux.

« Bon, d'accord, le dernier, et après, on part tous. Ça te va, Mylène ?

– Va pour le dernier, acquiesça-t-elle.

– Ah super ! Merci, les amis. Allez, je vous prépare ça. »

Benjamin alla passer sa commande au bar, laissant ses amis seuls. La jeune femme sourit au champion de wakeboard. Il y avait certes de l'amitié mais pas seulement. D'autres sentiments se devinaient dans leur regard. Les premières notes d'un slow retentirent. Un léger sourire éclaira le visage de Mylène. Elle prit Thomas par le cou, il se laissa faire timidement. Doucement, elle l'entraîna sur la piste. Pendant quelques minutes, plus rien ne compta. Ils se noyaient dans les yeux l'un de l'autre. Ils n'entendaient plus les meuglements de leurs copains, cris et fous rires étaient inexistants. Mylène posa la tête sur son torse et ils se laissèrent bercer. Ils évoluaient dans une bulle.

Lorsque la fin du slow arriva, Benji les héla pour les inviter à prendre le dernier verre. Comme ils ne réagissaient pas, il les rejoignit sur la piste de danse :

« Allez, faut se lâcher la grappe, maintenant ! On y va ! »

Sagement alignés, les verres les attendaient sur le comptoir en bois.

« On aurait pu inviter Rémi », fit remarquer Thomas.

Il jeta un œil autour de lui, mais ne trouva pas son ami : Rémi semblait avoir disparu.

« Tu vois bien qu'il est parti ton poto, il est sans doute déjà au lit ! Allez, buvons nos verres. »

Benjamin avala le sien cul sec.

Thomas et Mylène échangèrent un regard complice et en firent tout autant.

*

Mercredi 25 avril 2018, chez la famille Roche

Leroy interrompit le récit de Thomas :

« Tu dis que Rémi était présent ce soir-là et qu'au moment du dernier verre, il avait disparu ?

– Non, pas disparu, il a dû rentrer chez lui. Parfois, il est comme ça, Rémi, il se barre sans rien dire à personne.

– Oui, tu as probablement raison. Et, dis-moi, Rémi appréciait-il Mylène ?

– Il l'adorait, et c'était réciproque. Mais ce n'était pas de l'amour.

– Pour Mylène, certainement, mais pour Rémi ?

– Non, voyons, il l'aimait comme une sœur !

– Tu en es sûr ? Ne penses-tu pas qu'il aurait pu en être amoureux ? »

Thomas s'énerva :

« Il ne lui a fait aucun mal, c'est impossible !

– Oh, oh ! Calme-toi. Je te demande seulement si Rémi n'aurait pas eu des sentiments autres qu'amicaux envers Mylène, c'est tout.

– Je ne sais pas. Il l'aime bien. »

Le jeune homme se frotta la tête. Tout s'embrouillait, comme s'il subissait encore les effets de la drogue.

« Ça va, Thomas ?

– Oui, oui.

– O.K., alors on continue : tu m'as dit avoir vu de la tension entre Mylène et Benjamin à la fin de la soirée. C'est déjà arrivé ?

– Non, jamais. Ils se sont toujours charriés, mais je n'ai jamais remarqué d'animosité entre eux.

– Mais ce samedi-là tu t'es senti obligé d'intervenir. Connais-tu le sujet de cette querelle ?

– Non, je n'en ai aucune idée.

– De ce que tu m'as décrit, tu étais proche de Mylène, tu avais des sentiments pour elle ? »

Sans répondre, le jeune Roche baissa le regard.

« Thomas ? »

Des larmes perlèrent au coin de ses yeux.

« Thomas, ça va ?… Tu étais amoureux d'elle ? »

Il acquiesça d'un signe de tête.

« Tu veux faire une pause ? »

Thomas indiqua que non et essuya maladroitement ses larmes.

« Après avoir bu votre dernier verre tous les trois, qu'avez-vous fait ?

– Juste avant de partir, Mylène cherchait sa casquette. Elle n'était pas accrochée à sa ceinture comme d'habitude, et j'ai fait le tour du bar pour l'aider à la trouver. J'ai commencé à être pas très bien. Fatigué, mais pas à cause de l'alcool. Je me sentais bizarre. J'ai fini par mettre la main sur sa casquette et je la lui ai rapportée. Mylène était soulagée. Après ça, elle est partie rapidement. Elle était pressée, je ne sais pas ce qu'elle avait. Mais elle était étrange, je m'en souviens.

– Donc, Mylène est partie avant toi et un peu avant tout le monde, résuma Leroy.

– C'est ça.

– Et elle avait sa casquette avec elle en partant ?

– Oui, elle l'a accrochée à sa ceinture et elle est partie précipitamment.

– Et ensuite, tu as fait quoi ?

– Je me souviens être allé aux toilettes, je me sentais de plus en plus mal. J'avais la tête qui tournait, comme si j'étais euphorique, et en même temps, j'avais envie de dormir. Ensuite…

– Ensuite ?

– Je crois que je suis allé dehors. Mais je ne me rappelle pas très bien.

– Il y avait encore du monde dans le bar ?

– Je… je ne sais plus… je n'arrive pas à me rappeler. J'étais dans le noir… Ensuite… je me souviens d'une ombre qui bouge et m'appelle… »

Thomas fronçait les sourcils. Leroy comprit que le jeune homme arrivait au bout de ses souvenirs.

« Une ombre, tu dis… Un de tes copains ?

– Je ne sais pas…

– Benjamin, peut-être ?

– Je ne sais plus. Je ne l'ai pas revu, enfin, je ne crois pas.

– Et ton trajet entre le bar et les bois ?

– Je ne sais plus, c'est le trou noir complet. Je revois juste cette ombre et de nouveau cette voix qui m'appelle…

– Tu peux m'en dire plus ?

– Elle crie mon nom, mais je ne vois rien… Je… je… je ne sais plus. »

Le jeune homme perdait pied.

« D'accord, Thomas, nous allons arrêter là pour le moment. Il faut que tu saches que tes examens toxicologiques ont démontré que tu étais sous GHB lors de cette fin de soirée. Cela explique donc ton amnésie partielle.

– Mais je ne me drogue pas !

– Pourtant, les analyses sont formelles. Il faut que tu saches aussi que tes vêtements ont été placés sous scellés. Une tache de sang a été retrouvée à l'arrière de ton pantalon. Et ce n'est pas le tien.

– Mais je ne sais pas d'où provient cette tache, je peux me l'être faite n'importe où !

– Je sais bien, oui, et c'est pour ça que, pour le moment, je ne fais que te le signaler. »

Thomas resta muet.

« Je vais te laisser pour aujourd'hui, mais nous reviendrons vers toi très rapidement. »

Ne souhaitant pas le brusquer, Leroy se leva, mettant ainsi un terme à l'entretien. Avant de partir, il discuta quelques minutes avec les parents du jeune homme.

Une fois dehors, embrassant du regard les maisons du quartier, au loin, il distingua l'unique route qui menait au lac. Cette route empruntée par Thomas pour se rendre à la soirée. Cette même route par laquelle Rémi était passé ; tout comme Guillaume… Et Mylène… Mais, elle, n'en était jamais revenue. Quant à Benjamin, pour le moment, personne ne savait… Il restait aussi le barman, et cette voiture appartenant à un inconnu.

Leroy consulta sa montre et appela Ramazzy. Ils se donnèrent rendez-vous à l'IML pour avoir les premières constatations du légiste et faire un point sur leurs interrogatoires respectifs.

LA TÊTE DE L'EMPLOI

Mercredi 25 avril 2018, IML de Lyon

« Allez-y, docteur, nous vous écoutons, lança Leroy dès son arrivée.

– J'ai fait des prélèvements de sang pour envoi au labo et demandé une étude toxicologique. Je n'ai pas encore les résultats. Concernant les radios et scanners, nous retrouvons un traumatisme crânien, ici… »

Le docteur, à l'aide de son pointeur, montrait un impact sur l'arrière du crâne de Mylène.

« Plusieurs os ont été fracturés de manière nette. Nous ne retrouvons aucune trace de strangulation ni de lacérations. Elle n'a pas subi de traumatisme sexuel. Aucune éraflure au niveau des doigts ni des ongles, elle ne s'est pas débattue. Mes premières analyses démontrent qu'elle est probablement morte à la suite d'une chute de plusieurs mètres.

– Cela ne nous dit pas si elle est tombée seule ou si quelqu'un l'a poussée, intervint Ramazzy.

– Il est très improbable qu'elle soit tombée seule même si elle ne porte aucune trace de coup et qu'il semble qu'elle n'ait pas fait l'objet de violences. En fait, les déclarations de Mme Mollat concernant la casquette m'ont poussé à me pencher d'un peu plus près sur le mousqueton auquel Mylène la fixait habituellement. »

Le légiste sortit un sachet avec le crochet.

« Regardez, fit-il en avançant la pièce à conviction sous les yeux des gendarmes. Ce n'est pas un élastique comme l'appelle Mme Mollat, mais un enrouleur à mousqueton et le fil a été arraché. Il faut nécessairement tirer dessus et avec beaucoup de force pour qu'il se casse de cette manière. Il est quasi impossible que ce soit la chute en elle-même qui en soit responsable.

– Donc, la casquette a été arrachée par quelqu'un. Si elle l'avait égarée dans les bois, on l'aurait retrouvée.

– C'est ce que je pense, oui. Mais je ne peux pas être catégorique tant que le labo ne m'a pas rendu les analyses toxicos ; donc, pour le moment, je ne peux pas en dire plus concernant la mort de la jeune femme. Cependant, ils m'ont transmis une copie du dossier des empreintes relevées sur la voiture située au bar, comme vous le souhaitiez. »

Le médecin légiste Hennecart tendit une pochette rouge à Leroy, qui s'en saisit.

« Très bien, merci, docteur. Dès que vous avez d'autres résultats, appelez-moi. »

Les deux gendarmes le saluèrent et quittèrent les locaux. Une fois dehors, ils s'appuyèrent sur leur véhicule banalisé. Ramazzy alluma une cigarette pendant que Leroy parcourait à haute voix le dossier :

« Les empreintes à l'intérieur de l'Audi appartiennent à un certain Samuel Lebourg. Les gars de la scientifique précisent qu'ils ont rencontré des difficultés à trouver des traces sur le volant, tout comme sur le pommeau de vitesse alors que ce sont des endroits qui devraient en compter beaucoup. Ils laissent entendre que ces parties-là auraient été nettoyées puisqu'ils ont retrouvé des empreintes à d'autres endroits dont la boîte à gants et sur les boutons poussoirs des vitres.

– Ça pourrait être quelqu'un qui conduit avec des gants, non ?

– Possible, mais je ne vois pas pourquoi les TIC[1] auraient retrouvé des empreintes ailleurs. Ce n'est pas cohérent, et puis l'état de propreté douteux du véhicule, avec notamment des mégots dans le cendrier, ne me laisse pas penser à une personne qui mettrait des gants. Mais pourquoi pas. Bon, ensuite… Ah ! voilà les antécédents judiciaires de ce fameux Lebourg : vol à main armée en 95. Il était âgé de 15 ans.

– Oh punaise, ça promet, ponctua Ramazzy.

– Ensuite, conduite en état d'ivresse en 97, coups et blessures en 98, port d'arme illégal, impliqué dans plusieurs braquages, trafic de stupéfiants…

– Un beau palmarès !

– Il a été arrêté en 2001 avec cinq kilos de poudre. Condamné à cinq ans ferme. Il en a purgé trois, relâché en conditionnelle. Et depuis, il a disparu des radars.

– Nous voilà bien !

– Et il réapparaît aujourd'hui, du moins ses empreintes, dans une voiture retrouvée dans ce trou paumé qu'est Blaches, alors même que nous avons un cadavre et un disparu, et… attends… »

Leroy feuilletait les papiers avec une certaine excitation :

« Il a été incarcéré à la prison de Lyon Saint-Paul, et devine qui a fait de la cabane à cette même période ? Je te le donne en mille… »

Ramazzy le regarda avec un sourire complice :

« Guillaume Roche ?

– Bingo ! Ce serait un hasard incroyable que ces deux-là se retrouvent dans le même bled paumé et à la même soirée. C'est louche. Demain matin, avec l'équipe

---

1 Techniciens en Identification Criminelle.

nautique, je m'occuperai du lac, et toi, tu iras rendre une petite visite à notre ami Guillaume.

– Blaches, Blaches, Blaches, chantonna Ramazzy, petit coin tranquille qui respire le bon air. Quelle connerie ! T'as une photo de ce Samuel ?

– Oui, la voilà, fit le capitaine en lui tendant une photographie judiciaire ternie par le temps.

– Punaise, la tête de l'emploi ! s'exclama Ramazzy en détaillant le visage du criminel. On dirait un tueur à gages ! Impossible que personne ne l'ait remarqué s'il était dans le bar. »

Samuel Lebourg était blond, des yeux gris clair qui accentuaient son regard glaçant, des lèvres pincées. Les traits de son visage étaient marqués, comme taillés par un couteau à bois. Il ne faisait pas son âge, son passé de truand lui donnait dix ans de plus.

Leroy reprit :

« Concernant les autres jeunes, ils ont tous été interrogés par les collègues, et les familles confirment qu'ils sont tous rentrés dans les heures dites. Certains ont fait du covoiturage, d'autres ont dormi chez leurs copains.

– Donc, priorité à ce Samuel et à Thomas ? en déduisit Ramazzy.

– Oui, mais sans négliger Benjamin, le barman et bien sûr Guillaume, qui a partagé son séjour carcéral avec Lebourg. Et puis on ne sait toujours pas si la mort de Mylène est accidentelle ou criminelle.

– Tu penses à un accident, maintenant ? s'étonna le lieutenant en levant un sourcil.

– Non, bien sûr que non. Pas avec la disparition de Benjamin, l'amnésie de Thomas et la présence de Lebourg et de sa voiture. Mais pour le moment nous n'avons pas non plus d'élément permettant d'être catégorique sur l'aspect criminel. Espérons que la tache de sang relevée sur le pantalon de Thomas nous apportera quelque chose. »

Ramazzy jeta son mégot au sol et l'écrasa du talon en recrachant sa dernière bouffée de nicotine.

Les deux enquêteurs remontèrent dans leur voiture, direction Blaches, sa douceur de vivre, ses odeurs de pins et ses senteurs forestières.

LE VÉLO

Onze mois plus tôt, dimanche 28 mai 2017

Guillaume avait pris l'habitude de donner un coup de main à Gérald, le père de Rémi. Chaque été, il se mettait à la disposition de l'agriculteur et de son exploitation. C'était ça aussi Blaches : l'entraide.

Aujourd'hui, l'ancien légionnaire soulevait les sacs d'engrais que Gérald lui avait en partie préparés. Demain, toute cette manutention serait finie. Le père de Rémi avait investi dans un immense bac adapté à l'une de ses broyeuses et s'était mis en relation avec les paysans alentour. Il collectait toutes les bouses de leurs fermes dans cet immense contenant, puis y ajoutait des enzymes. Il enfermait le tout et laissait macérer. Avec la chaleur, il obtenait le meilleur engrais naturel qui soit, et pour pas cher. Il s'en servait pour les champs de maïs. Peut-être était-ce là ce qui faisait de sa production la plus prisée de la région. L'inconvénient, pour les habitants du coin, aurait pu être l'odeur nauséabonde qui flottait pendant plusieurs jours. Mais à Blaches, tout le monde s'en fichait, entre habitude et fierté de vivre sur ces terres d'abondance.

Guillaume chargeait les sacs, aidé d'un Rémi qui ne quittait pas des yeux les bras musclés de son collègue du jour. L'ancien légionnaire ne disait rien, mais il voyait bien dans son regard qu'il se posait des questions.

L'adulte s'arrêta pour boire un coup et souffla d'épuisement, les poings sur les hanches. Rémi, par mimétisme, souffla à son tour, de façon exagérée, tout en adoptant la même posture.

Guillaume sourit. Se frottant le bras droit en grimaçant de douleur à cause du poids des sacs, il contracta son biceps pour le faire ressortir. Rémi se mit alors en position de *bodybuilder* et tenta de gonfler ses petits muscles.

L'homme éclata de rire.

« T'as vu, je suis fort comme toi ! lui dit le jeune, tout fier.

– T'as pas besoin d'être comme moi, gamin. Surtout pas comme moi. »

Rémi pointa du doigt une longue estafilade :

« C'est quoi cette cicatrice ? »

Guillaume se frotta le bras, cette ancienne blessure le démangeait en permanence mais c'était sans importance. Son aspect extérieur de dur n'était pas qu'une apparence. Il était grand et costaud, le crâne rasé et arborait une barbe de légionnaire. Son frère s'était d'ailleurs mis à l'appeler « Ragnar » depuis peu, en référence à la série *Vikings*.

Très jeune, Guillaume avait su que l'école n'était pas faite pour lui. Il avait quitté la maison dès sa majorité, sa mère ne supportant plus de le voir traîner dans les rues. Il fit rapidement partie d'une bande de petites racailles qui dealait de la dope dans les beaux quartiers de Lyon. Loin de se contenter de ce trafic, il devint expert dans la revente de voitures volées. Après quelques années à se faire de l'argent facile avec ces deux « activités », il en voulut plus… Il se mit aux braquages et passa du statut de petit dealer à celui de « gros poisson intéressant les stups ». Il monta un gros coup avec un associé, mais ces chiens de policiers avaient eu du flair. Guillaume avait dû abandonner plusieurs kilos de poudre dans le Rhône avant de finalement se faire serrer quand même. Pendant la perquisition, les flics n'avaient retrouvé chez lui, qu'une petite quantité de sachets de blanche qui lui avaient valu quelques mois à la prison de Saint-Paul.

Malheureusement, à sa sortie de cabane, les gars auprès de qui il s'était engagé pour la revente voulaient récupérer l'argent qu'il leur devait. Si Guillaume Roche avait réussi à se planquer, son acolyte n'avait pas eu la même chance : on avait retrouvé son corps aux abords de la Saône quelques semaines plus tard. Guillaume n'eut alors que peu de choix. S'enfuir et devenir invisible était sa seule chance de rester en vie. Et quelle meilleure façon de disparaître que de s'engager dans la Légion ? Avant de quitter la vie civile et son identité, il était allé voir son frère pour le lui dire. Éric devenait le seul gardien du secret de Guillaume. Les deux frères s'étreignirent et Éric lui murmura que, quoi qu'il arrive, sa maison serait toujours ouverte pour son petit frère.

Guillaume était resté plus de cinq ans dans la Légion et avait parcouru de nombreux pays, vécu un certain nombre de guerres et conflits. Conflits armés mais aussi conflits au sein même de son unité. De la prison à la balle en pleine tête, ce qui s'est passé chez les hommes aux tabliers de cuir reste couvert par le secret de leur arme.

« Ce sont des souvenirs, répondit Guillaume en restant évasif.

– Moi aussi, quand je suis parti en vacances avec maman à Paris, j'avais ramené des souvenirs. »

Guillaume pouffa.

« Ben voilà, c'est pareil. On ramène des choses d'un endroit mais pas seulement. »

L'ancien légionnaire cherchait ses mots.

« On ramène toujours quelque chose pour nous permettre de nous rappeler d'où on vient et ce qu'on a vécu. Mais ce n'est pas toujours un cadeau ou quelque chose que tu peux toucher. Parfois c'est une odeur ou comme pour moi, une cicatrice. Ne pas oublier, c'est ce qu'il y a de plus important.

– Nous, on est passés par Mâcon en voiture, car j'ai vu le panneau "Mâcon" sur la route, mais je n'ai pas ramené de souvenir de Mâcon », expliqua Rémi, baissant la tête de déception.

Guillaume éclata de rire.

« Ne change rien, Rémi. Reste comme tu es.

– Papa, il m'a dit que t'as tué des gens pendant la Légion. Et ma maman, elle m'a toujours dit que les gens qui tuent ou qui font du mal aux autres, ce sont de mauvaises personnes. Mais, toi, tu n'as pas l'air mauvais pourtant !

– Ta maman avait raison, Rémi. Mais, moi, mon métier était de défendre les gentils face aux méchants qui tuent les autres.

– Comme Batman ? »

L'homme se mordit les lèvres pour ne pas rire.

« Oui, en quelque sorte.

– Mais moi, j'aimerais bien être comme toi et savoir tuer les méchants qui font du mal.

– Oh, je t'assure qu'il ne faut pas être comme moi.

– Toi, tu sais te battre !

– Il ne faut pas savoir se battre, il faut savoir se défendre.

– Comme les boxeurs à la télé ! »

Les poings serrés devant son visage, il frappa dans le vide en faisant des petits pas de danse.

Guillaume se prit au jeu. Il décala ses appuis et leva les mains devant lui, paumes vers son « adversaire », comme s'il avait des paos[1].

« Allez, Rémi, frappe ! »

Ce dernier se mit à taper dans les mains de l'ancien légionnaire en poussant des cris de rage, comme le faisaient les boxeurs à la télé.

« Allez, *jab* ! *Jab* ! » l'encourageait Guillaume.

Tous deux tournoyaient. Un petit entraînement de quelques minutes pendant lequel Rémi se voyait déjà champion du monde des poids plumes.

Brusquement, l'adulte fit mine de s'écrouler sous l'impact des coups fulgurants du « boxeur ». Jouant le jeu jusqu'au bout, il endossa le rôle de l'arbitre et s'accroupit pour frapper le sol :

« 1, 2, 3… »

Rémi sautillait sur place, les bras en l'air, attendant avec impatience la fin du décompte.

« … 8, 9… et 10 ! »

Le jeune garçon hurla de victoire.

« Et Rémi est déclaré champion !

– Ouiiiiii ! Je suis champion du monde de Blaches ! »

Guillaume se releva et le souleva à la manière d'un Rocky Balboa. Les bras levés, le jeune garçon exultait et savourait sa victoire au milieu des champs. Plus rien ne comptait. Pendant ces quelques secondes, il était devenu un champion. Un futur sauveur du monde qui pouvait combattre les méchants, et sa maman, où qu'elle soit, était fière de lui.

L'ancien légionnaire reposa Rémi. Et regarda ce gamin hors norme, pas comme lui ni comme les autres. Ce gamin qui avait son propre univers. Il lui caressa gentiment le crâne.

---

1 Outil d'entraînement qui absorbe les coups de poing et de pied.

« Allez, viens, on finit ces sacs, sinon, ton père va nous engueuler ! »

*

Jeudi 26 avril 2018, chez Guillaume Roche

« Comment allez-vous ? demanda Ramazzy, qui avait filé chez l'ancien légionnaire après avoir déposé Leroy au niveau du Lac.

– Bien… »

Guillaume alluma une cigarette, sans lâcher le lieutenant du regard.

Ramazzy savait à qui il avait affaire : un dur, un ancien petit trafiquant, mais avant tout un guerrier. Pas besoin de prendre de gants, inutile d'y mettre les formes :

« Bon, vous savez pourquoi je suis là, j'imagine ?

– C'est moche pour cette gamine, lui répondit son interlocuteur en expirant sa fumée vers le ciel.

– Et un autre gosse n'a toujours pas été retrouvé.

– Le gosse de riches ?

– Un gosse, éluda le gendarme. J'imagine que vous connaissez la première question que j'ai à vous poser ? »

Guillaume poussa un long soupir :

« Ne vous donnez pas la peine, je vais vous faciliter les choses. Oui, j'étais au bar ce soir-là. J'ai bu quelques bières dans mon coin et je suis parti, comme tout le monde, à la fermeture. Franck a fermé ses portes, j'ai fini ma bière tranquillement dehors et je suis parti.

– Vous êtes le dernier à avoir quitté les lieux ?

– Oui, et ?

– Et ça ne vous a pas inquiété de voir la moto de votre neveu, Thomas ?

– Au contraire, c'était plutôt rassurant, avec ce qu'il a dû boire.

– Il y avait aussi une voiture devant le bar ?

– Oui, effectivement. »

Guillaume était bref dans ses réponses. Ne pas ouvrir une porte dans laquelle la bleusaille n'hésiterait pas à s'engouffrer.

« Vous savez à qui elle appartient, cette voiture ?

– Oui, je le sais. »

Le lieutenant n'aimait pas le ton semi-ironique que venait de prendre l'homme, ni ce petit jeu de réponses courtes et non constructives.

« C'était une Audi noire, poursuivit l'ancien légionnaire.

– Je n'ai pas demandé la marque, mais à qui elle appartient.

– Qu'est-ce que j'en sais !

– Moi, je pense que vous le savez. »

Guillaume cracha sa fumée juste à droite de la tête du gendarme, par pure provocation, et répondit :

« Je crois bien que c'est celle de Benjamin.

– Vous croyez ?

– Y en a qu'un qui a une voiture comme celle-là, ici, c'est lui. Donc, j'ai supposé que c'était la sienne.

– Et quand vous êtes rentré, sur le chemin du retour, vous n'avez rien remarqué de particulier ?

– Non, je n'ai rien vu. »

Le téléphone du lieutenant sonna :

« Ramazzy, j'écoute… Mmm… je vois… Bon, au moins, ça a le mérite d'être clair… »

*

Leroy raccrocha, puis rejoignit les équipes qui venaient de draguer le lac.

« Bon, les gars, vous êtes certains de ce que vous venez de me dire ?

– Totalement ! Malgré la chute d'eau, il y a peu de courant. Même si le vélo était tombé au niveau de la cascade, si on prend en compte la vitesse à laquelle il aurait atterri et les faibles courants, ça l'aurait fait dériver de cinq à dix mètres grand maximum. D'autant que c'est un vieux vélo ; avec le poids, il serait descendu quasiment à la verticale. Mais là, il y a bien plus. »

Le capitaine se retourna et calcula de tête la distance jusqu'à la cascade. Plus de trente mètres séparaient le deux-roues de la chute d'eau. Il observa le vélo : il était noir avec un petit panier blanc à l'avant.

Des stickers étaient collés un peu de partout : des personnages de mangas, des têtes de mort stylisées, etc. Les détails n'étaient plus aussi nets après avoir passé quelques jours dans l'eau. Leroy se pencha au-dessus et remarqua un autocollant qui ne tenait plus. Il le retira comme on retire un pansement de la peau. Il eut un frisson dans le dos en pensant à cette jeune fille à qui la vie venait d'être ôtée si facilement… comme cet autocollant.

« On est bien d'accord ? Quelqu'un a pris le vélo au niveau de la cascade puis l'a amené jusqu'ici pour le balancer dans l'eau.

– C'est le plus probable, répondit le technicien en chef. En revanche, on ne retrouve aucune trace de roue sur le sol. Faut dire que les chemins sont encore tapissés de mousse et de branches. Il n'y a rien non plus sur le sentier principal. Très difficile de trouver quelque chose d'exploitable dans un tel environnement. Et pour votre histoire de casquette et de fil arraché, on n'a rien trouvé non plus.

– O.K. Je connais votre minutie mais ratissez tout une dernière fois. »

*

Depuis qu'il avait raccroché, Anthony Ramazzy dévisageait silencieusement Guillaume Roche.

« Il va falloir que vous soyez plus réglo avec moi, lâcha-t-il enfin.

– Je vous ai tout dit », rétorqua l'oncle de Thomas.

Le lieutenant haussa un peu le ton :

« Une gamine d'à peine 20 piges a été retrouvée morte, et mon capitaine vient de m'informer que les recherches dans le lac ont permis de retrouver son vélo. Il était à plus de trente mètres de la cascade. Impossible qu'il ait dérivé sur une telle distance. C'est quelqu'un qui l'a déplacé pour le jeter là. La thèse de l'accident ne tient plus et l'affaire est requalifiée en homicide à partir de maintenant. Les équipes de la scientifique sont en train de fouiller : traces, empreintes, ADN… toute la forêt va être passée au peigne fin. Alors si vous avez quelque chose à dire, je vous conseille de le faire maintenant, monsieur Roche. »

Guillaume sentait la colère l'envahir. Les sous-entendus du gendarme ne lui plaisaient pas du tout.

« Pourquoi pensez-vous que j'ai un lien avec le meurtre de cette gosse, bordel ! C'était une amie de mon neveu !

– Vous souhaitez peut-être que l'on revienne sur vos antécédents ? ironisa Ramazzy.

– C'était il y a des années, putain !

– Ouais, ouais, je sais. Mais vous avez fait parler de vous ici aussi, pour autant que je sache. Vous avez refait le portrait d'un touriste au bar du lac.

– Ce mec-là, c'est autre chose. Il n'aurait pas dû toucher Mylène. Et puis, ça ne fait pas de moi un meurtrier !

– Écoutez, monsieur Roche, on a un meurtre sur les bras, un autre gamin a disparu et votre neveu est, *bizarrement*, complètement amnésique. Vous êtes le dernier à avoir quitté le bar. Je ne sais pas, moi, vous avez peut-être eu envie de vous faire la fille…

– Vous déconnez ? Me faire Mylène ?! Vous êtes complètement malade !

– … elle a refusé vos avances, vous vous êtes énervé. Ça arrive de s'énerver.

– Vous êtes en train de me faire passer pour qui ?

– Je pense à ce que vous avez vécu à la Légion. D'ailleurs, pour quelle raison vous avez décidé de fuir. Enfin, je veux dire, de vous engager ?

– Vous savez très bien pourquoi je me suis engagé. Ne me faites pas croire que vous ne vous êtes pas renseigné ! »

Ramazzy se pencha en avant comme pour donner à son propos un côté secret :

« En effet, je sais. Mais écoutez-moi, je peux vous faire chier des lustres avec toutes ces conneries. Je sais que vous avez fait du ballon parce que vous traficotiez avec des dealers qui voulaient vous faire la peau. Vous êtes resté au chaud dans cette prison et vous saviez qu'en sortant, ils allaient vous choper. Alors, votre seule solution c'était la Légion. À défaut, vous étiez mort. Peut-être dans une ruelle avec une balle dans la tête, comme votre coéquipier de l'époque.

– C'est le passé et je n'ai pas l'habitude de regarder dans le rétroviseur.

– On a tous un passé, mais un jour, il vous pète à la gueule !

– Je ne comprends pas…

– La voiture devant le bar, l'Audi, n'est pas à Benjamin, c'est celle d'un dealer plutôt coté en bourse, si vous voyez ce que je veux dire. Pas le petit trafiquant du coin. Samuel Lebourg, ça vous parle ? Vous étiez en taule avec lui, à Saint-Paul.

– Je n'ai rien à voir avec cette histoire ! J'ai côtoyé des tas de types en zonzon, ça ne prouve rien. Je ne le connais pas votre gars. Je ne vous apprendrai rien de plus.

– Ça, c'est moi qui en jugerai. Je vous écoute.

– Si ça peut vous faire plaisir. Mais vous n'apprendrez rien de plus sur vot'gars ni sur la mort de Mylène.

– Racontez-moi la soirée.

– Comme chaque samedi, j'étais au bar, dans mon coin, peinard. C'était l'anniversaire de Benjamin, comme vous le savez déjà. Presque tous les jeunes avaient un coup dans le nez, rien d'anormal à leur âge. J'ai discuté cinq minutes avec Thomas. J'ai bu quelques bières. Les gosses beuglaient, dansaient. Ils faisaient la fête comme n'importe quels jeunes de leur âge. Point final. Fin de l'histoire.

– Rien d'autre ? Personne ne s'est engueulé pendant cette soirée ? Personne d'inhabituel dans le bar ?

– Si, si. Un mec louche, avec inscrit sur le front : "Je suis un dealer, je m'appelle Samuel Lebourg."

– Jouez pas au con avec moi, Roche !

– C'est vous qui avez commencé, lieutenant.

– Il paraît que Mylène s'est embrouillée avec Benjamin. Ils étaient sur la piste, vers le coin où vous étiez.

– Oui, mais je n'ai pas entendu la raison de leur engueulade et ça ne me regarde pas, même si j'ai bien senti que ce petit con de Benjamin en voulait à Mylène…

– Qu'est-ce qui vous fait dire ça, le coupa Ramazzy, qui tenait là sa première information utile depuis le début de cet entretien.

– Je ne sais pas trop, mais c'était pas une anicroche de gamins, le gosse avait quelque chose dans son regard.

– Comme quoi ?

– De la peur.

– Peur de quoi ?

– Comment voulez-vous que je le sache ? Mais, croyez-moi, j'en ai vu des regards chargés de peur, dans mon "passé", comme vous dites si bien. Benjamin avait peur de quelque chose, et il en voulait à Mylène. De quoi, pour quoi, je n'en sais rien. Ce que je sais c'est que leur prise de gueule a été brève, parce que Thomas est venu les chercher. J'ai bien vu à ce moment-là qu'ils étaient mal à l'aise, ils cachaient quelque chose. Et ça s'est arrêté là.

– Vous confirmez qu'ensuite ils sont tous partis du bar ?

– Je vous l'ai déjà dit, je suis parti le dernier. Je reste toujours au cas où il faudrait donner un coup de main au patron.

– C'est marrant, quand même, que personne n'ait rien vu. Il n'y a qu'une seule route qui mène du lac au village, et la même nuit, un par un, vous quittez le bar, tout le monde prend le même chemin mais personne ne remarque quoi que ce soit sur cette foutue route. »

Guillaume croisa les bras sur son torse pour bien montrer à l'officier qu'il n'avait rien à ajouter.

Le lieutenant laissa quelques secondes s'écouler avant de reprendre la parole :

« Ne vous éloignez pas le temps de l'enquête, au cas où on reviendrait vous voir.

– Où voulez-vous que j'aille ? Et puis, ça veut dire quoi ? Vous me suspectez ?

– Vous vous sentez coupable ?

– Putain, arrêtez avec votre petit jeu de flic à la con !

– Ne vous éloignez pas. C'est tout. »

Ramazzy tourna les talons et quitta Guillaume Roche sans un mot de plus.

ENTRACTE

Le soir se posait sur Blaches et ses habitants. Le soleil descendait lentement tandis que la brise, aussi légère qu'une plume, donnait la chair de poule aux promeneurs. Un moment de paix pour certains, de réflexion pour d'autres. Un petit instant pendant lequel chacun se retrouvait face à lui-même.

Lui, décida d'allumer une cigarette après une journée de dur labeur. Il fixait le ciel en pensant à sa femme. Surveillant ce qu'il se passait autour de chez lui et autour du village. Le regard plein d'inquiétude et d'angoisse, il observait son fils se mettre en route pour sa balade. Une de plus. Il lui fit un signe de la main, comme à chaque fois. Un signe qui voulait dire « ne pars pas trop loin ni trop longtemps ». Le signe d'un père à son fils.

Tandis que cet autre, dans son garage, buvait une dernière bière. Il se frottait le bras comme pour raviver les plaies du passé et celles du présent. Il jeta sa canette dans la poubelle dédiée aux cadavres de verre, puis il commença à mettre des coups de poing dans son sac de frappe. Il espérait que l'exercice effacerait certains souvenirs. Mais il savait que quand le passé faisait irruption dans le présent, si la douleur prenait une forme différente, son odeur restait la même.

Celle-ci, assise devant sa porte d'entrée, se servit encore un verre pour tenter d'avoir moins mal. La bouteille à ses côtés témoignait de sa détresse. Elle regardait le vide autour d'elle. Sa maison sans âme. Plus de cris, plus de joie. Elle espérait à chaque instant qu'un son retentirait dans la cuisine ou dans sa chambre, lui rappelant l'éphémère souvenir de sa fille. Mais, à la place, le néant continuait de l'engloutir. Pensant encore et encore à son unique amour, la chair de sa chair. Son ange parti trop vite. Trouvant son seul réconfort dans les médocs et l'alcool. Caressant les bouts de la couverture en patchwork cachée dans la commode du salon. La colère et la haine l'envahissaient. Trouver le meurtrier de sa fille… Le meurtrier de sa fille devait être puni…

Et il y avait celui-là qui, tapi dans l'ombre, surveillait, notait, observait. Faisant mine de rien, mais ne tenant plus en place. La panique s'installait. Enchaîner les cigarettes ne le calmait plus. Il hésitait, ne savait pas comment s'y prendre. Mais il allait devoir le faire. Il prit son téléphone et composa le numéro. Après la première sonnerie, son interlocuteur décrocha :

« J'écoute ! »

Alors il chuchota :

« C'est moi… ça a merdé ! »

LA CURIOSITÉ EST UN VILAIN DÉFAUT

Sept mois plus tôt, mercredi 27 septembre 2017

Il était 17 heures, Thomas et Mylène étaient tous les deux allongés dans l'herbe et observaient les nuages. L'air était chaud mais une petite brise caressait leurs corps. Mylène plissa légèrement ses yeux.

« T'arrives à voir des formes, toi ?

– Ben, ça dépend. Là, je trouve que ça ressemble à un lapin et là, on peut imaginer un oiseau. »

Puis il se tourna brusquement vers elle :

« Non, mais on est juste là pour mater des nuages, sérieux ? »

La jeune femme se racla la gorge :

« Je t'ai fait venir pour te montrer quelque chose. Au départ, je ne voulais pas t'en parler, mais… ça me travaille. »

Thomas fronça les sourcils : il ne comprenait pas. Devant son air interrogatif, du bout des doigts elle, lui caressa la main.

« Heu… tu fais quoi, là ? dit-il avec un mouvement de recul.

– Excuse-moi, je voulais juste savoir. Ça t'a fait quoi ?

– Tu sais, on se connaît depuis des années…

– Et ? »

La jolie blonde se rapprocha un peu plus du jeune homme. Elle souriait, riait presque de le voir aussi mal à l'aise.

« Et rien. C'est pour ça que tu m'as fait venir ?

– Chuuuutttt. »

Le visage de Mylène était tout proche de celui de Thomas. Seuls quelques centimètres séparaient leurs bouches quand, soudain, un craquement se fit entendre.

Ils se relevèrent brusquement. Face à eux, les bosquets et le début de la forêt.

« Y a quelqu'un ? » cria Thomas.

Seul le silence répondit.

Le téléphone de Mylène sonna, les faisant sursauter.

« Et merde ! Quelle conne, j'avais oublié que j'avais mis l'alarme !

– L'alarme ? Mais pourquoi ? »

Mylène souffla.

« Pour te montrer quelque chose. C'est pour ça que je t'ai fait venir. Il est 17 h 30, et ma mère a un mec.

– Et tu n'es pas contente pour elle ?

– Non, si, enfin je m'en fous, elle a le droit de se taper des mecs. Mais là, je voulais que tu le voies de tes propres yeux. Ça fait plusieurs fois qu'il vient et qu'il repart à cette heure-ci. Tiens, regarde, la porte s'ouvre. »

Les jeunes gens s'accroupirent au milieu des hautes herbes afin d'espionner l'entrée de la maison. Mme Mollat sortit la première.

« Regarde ! chuchota Mylène. Elle vérifie que personne n'est dans la rue pour être certaine qu'on ne le verra pas. »

Quelques secondes plus tard, un homme quitta la maison rapidement, une caisse à outils à la main. Mylène mitrailla la scène avec l'appareil photo de son smartphone.

Décontenancé, le jeune homme restait muet, stupéfait par ce qu'il venait de voir.

« C'est… c'est mon père… »

Son cocon familial venait de s'effondrer comme un château de cartes. Lèvres tremblotantes, il regardait son père déguerpir comme un voleur pour rejoindre sa voiture, garée plus loin. Il le vit démarrer et passer devant la maison de Mylène. Sandrine, restée en retrait sur son palier, lui fit un petit geste discret. Thomas aperçut un sourire se dessiner sur le visage de son père, il semblait heureux.

Il explosa :

« Mais pourquoi ? Pourquoi il a fait ça, putain !

– Je suis désolée, Thomas, mais je pense que tu étais en droit de le savoir. »

Brusquement, le jeune homme se leva et rassembla ses affaires prestement. Mylène se sentait terriblement mal à l'aise.

« Attends, tu vas où ?

– Je ne sais pas, mais je ne peux pas rester là.

– Je viens avec toi. »

Il hurla :

« NON ! Non ! Laisse-moi !

– Ne m'en veux pas, Thomas, je ne pouvais pas garder ça pour moi.

– Tu sais quoi ? Je… Je… j'aurais préféré ne jamais le savoir ! Parce que maintenant… »

Il avait les larmes aux yeux. Elle aussi.

« Je suis désolée, Thomas, bredouilla-t-elle.

– Pas autant que moi ! Tu me fais chier avec tes conneries ! »

Il ferma sa veste et partit sans se retourner.

En dévoilant ce lourd secret, Mylène venait de réaliser tout le mal fait à son ami, et elle s'en voulut énormément.

Alors qu'elle le regardait partir, des feuilles craquèrent de nouveau dans la forêt. Elle recula, saisie d'angoisse. Elle se sentait épiée.

Prise de panique, elle ramassa rapidement ses affaires. Elle chercha Thomas du regard, mais il avait déjà disparu.

Le bruit se fit entendre, encore. Elle se précipita vers la route, sortant du champ en jetant des regards derrière elle.

En arrivant sur le pas de sa porte, elle se retourna une dernière fois et fixa l'orée du bois : personne n'apparut, mais le vent qui balayait les arbres faisait s'entrechoquer les branches dans un sifflement inquiétant. Ce qui l'observait n'était peut-être rien d'autre que les chênes de cette forêt à la fois belle et mystérieuse. Elle faisait partie de Blaches, partie de ce village et de ses habitants et n'avait jamais eu l'air menaçante.

Pourtant, Mylène la considérait aujourd'hui comme si elle venait de prendre vie.

LE POLLUEUR DE BLACHES

Cinq ans plus tôt

Elle était allongée sur son lit depuis des semaines. Les médecins n'avaient pas laissé de place au doute : le cancer était foudroyant et c'était déjà généralisé. Il lui restait peu de temps, mais elle se battait. Il était hors de question pour elle de mourir dans un hôpital, elle avait refusé d'y rester. Elle était donc rentrée chez elle, dans la maison qu'elle aimait tant, auprès des siens et c'était le principal.

Dans la journée, à chacun sa tâche : le père continuait de travailler et Rémi s'occupait de sa maman. Le soir, ils se retrouvaient tous les trois et plus rien n'avait d'importance.

S'occuper de sa maman, Rémi le faisait super bien. Le matin, avant de prendre son petit déjeuner, il préparait celui de la femme de sa vie : deux tranches de pain complet avec du beurre et de la confiture maison – qu'elle seule savait faire, et c'était la meilleure du monde –, un café, et un jus d'oranges pressées. Sauf aujourd'hui. Aujourd'hui c'était du jus d'orange industriel, car il n'y avait plus d'oranges à la maison.

C'était le même rituel chaque matin : juste avant de lui amener son plateau sur son lit, il sortait à toute vitesse pour lui cueillir une fleur du jardin. Il prenait le soin de ne pas l'arracher, comme le lui avait expliqué sa maman, car sinon, elle ne pourrait pas repousser. Puis, il prenait un verre à moutarde – aujourd'hui, c'étaient les Schtroumpfs – et y mettait un peu d'eau, mais attention, pas trop. Il plaçait ensuite délicatement la fleur à l'intérieur avant de poser le verre en avant du plateau, pour être sûr que sa maman la voit bien.

Le plus discrètement possible, il ouvrait la porte de sa chambre et posait avec précaution le plateau sur la table de nuit. Sur la pointe des pieds il se dirigeait vers la fenêtre et ouvrait les volets. C'est à ce moment-là, aux premiers rayons du jour, que Rémi tournait la tête dans sa direction, et c'est là qu'il apercevait ce sourire majestueux. Celui de sa mère, celui de la femme qu'il admirait le plus au monde, celle qui l'aimerait tous les jours et pour toujours.

D'une voix douce, chaque matin, elle lui répétait :

« Viens me voir, mon ange. »

Et Rémi, invariablement, plongeait dans ses bras, frottant sa joue contre la sienne, pour le meilleur câlin du monde. Ils se blottissaient l'un contre l'autre, ne voulant pas que ce moment prenne fin.

« Tu as bien dormi, maman ?

– Oui, mon cœur, ça va, merci.

– J'ai préparé ton petit déjeuner. »

La mère regardait son fils avec amour et tendresse. Elle savait d'avance ce qu'il allait lui dire. L'esprit de Rémi fonctionnait comme un ordinateur, tout était programmé : les gestes, les habitudes. Il n'était que rituels. Il avait ses repères, il en avait besoin.

La plus grande inquiétude qu'elle nourrissait était le jour où elle partirait, pour toujours. Où elle laisserait Rémi seul. Il y avait son père, bien sûr, mais Gérald était rude et avait toujours eu du mal à comprendre pourquoi son fils était comme ça. Il aimait son enfant plus que tout au monde, mais elle savait que ce n'était pas facile pour lui d'accepter cette situation.

Elle avait tout fait pour que Rémi se construise dans le bonheur et la joie. Elle s'était appuyée sur son innocence pour lui inculquer le plaisir de vivre. Elle lui répétait que cette innocence et sa vision de la vie étaient sa force, il voyait toujours le bon côté des choses. Que quelque part, le bonheur se trouvait dans chaque geste et moment de la vie, et qu'il fallait en profiter, laisser de côté toutes les mauvaises influences, et que le plus important était d'avoir des objectifs et de s'y tenir. Pour Rémi, l'objectif ultime c'était d'être heureux, de profiter de chaque instant. Et pour ça, Blaches était le meilleur endroit qui soit. Sa forêt, son décor, tous ces moments passés à faire ses balades… Ça lui avait permis de s'épanouir.

« Rémi, mon ange, promets-moi que tu ne changeras jamais tes habitudes. Lorsque je ne serai plus là, il faudra que tu continues tes activités, ta marche, tes balades en musique, tout ce que tu aimes tant. Sache garder ton univers, celui que tu t'es créé, celui qui t'anime, celui qui te fait vibrer au fond de ton cœur.

– Oui, maman. »

Rémi regardait sa mère avec beaucoup d'amour.

« À Blaches, tu es chez toi, c'est ton univers, avec ton village, ta forêt, tes amis… Il faut que tu prennes soin de celles et ceux qui t'entourent. Montre-leur de l'amour et ils te le rendront. Tu as bien compris, mon chéri ? Il faut que ta vie soit faite d'amour et de joie.

– Oui, maman, je te promets. Je t'aime.

– Moi aussi, je t'aime, mon petit ange. »

Au quarante et unième matin, il pleuvait des cordes, mais Rémi s'était quand même aventuré dans le jardin pour cueillir une fleur. Il consulta sa montre : il ne voulait pas être en retard, pas le temps de se sécher.

Il entra dans la chambre dégoulinant d'eau de pluie. Il ouvrit les volets et se retourna. Sa maman dormait encore.

Il posa délicatement le plateau sur sa table de chevet et installa une chaise à côté de son lit. Il s'était dit que s'il s'allongeait à côté d'elle, il risquerait de la réveiller.

Alors, sagement assis, il attendit qu'elle ouvre les yeux.

Il ne voyait pas le temps passer, car il n'y avait rien de plus beau que de regarder sa maman dormir. Les mains sous ses cuisses, il balançait ses jambes. Un coup en avant, un coup en arrière.

Rémi estimait le temps qui passait à la fumée que dégageait la tasse de café. Au début épaisse et très blanche, il ne distinguait maintenant plus qu'un mince filet avant de le voir disparaître totalement : le café était entièrement froid, mais sa maman dormait toujours. Discrètement, il prit la tasse et repartit dans la cuisine pour réchauffer le café. Puis il la remit à sa place sur la soucoupe et se rassit, reprenant le mouvement de balancier de ses jambes.

Soudain, il entendit la porte de la chambre s'ouvrir. Il savait donc qu'il était 10 h 30. C'était toujours l'heure à laquelle son papa rentrait de son premier travail dans les champs.

Il les regarda tous les deux. D'abord sa femme, puis son fils. Il retira sa casquette. Rémi lui dit :

« J'ai fait réchauffer deux fois son café, mais elle dort toujours… »

Son père, avec un léger sourire, secoua doucement la tête.

« C'est bien, mon Rémi, mais je pense que maman ne mangera pas ce matin.

– Ah bon ? Elle n'a pas très faim ?

– Oui, c'est ça, elle n'a pas très faim. Viens dans la cuisine avec moi, papa doit te parler. »

Quelques jours plus tard, Rémi déversait les cendres de sa mère à différents endroits de la forêt de Blaches.

Ainsi, elle vivrait et resterait éternellement avec lui dans ces bois qu'il aimait tant, et pour toute la vie.

*

Vendredi 27 avril 2018, chez Gérald Plan

« Monsieur Plan, merci de me recevoir…
– Appelez-moi Gérald. Ici, tout le monde m'appelle par mon prénom. Il n'y a pas de "monsieur" qui tienne. On est à la campagne. »
Leroy sourit. À côté de Gérald, Rémi. Il s'était habillé, pour la peine. Survêtement Nike Jordan, chaussures Reebok Pump et son éternel casque à antenne, à l'image d'un de ses héros de la série *Stranger Things*.
« Très bien, Gérald. Et donc, toi, jeune homme, ton prénom, c'est Rémi.C'est ça ? »
Ce dernier secouait doucement la tête.
Le capitaine le regardait avec bienveillance. Il prit des précautions pour le mettre à l'aise :
« Rémi, ça va, t'es avec nous ?… »
Mais le gamin restait silencieux.
« Rémi ?… »
Leroy regarda M. Plan pour savoir si quelque chose n'allait pas.
« Rémi, réponds au monsieur, s'il te plaît !
– Attendez, Gérald, je ne suis pas sûr qu'il nous entende.
– Mais, Rémi, tu écoutes de la musique ?… Rémi ?! Rémi ?! »
Gérald secoua son fils par l'épaule. Ce dernier finit par réagir et enleva son casque.
« Mais bon sang, Rémi, qu'est-ce que tu fais ? C'est très malpoli. Les policiers viennent pour nous parler !
– Ce n'est pas grave, Gérald, ne vous inquiétez pas.

Leroy se tourna vers le jeune et lui demanda sur le ton de la confidence :

– Alors, dis-moi, Rémi, qu'est-ce que tu écoutais ?

– *Paradise City*, des Guns N' Roses.

– Waouh ! Ça dépote comme musique. J'adore ce groupe. Tu es fan des années 80 d'après mes informations. »

Le gendarme avait ponctué sa phrase d'un clin d'œil, en signe de connivence.

« Oui, c'est ma maman qui m'a donné goût à ça.

– Eh bien, tu veux que je te dise, elle avait sacrément raison. Tu veux connaître un secret ? »

Rémi, en confiance, s'avança vers le capitaine Leroy. Ce dernier chuchota :

« Tu sais quoi ? Ce sont mes années préférées, aussi. »

Le jeune garçon sourit. Le gendarme avait su capter son attention en créant proximité et complicité.

« Dis donc, Rémi, ça ne te dérange pas si on parle de cette soirée d'anniversaire où tu étais invité ?

– Non, répondit-il immédiatement, fier d'aider le capitaine.

– Tu t'y es bien amusé ?

– Oui.

– Il y avait du monde ? Tu avais plein de copains, là-bas ?

– Oui.

– Et ils étaient tous gentils avec toi ?

– Oui. »

Leroy regarda Gérald avec un petit sourire.

« Tes réponses ont le mérite d'être courtes et précises... »

Rémi hocha la tête, balançant ses jambes :

« Mais ce ne sont pas tous mes amis.

– Et ce sont qui, tes amis ?

– Mylène et Thomas. Mais Mylène est morte, dit-il d'une voix monocorde.

– En effet… »

Leroy voyait que les réactions de Rémi étaient binaires et froides. Des réactions non pas d'adulte, mais d'enfant.

« Et Benjamin, c'est ton ami lui aussi ? »

Il regarda son père.

« Vas-y, Rémi, tu peux répondre, l'invita Gérald.

– Non.

– Ah… et pourquoi non ?

– Il se moque souvent de moi.

– En effet, ce n'est pas très gentil.

– Et aussi, il est mauvais pour Blaches. »

Le capitaine fronça les sourcils.

« Il est mauvais pour Blaches… Tu peux m'expliquer ?

– Blaches, c'est notre village, avec sa forêt, son lac, nos voisins, nos amis. C'est un chouette village, il faut en prendre soin comme ma maman me l'a appris. Mais lui, il le pollue.

– Que veux-tu dire par “il le pollue” ? Il n'en prend pas soin ? Tu sais, Benjamin a disparu depuis cette soirée, et il est important pour moi de comprendre ce qui a pu se passer, pour le retrouver et savoir ce qui est arrivé à Mylène.

– Benjamin ne mérite pas de vivre à Blaches ! »

Rémi venait de se refermer. Il avait répondu en criant et en serrant les poings. Son père le regardait, un peu inquiet par ses propos.

« Tes paroles sont dures, tu ne trouves pas ? poursuivit Leroy.

– Même Mylène me le disait. Et elle disait même qu'un jour, elle le prouverait !

– Elle voulait prouver quoi, Mylène, dis-moi ? Elle savait quelque chose ? »

Pas de réponse.

« Elle voulait dévoiler un secret, insista l'officier.

– Mylène savait des choses sur Benjamin.

– Tu peux m'en dire plus ?

– Il pollue Blaches. Il est mauvais pour Blaches. »

Rémi répéta les mêmes mots et se tut.

« Mais enfin, Rémi, s'agaça Gérald, il faut que tu aides les policiers ! »

Soudain, le jeune garçon se mit à chantonner son air des Guns N' Roses : « ... *Take me down to the paradise city, where the grass is green and the girls are pretty...* »

« Rémi, arrête de faire ça ! Tu m'entends ? »

Gérald commençait à s'énerver, il secoua son fils par le bras.

« Non, ce n'est pas grave, ne vous inquiétez pas, le calma Leroy.

– J'ai horreur quand il se comporte comme ça. D'après les médecins, c'est une réaction normale. Mais moi, je ne comprends pas.

– Laissez faire, Gérald. »

Puis le gendarme se tourna de nouveau vers le jeune garçon :

« Et, dis-moi, Rémi, de cette soirée, tu sais à quelle heure tu en es parti ? »

Il s'arrêta de chanter.

« Oui, à 0 h 46.

– Bien. Au moins, tu es précis.

– Oui, c'est grâce à ma montre de *Mission impossible*. Regardez, dit-il en tendant son bras. Et y a même une voix qui parle quand on appuie dessus… »

« *Monsieur Hunt, il est 14 h 42.* »

« Il passe tout son argent de poche dans ces trucs-là, précisa Gérald, mais je le laisse faire, ça lui fait plaisir.

– Il a bien raison. »

Leroy s'adressa de nouveau à Rémi :

« Elle est vachement chouette, ta montre. Et donc, tu es parti à 0 h 46. Et tu es rentré directement, ou avec quelqu'un ? Tu as dit à quelqu'un du bar que tu partais ?

– Non, je bâillais, alors je suis parti.

– Tu es parti le premier ?

– Oui, j'aime bien marcher, moi. Vous avez vu mes cuisses ! Ça, ce sont des cuisses de champion ! Et je ne voulais pas louper ma série télé.

– Laquelle ? fit mine de s'intéresser le gendarme.

– *Columbo.* »

Leroy sourit à l'évocation du titre de cette série hors d'âge.

« *Columbo* ? D'accord. Et donc, tu es rentré à pied ?

– Oui.

– Sur le chemin, près de l'accès à la cascade, tu n'as rien remarqué d'étrange ou vu quelqu'un ?

– Non.

– Non, évidemment…

– Je peux y aller ? Je commence à en avoir marre.

– Oui, tu peux y aller », acquiesça le gendarme.

Leroy baissa les yeux, un peu dépité. Rémi, avant de partir dans sa chambre, jeta ses dés.

« Neuf ! À vous ! »

Le capitaine regarda Gérald.

« Il fait ça depuis deux ans, environ. Je pense que c'est depuis sa série, "*Stranger* ché pas quoi". Ils font des jeux de rôle et jouent avec des dés… bref… »

Leroy lança à son tour : douze.

« Oh ! double six. Bravo, tu as sauvé Blaches !

– Dis, Rémi, puisque j'ai gagné, est-ce que tu veux bien me montrer ta chambre ? » demanda l'officier.

Il accepta, ravi qu'un adulte s'intéresse à son antre, et Gérald Plan n'y voyait pas d'inconvénient.

Ils se rendirent tous les trois dans la chambre du jeune garçon, qui commença à faire le tour de toutes ses décos. Leroy avait l'impression de replonger dans les années 80, entre les posters, les figurines et autres objets bigarrés. Au-dessus du lit, une immense affiche de *Stranger Things*, le seul anachronisme de cette collection.

« Voilà, c'est de ça que je vous parlais, indiqua Gérald.

– Je connais, répondit Leroy, tout le monde en a parlé lors de la sortie. »

Il regarda la pièce dans son ensemble, enregistrant un maximum de détails. Mais en dehors d'une chambre d'adolescent, il n'y avait rien.

La visite terminée, M. Plan raccompagna le capitaine à la porte.

« Excusez-moi encore pour le comportement de mon fils. Mais il est comme ça depuis son enfance.

– Ne vous inquiétez pas, et puis, vous n'y pouvez rien. Il est attachant votre garçon. Si j'ai besoin de lui parler de nouveau, je vous le ferai savoir. »

Leroy repartit et Gérald ferma la porte. Il prit une immense bouffée d'air, comme s'il avait suffoqué tout au long de l'entretien. Il respirait fort, sa tête tournait. Il se plia et mit ses mains sur ses genoux. Il fallait qu'il reprenne son souffle. Il entendit un bruit et se retourna : Rémi était là, devant la porte du salon. Il ne bougeait pas et observait son père. Tous deux restèrent ainsi sans parler. Le silence était pesant.

Gérald ferma les yeux quelques secondes, comme s'il voulait effacer cette image.

Quand il les rouvrit, son fils, toujours silencieux, fit demi-tour pour regagner sa chambre.

Il le regarda partir, la bouche encore tremblante.

POINT SUR L'ENQUÊTE

Ramazzy et Leroy avaient décidé de se retrouver à la brigade pour faire le point sur l'enquête et définir la suite des investigations.

Au milieu des clichés, des rapports médicaux, des notes, deux tasses de café.

C'est le capitaine Leroy qui ouvrit le bal :

« Bon, notre bilan est mince. Après nos interrogatoires, qu'est-ce qu'on sait ? Que tous les jeunes du village étaient à la soirée d'anniversaire. Que le premier à en être parti, c'est Rémi, un gamin un peu spécial dirons-nous et qui n'aime pas Benjamin, notre disparu, parce que, je le cite “il ne mérite pas de vivre à Blaches”. D'après lui, même Mylène savait quelque chose, mais impossible d'en savoir plus parce que le gamin s'est renfermé sur lui-même.

– Dires en partie appuyés par Sylvie, la tante de Mylène, intervint Ramazzy. Rappelle-toi les propos qu'elle a tenus sur les gosses de riches. Elle crachait sur eux et a fait allusion à la drogue. Est-ce que c'est de ça dont le gamin parlait en disant que Benjamin était mauvais pour ce village ? On pourrait peut-être faire appel à un psychologue ou une personne spécialisée pour nous aider à communiquer avec ce Rémi.

– Pas pour le moment, je n'ai pas envie que ça fuite et que la presse nous tombe dessus ou encore qu'une association nous dénonce pour harcèlement, le proc nous rentrerait dedans. Pour en revenir à Benjamin, y a du nouveau ?

– Non, que dalle… Personne ne s'est manifesté.

– Merde ! Bon, continuons. Au cours de cette soirée, on sait que Mylène et Benjamin se sont engueulés. C'est un des rares souvenirs de Thomas, confirmé par son oncle qui, entre parenthèses, fait un bon suspect avec son casier loin d'être vierge. C'est lui qui est parti le dernier, d'ailleurs. »

Ramazzy prit le relais :

« Enfin on a Thomas, notre “belle au bois dormant”, dont les analyses de sang ont démontré qu'il était sous GHB. On peut imaginer qu'il a été volontairement drogué par une tierce personne, mais pour quelle raison ? Quand on l'aura découverte, on aura fait un grand pas.

– Il ne faut pas oublier la relation extraconjugale entre Éric, le père de Thomas, et Sandrine, la mère de Mylène, ajouta Leroy.

– Oui ! C'est un sacré sac de nœuds cette affaire. Nous avons des tas d'éléments mais aucun rapport entre les faits. Tu penses que cet adultère pourrait être le mobile du meurtre de Mylène Mollat ? Tu imagines, Éric Roche tuer la gamine pour qu'elle ne révèle pas son secret ? Par contre, à ce stade, rien ne nous permet d'affirmer qu'il savait que Mylène les avait surpris, et immortalisés !

– Oui, Anthony, tu as raison, mais il y a les menaces dans le journal intime de la victime. Ça, c'est un fait. Pour moi, ça reste un mobile. Imagine : Mylène menace Éric de tout balancer, il la pousse dans le vide, jette le vélo plus loin, planque son téléphone dans le trou… C'est quand même un sacré hasard que ce soit lui qui l'ait trouvé. Et quand Rémi affirme que Mylène savait des choses, c'était peut-être ça, le lien avec son journal intime, et ça n'aurait rien à voir avec Benjamin.

– O.K., ça se tient, mais Rémi nous a parlé surtout de Benjamin. Et comment tu expliques la disparition de ce gosse, qui n'a aucun rapport avec Éric Roche et Sandrine Mollat ?

– Benjamin l'a peut-être surpris en train de tuer Mylène et il s'est débarrassé de lui en même temps ?

– Mouais, possible…

– Ou alors, si Éric Roche n'était pas au courant que son aventure avait été découverte, on peut aussi imaginer que c'est l'œuvre de Thomas uniquement. Il a su, soit par Mylène, soit il l'a découvert de lui-même. Il ne souhaitait pas qu'elle dévoile quoi que ce soit, il l'a tuée, mais surpris par Benjamin, il… »

Ramazzy secouait la tête.

« O.K., O.K., je m'emballe, j'arrête de dire des conneries ! admit Leroy. On n'a pas de lien entre ces différents éléments.

– Oui, tu pars dans un grand délire, capitaine, et ça ne te ressemble pas. C'est vrai, on n'a pas grand-chose. Même si on trouve un mobile de ce côté-là, ça n'explique pas la disparition de Benjamin. Pas de corps, pas de mort. »

Leroy soupira et termina de résumer les faits :

« Enfin, nœud supplémentaire à notre affaire, cette voiture devant le bar, aux plaques trafiquées et dont le propriétaire a lui aussi disparu.

– Oui, pour le coup, je ne vois vraiment pas de rapport avec les jeunes de Blaches. Mais bon, pourquoi trafiquer des plaques sur une grosse cylindrée ?

– Pour maquiller un véhicule volé ou pour faire des go fast. On est à combien de l'autoroute ?

– Vingt-cinq kilomètres, environ, estima Ramazzy.

– Go fast sous-entend trafic. Le seul lien qu'il pourrait y avoir avec le village, c'est les traces de GHB dans le sang de Thomas et les dires de la tante de Mylène sur sa bande de copains. C'est maigre comme élément.

– Et Benjamin ?

– Lui, en revanche, c'est le stéréotype du consommateur. Jeune, riche, un peu foutraque, livré à lui-même. Cette voiture pourrait être le lien entre nos affaires. »

Leroy prit un stylo et inscrivit des noms sur des Post-it qu'il colla au mur au fur et à mesure :

« On a Benjamin qui consomme. On a Guillaume Roche, ancien trafiquant à la petite semaine et on a Samuel Lebourg qui a fait de la drogue son fonds de commerce et dont on a retrouvé les empreintes dans la voiture. En fouinant dans le passé de Roche et le CV de Lebourg, on apprend que ces deux-là ont été colocs en zonzon. Un trio qui a donc pour point commun la drogue. Je suis certain qu'il est là notre lien. »

Ramazzy acquiesça mais souleva une autre question :

« Ouais… Mais, dis-moi, ton Samuel, il est où ? »

LE CALME… AVANT LE BORDEL

Pendant que les deux flics faisaient le point sur l'enquête, la nuit était tombée. Il faisait bon dans les rues de Blaches. Ni trop frais ni trop chaud. Une température idéale pour prendre l'air et respirer les odeurs de pins que dégageait la forêt.

Lui, pour se défouler, était parti faire son footing. Il laissa ses émotions l'envahir, ses larmes couler. Il criait pour exorciser sa peine, allant jusqu'à s'arrêter pour vomir. Puis, en marchant, il regagna sa maison. Éreinté par cette décharge émotionnelle. Il monta les quatre marches et franchit la porte d'entrée. Ne pouvant plus cacher ce qu'il avait fait, il savait qu'il devait dévoiler la vérité.

Elle était là, sur le canapé, en train de lire tranquillement. Elle lui sourit, ses yeux brillaient d'amour.

« Ça va, Éric ? Tu n'as pas l'air bien.

– Il faut que je te parle… »

Quant à lui, de sa chambre, il entendit son père rentrer et entrouvrit sa porte pour tenter d'écouter la conversation. Depuis plusieurs jours, il repensait à cette soirée d'anniversaire et il n'arrivait pas à trouver le sommeil, essayant de comprendre ce qui avait bien pu lui arriver. Avec en toile de fond cette ombre et cette voix, qui l'appelait ce soir-là. Son regard dériva vers cette boîte à chaussures dans le placard, où un sachet était planqué. Devait-il s'en servir ?

Et lui, pour qui marcher était une routine vitale. Par tous les temps et en empruntant n'importe quel trajet. Il naviguait à longueur de journée dans son village pour s'occuper la tête. C'était son seul moyen de ne pas perdre pied. Plus personne n'était là pour lui dire ce qui était bien ou mal. Ce soir, il a décidé d'aller jusqu'à ce chemin qui mène à la cascade. Celui barricadé par des bandes jaunes « scène de crime ».

Sous le ciel étoilé, il resta stoïque face à ce sentier et pensa à Mylène. Mais ce moment de solitude fut de courte durée. Une voiture de sport passa devant lui. Il regarda sa montre et appuya sur le bouton : « *Monsieur Hunt, il est 1 h 20.* » Bien trop tard pour que le bar serve encore.

Lui, avait le même rituel chaque soir : ranger son bar, préparer la salle pour que le ménage puisse être attaqué dès l'aube. En semaine c'était sa femme qui s'en chargeait. Les week-ends, c'était son fils. Il avait à cœur que ce dernier apprenne la valeur du labeur.

Chaque samedi et dimanche matin, c'était son ado qui s'occupait du nettoyage : balayer et astiquer le sol, dégommer les traces de vomi séché laissées par les fêtards, ce que, lui, n'était pas. Pour son fils, avant de pousser la porte de l'établissement, c'était toujours l'éternelle question : quelle serait la « surprise », forcément mauvaise, de la soirée écoulée ? Des confettis plein le sol, de la vaisselle en pagaille ? Des toilettes ressemblant à une porcherie ? Un boulot qui pouvait sembler dégradant. Mais c'était ça l'apprentissage de la vie. Il le payait et ça permettait au jeune d'avoir de l'argent de poche. Leur vie, c'était la gestion de ce bar.

Une fois que tout serait prêt pour le lendemain, la porte fermée, il fumerait une cigarette dans sa voiture, sur le chemin du retour. Il profiterait de ce moment à lui, et rien que pour lui. Il savourerait le calme.

Mais au moment de placer le dernier tabouret sur une table, il sentit un appel d'air. Il connaissait cette brise, légère, fine, rapide. Celle qui annonçait, avec le son de la clochette, la venue d'un client. Mais, à cette heure, plus question de servir.

« On est fermé, désolé », dit-il sans regarder l'intrus.

L'invité-surprise ne répondit pas. Franck releva la tête et se tourna vers l'entrée :

« Je vous ai dit qu'on était fermé. »

L'homme ne prononça pas un mot.

« Vous comprenez ce que je dis ?! »

Délicatement, l'inconnu poussa la porte derrière lui.

Il était grand, très grand. Il devait friser les deux mètres. Une mâchoire carrée, des yeux noirs enfoncés dans leurs orbites.

« Je ne suis pas venu pour boire un verre, je suis à la recherche de quelqu'un, dit-il enfin.

– Vous savez, en ce moment, beaucoup de monde disparaît à Blaches.

– Vous m'en direz tant. »

Franck interrompit sa tâche et demanda :

« Mais putain… vous êtes qui ?

– Celui qui vient nettoyer ce bordel. »

« … LE BORDEL… »

Samedi 28 avril 2018

Leroy et Ramazzy furent avertis par la brigade locale. Le gendarme Rathier les attendait au bar du lac.

« Vous en pensez quoi ? lui demanda Leroy.

– C'est quand même étrange. Depuis que Franck tient cet endroit tout est millimétré, c'est comme un rituel. Et quand Céline, sa femme, a appelé à la brigade ce matin pour dire que Franck n'était pas rentré, je l'ai immédiatement rejointe ici. Elle attendait avec son fils. J'espère que vous ne m'en voudrez pas, mais comme je la connais bien, je lui ai demandé de me raconter les dernières heures. Elle prend des cachets pour dormir, et c'est au petit matin qu'elle a remarqué son absence. Elle s'est réveillée à 5 h 30, Franck n'était pas là et sa voiture non plus. Elle a tenté de le joindre, mais sans résultat. Alors, elle s'est rendue au bar. Le véhicule de son mari était là. La porte de l'établissement était ouverte et il y avait de la lumière, mais personne. En fouillant, elle a découvert son portable près de la caisse. Elle est allée sur la plage au cas où, mais il n'y était pas non plus, alors, elle nous a appelés pour signaler sa disparition. »

Leroy avait laissé Rathier parler sans le couper, attentif au moindre détail.

« Anthony !

– Oui, chef ?

– Qu'on fasse venir les équipes de la scientifique. Je veux qu'on passe une nouvelle fois ce bar au peigne fin. Que les TIC soulèvent le moindre grain de poussière. Et faites-moi venir le chien stup[1], aussi. »

Le gendarme Rathier fut surpris.

« Pourquoi faire venir le clébard ?

– À votre avis ?

– Je sais à quoi ils servent, mais… »

Leroy le coupa sèchement :

« Écoutez, rien ne tourne rond dans votre village. En plus de la mort de Mylène, on a toujours un gamin disparu, un dealer dans la nature et maintenant Franck Girard qui s'est volatilisé. Ce bar regorge de gosses de 18 piges, dont l'un d'eux a été récupéré sous GHB. Ça ne vous saute pas aux yeux la raison pour laquelle je demande la présence du chien ?

– Mais il n'y a jamais rien eu ici. Comme je vous l'ai dit, ça a toujours été calme.

– De toute façon c'est comme ça. Je préfère les faire venir pour rien, que de passer à côté de quelque chose. »

Le portable du gendarme Rathier se mit à sonner. Il jeta un œil sur l'identité de son correspondant :

« Ce sont les parents de Benjamin, ils m'appellent tous les jours pour savoir si nous avons des nouvelles.

– Dites-en le minimum. »

Rathier s'écarta pour discuter tranquillement avec M. Folias. Leroy se tourna vers Ramazzy :

« Pff, les gendarmes des petites villes. Sans déconner, tu sens bien qu'ils sont dans leur campagne. »

Deux heures plus tard, l'équipe cynophile débarqua. Tout le bar fut scanné par la truffe du berger malinois, mais rien.

---

1 Chien spécialisé dans la détection des produits stupéfiants.

Leroy et Ramazzy étaient verts. La piste de la drogue leur semblait pourtant être un bon mobile.

Après la fouille de l'établissement, ils emmenèrent le chien dans la forêt avec l'espoir qu'il « renifle » quelque chose.

Pendant plusieurs heures, ils ratissèrent les bois, élargissant leurs explorations. Les deux officiers commençaient à douter lorsque l'animal se figea. Il s'allongea et aboya devant le trou où Éric avait trouvé le portable. C'était certain, il n'y avait pas eu que le smartphone de Mylène planqué ici.

Le téléphone de Leroy sonna, sortant les enquêteurs de leurs réflexions :

« Leroy, j'écoute.

– Bonjour, capitaine, c'est la PTS d'Écully, je vous rappelle concernant les analyses ADN de la tache de sang retrouvée sur le pantalon de Thomas Roche. On a une correspondance avec l'ADN de Benjamin Folias.

– Vous en êtes sûr ?

– Formel.

– Parfait, merci. »

Leroy raccrocha et fit part de la nouvelle à son collègue.

Ils décidèrent de profiter de la présence de l'équipe cynophile pour se rendre directement chez les Roche.

*

Le couple était dans la cuisine. Éric buvait son café, le regard dans le vague. Face à lui, Stéphanie laissait son sachet de thé infuser, sans quitter sa tasse des yeux. L'ambiance entre eux était glaciale depuis qu'il avait avoué son aventure avec Sandrine.

« Pourquoi ? » demanda soudain Stéphanie.

Éric baissait la tête.

« Je n'ai même pas de bonnes raisons. Je pense que j'ai craqué. C'était au moment où on s'engueulait constamment. On ne baisait plus, on ne se parlait pas trop et… je m'en veux.

– C'était quand, la première fois ?

– Lorsque sa machine à laver est tombée en panne.

– Le fameux soir où j'avais la gastro et où je t'ai demandé de ne pas y aller parce que ça pouvait attendre ? Putain, j'suis vraiment trop conne ! s'énerva-t-elle en manquant de renverser sa tasse de thé.

– Ne dis pas ça, je t'en prie. Quand j'y suis allé, je n'avais aucune arrière-pensée. C'était pour l'aider, il y avait de l'eau de partout, et…

– La pauvre ! Heureusement que tu étais là », ironisa sa femme.

Elle crevait d'envie de le gifler. Lui, se taisait.

« Remarque, à défaut de laver son linge, elle se sera fait ramoner la cheminée !

– C'est naze, ce que tu viens de dire, et très moche dans ta bouche. »

Stéphanie éluda cette dernière remarque et poursuivit son interrogatoire :

« Par contre, dis-moi la vérité : est-ce que ton histoire a un rapport avec la mort de Mylène ? »

Cette fois, c'est Éric qui s'emporta, il se leva brusquement :

« Non ! Mais non, mais qu'est-ce que tu vas chercher !? J'ai eu une aventure O.K. Je sais, je suis le dernier des connards, mais tout ça, c'est fini depuis des lustres !

– C'est toi-même qui me l'a dit : les flics sont venus avec des photos prises par Mylène !

– Je n'étais pas au courant ! cria-t-il. Et tu crois vraiment que si je l'avais su, j'aurais été capable de tuer une gamine pour ça ? Non, mais tu ne vas pas bien ! Tu penses ça de moi ? »

Éric avait baissé le ton d'un coup. Blessé par les sous-entendus de sa femme.

« Je pose la question, c'est tout !
– Tu m'as pris pour qui ?
– Pour quelqu'un qui a su jouer un double jeu ! » balança-t-elle d'un ton acide.

Éric ne pouvait pas la blâmer.

« Je suis désolé, Stéph, je te jure. Je comprendrais que tu ne veuilles plus de moi, et qu'on se sépare. Je… je m'en veux à un tel point, si tu savais. »

Son épouse avait les larmes aux yeux et bouillonnait intérieurement. Elle but une gorgée de son thé et se leva de table. Éric souffla, impuissant et faible. Ses épaules s'affaissèrent. Il suivit sa femme du regard : elle quitta la cuisine, puis monta à l'étage.

Doucement, elle tapota à la porte de la chambre de Thomas avant d'entrer et de refermer derrière elle.

« Ça va, mon chéri ?
– Oui. Alors ?
– Alors, tu avais raison depuis le début.
– Je te l'avais dit… »

Il sourit à sa mère, qui s'empressa de lui rendre la pareille avec un regard chargé d'amour et de complicité.

Il reprit :

« Je ne comprends toujours pas pourquoi tu n'as rien fait, rien dit depuis que je t'ai mise au courant ! Tu l'as laissé faire pendant des semaines. »

Elle se rapprocha de son fils et parla doucement :

« Qui te dit que je n'y ai pas trouvé mon compte ?
– Je ne comprends pas, maman…
– Tu comprendras plus tard.
– Et tu vas faire quoi, maintenant ?
– Ne t'inquiète pas, laisse-moi faire. »

Soudain, de la fenêtre, un brouhaha commença à se faire entendre.

« Qu'est-ce qui se passe ? »

Ils se précipitèrent pour regarder dehors.

Toutes sirènes hurlantes, plusieurs voitures de police débarquaient dans le quartier. Leroy et ses équipes stationnèrent leurs véhicules devant la maison des Roche et en sortirent en claquant bruyamment les portières.

Stéphanie quitta la chambre en quatrième vitesse et se planta en haut des escaliers. Éric avait déjà ouvert la porte aux gendarmes. Elle essaya d'écouter leur conversation, sans succès. Elle n'en saisissait que des bribes sans pouvoir y donner du sens. Elle attendit, sur le palier, tremblante, persuadée que les forces de l'ordre étaient venues pour elle. Ils écartèrent M. Roche du passage et pénétrèrent dans la maison.

Sans perdre une seconde, les gendarmes se dirigèrent vers l'escalier et montèrent. Ils demandèrent à Stéphanie de les laisser passer. Ce qu'elle refusa de faire, sans comprendre ce qui était en train d'arriver. Elle se jeta devant eux, écartant les bras et les harcelant de questions pour tenter de savoir pourquoi ils étaient là. Mais ils ne répondirent pas ; ils n'avaient qu'un seul objectif. Ils forcèrent le passage et entrèrent dans la chambre de Thomas. Ce dernier ne bougeait pas, debout, figé.

« Il est 9 h 55, commença le capitaine Leroy, vous êtes placé en garde à vue. Vous pouvez faire appel à un avocat, si vous n'en avez pas… »

Hébété, le jeune homme n'entendit pas la suite.

Éric avait grimpé les escaliers quatre à quatre. Il prit sa femme dans ses bras et tenta de la calmer. Elle pleurait et hurlait, frappant la poitrine de son mari :

« Mais pourquoi ils font ça ? Il n'a rien fait ! Toi et moi on le sait qu'il n'a rien fait !… »

Les gendarmes menottèrent le jeune homme. Sortant de sa torpeur, il se mit à crier en passant devant ses parents :

« Mamannnn ! Papaaa ! Mais qu'est-ce qui se passe ?…

– Ça va aller, Thomas ! Je vais tout régler, ne t'inquiète pas ! Ça va aller !

– Thomaaaas ! » hurla Stéphanie, complètement effondrée.

Ils suivirent leur fils jusqu'à la voiture sérigraphiée. Dehors, les voisins étaient sortis, et tout le monde observait ce qu'il se passait. Les ragots commençaient à circuler.

Guillaume arriva en quatrième vitesse et s'interposa. Il fut à deux doigts de se battre avec un gendarme de la brigade. La tension venait de monter d'un cran. Rathier tenta de calmer les esprits. Il connaissait les Roche depuis longtemps et cette proximité fut une aide précieuse.

Quelques minutes plus tard, Thomas fut finalement installé dans le véhicule.

Sur les marches extérieures, M. Roche soutenait sa femme. Guillaume, quant à lui, les poings serrés, se retenait de toutes ses forces pour ne pas libérer son neveu.

Le deux tons résonna de nouveau, emmenant Thomas au poste.

Ramazzy, resté sur place, investit le domicile des Roche, avec l'équipe cynophile, pour la perquisition. Le chien se mit rapidement en alerte : dans une boîte à chaussures, planquée au bas de l'armoire de Thomas, derrière des sacs de vieilles fringues, l'officier découvrit un sachet de cannabis.

Malgré leur fouille minutieuse, les gendarmes ne trouvèrent rien d'autre en lien avec toute cette affaire. Mais ce sachet d'herbe, ajouté à la trace de sang de Benjamin sur le pantalon de Thomas, la voiture de l'ancien dealer découverte à côté du bar et le trou qui servait de cachette dans la forêt, c'était suffisant.

Tout commençait à prendre forme.

*

Ça faisait quinze minutes que Thomas attendait dans un bureau sans fenêtre, aux murs gris et décrépis. Il avait froid. Non que la salle ne soit pas chauffée, mais il était mort de trouille.

Leroy finit par entrer. Il posa à côté du jeune homme une bouteille d'eau, un verre et un sandwich. Puis il s'assit près de lui. Thomas ne bougea pas.

L'officier se releva, ouvrit la bouteille et remplit le verre.

« Vas-y, bois, ça te fera du bien. Sais-tu pourquoi on est venus te chercher ?

– Sincèrement, non. »

Thomas était au bord des larmes.

« La trace de sang que l'on a retrouvée à l'arrière de ton pantalon, tu t'en souviens ? Eh bien, elle correspond au sang de Benjamin.

– Ce n'est pas possible ! » s'écria le jeune homme.

Le capitaine prit un ton solennel et le regarda droit dans les yeux, ménageant le suspense, prenant son temps.

« Et ce n'est pas tout : on a retrouvé un sachet d'herbe dans ta chambre. On sait que de la drogue circule dans le village. On est persuadés que le trou dissimulé dans la forêt sert de planque. La bande de jeunes que vous êtes traficote, ou s'éclate la tête avec cette merde, l'un ou l'autre, voire les deux. Je ne le sais pas encore précisément, mais ça ne saurait tarder.

« Tout me laisse à penser que vous êtes en lien avec un dealer. La seule chose que je ne sais pas, c'est ce qu'il s'est passé ce soir-là : règlement de comptes, vengeance ? Ou alors, vous étiez tous défoncés ? Je me dis aussi que c'est peut-être toi qui as tué Mylène, puis Benjamin. Ou peut-être que c'est ton pote Benjamin qui l'a fait, et qu'ensuite il s'est enfui, et que toi, tu le couvres. Certes, tu n'as peut-être tué personne, mais peu importe. En plus, avoir pris du GHB pour te donner un alibi, chapeau gamin, je ne l'avais jamais vu celle-là ! Dans tous les cas, au minimum, tu prendras dix ans, voire vingt si je prouve que tu es l'auteur d'un meurtre. C'est con, tu es majeur depuis peu, en plus. »

Leroy avait vu son suspect se décomposer peu à peu sur sa chaise tout au long de son monologue. L'officier laissa un long silence s'installer. Les secondes paraissaient des heures pour Thomas, il était au bord de la rupture.

« Mais je vous jure, je n'ai rien fait ! Je ne me souviens de rien. Je suis innocent ! cria soudain le jeune homme, en larmes. Pour le sachet, c'est Benjamin qui me l'a donné il y a quelques mois, je stressais pour les examens, et il y avait les qualifications pour le championnat, ça faisait trop à gérer, j'étais dans un sale état. Il m'a dit de prendre ça, que ça allait m'aider. Je n'en voulais pas, mais pour qu'il arrête de me prendre la tête, je l'ai pris et je l'ai planqué chez moi. Je vous jure que je n'ai rien pris !

– Et le GHB, comment tu l'expliques ?

– Je ne l'explique pas.

– Benjamin, il la sortait d'où, sa drogue ?

– Je n'en sais rien, il avait toujours des trucs sur lui pour sa consommation personnelle, et par moments, il en donnait à quelques potes.

– Et toi, tu le voyais faire et tu n'en as pas parlé !

– Je ne me suis pas posé de questions. Et puis, on se connaît depuis toujours.

– Ton ami distribue de la drogue, Thomas, mais toi, ça ne te met pas la puce à l'oreille ? Benjamin dealait, n'est-ce pas ?

– Non, je ne pense pas.

– Tu me prends pour un con ! »

Leroy avait élevé la voix.

« Tu le sais et tu le protèges. Le seul problème, c'est que ton pote n'est plus là. Et Mylène, elle savait ?

– Non, je ne crois pas.

– C'était ta meilleure amie, vous étiez super proches, et tu ne lui en as jamais parlé ?

– Non, je vous jure que non, je n'en voyais pas l'intérêt.

– Tu penses qu'elle ne savait pas ? Moi, je suis sûr que si. Je suis sûr que vous étiez tous au courant, et je suis même convaincu que vous êtes tous de la partie ! »

Thomas insista :

« Mais je vous jure que non, bordel ! »

Le gendarme lui demanda une nouvelle fois de lui raconter en détail la soirée. Aucune variation dans les faits : il était parti du bar et ne se rappelait de rien ensuite. Juste le souvenir vague d'une voix dans le noir, qui l'appelait.

Deux heures d'audition plus tard, Leroy finit par sortir de la salle, juste au moment où Ramazzy arrivait.

« Alors ? fit le lieutenant.

– Pour la soirée, il répète la même rengaine. Par contre, pour l'herbe, il déclare que c'est Benjamin qui la lui a donnée. Thomas a refusé de le confirmer, mais j'imagine que c'est lui le petit dealer de la bande. Quand je repense à ce que nous a dit Rémi, que Benjamin était mauvais pour Blaches et que Mylène savait des choses, ça concorde.

– Tu vas rire ! Pendant que nous faisions la perquise chez les Roche, le gendarme Rathier m'a appelé : il était au bar de la plage, en train de terminer les recherches suite à la disparition de Franck Girard, et il a retrouvé le cahier de comptes du bar. Je suis allé le récupérer avant de revenir ici. Tiens, regarde ça : voici le chiffre d'affaires des trois derniers étés, et regarde maintenant le chiffre d'affaires durant l'hiver dernier. »

Leroy feuilleta le document. Ses yeux s'arrondirent :

« Ce sont quasiment les mêmes !

– En effet, depuis cet hiver, par rapport aux autres années, le chiffre a explosé, il est le même chaque mois, plus ou moins. Sauf que de mai à septembre, Blaches, avec son site d'entraînement de wakeboard et la plage, connaît une affluence quatre fois supérieure, et en juillet et août je n'en parle même pas. Il est impossible qu'il fasse quasiment les mêmes chiffres chaque mois. L'établissement appartient au père de Benjamin, et il est relié à plusieurs de ses sociétés, notamment pour que les revenus rentrent dans la globalité de son entreprise pour payer moins d'impôts, mais ce n'est pas ça qui nous intéresse. Qu'il fasse autant de pognon pendant la saison hivernale n'est pas normal. C'est donc qu'ils lissent les rentrées d'argent sur toute l'année pour que ça ne se voie pas. Et donc, qu'est-ce que ça cache ?

– Du blanchiment d'argent, répondit Leroy.

– Bingo ! J'ai continué ma petite enquête bien sûr et j'ai appelé M. Folias dans la foulée. Il me fallait des explications, et je te le donne en mille, son fils, Benjamin donc, est actionnaire dans l'entreprise de papa. Et cerise sur le gâteau, sur le papier, devine qui est réellement le propriétaire du bar ? Non pas M. Folias père, mais Benjamin !

« J'ai appelé le service des fraudes, ils vont éplucher les comptes, mais j'en suis persuadé : ce gosse, avec ou sans ses potes, deale de la dope et se sert de son bar pour blanchir son pognon. On a donc un dealer, un barman et Benjamin qui ont disparu. Pour moi, je te parie qu'ils se sont fait la malle tous les trois. »

Réfléchissant, le capitaine se mit à faire les cent pas tout en déroulant ses pensées :

« Admettons. Mais que vient faire la mort de Mylène là-dedans ? Et puis quand tu te fais la malle, tu disparais sans laisser aucune trace et là, il y a quelque chose qui ne va pas. On retrouve la voiture du fournisseur, Samuel Lebourg, et le barman ne s'est pas échappé en même temps que les deux autres. Il était là il y a encore quelques heures. Le seul qui a effectivement disparu sans laisser de trace, c'est Benjamin, dont on n'a plus aucune nouvelle depuis…

– Concernant Benjamin, le coupa Ramazzy, je pense qu'il a tué Mylène parce qu'elle savait pour la drogue, et qu'après ça, il s'est enfui. Pour le reste, je suis d'accord avec toi, c'est encore flou. »

Les deux gendarmes se tournèrent et regardèrent Thomas à travers la vitre de la porte du bureau où il se trouvait toujours.

« Et lui ? fit le lieutenant.

– Je ne le vois pas tuer quelqu'un, ou alors il ment extrêmement bien. Mais, pour le moment, on le garde. »

Brusquement, un collègue les interpella, coupant court à leur réflexion.

*

Rémi avait la grande forme.

« … *Wake me up before you go-go*
Don't leave me hanging on like a yo-yo… »

C'était l'heure de sa balade, et faire ses petits pas de danse sur le groupe *Wham!* lui donnaient du baume au cœur. Il fredonnait l'air si entraînant de ce tube des années 80. Il avait mis un jean – déchiré au genou, même si son père n'aimait pas forcément ça –, un T-shirt aux couleurs de l'arc-en-ciel, et une casquette colorée. Sans oublier son casque fétiche. Entièrement raccord avec *Wham!* !

Ce matin, il se sentait pousser des ailes et avait envie de marcher des heures sans s'arrêter. Il décida de traverser le village pour commencer, ensuite il rejoindrait la route de la plage et s'arrêterait quelques minutes au bord du lac. Entendre l'eau faire ses clapotis l'apaisait.

Il avançait tout en alternant des pas de danse : un en avant, un en arrière et tour complet sur lui-même, ses bras suivant les mouvements. On pouvait deviner le rythme de la musique rien qu'en regardant ses pieds.

Il longea le trottoir et passa devant les maisons des voisins.

Sur le pas de sa porte, Sandrine Mollat téléphonait à sa sœur, tout en fumant une cigarette. À chaque bouffée, sa main tremblait. Mouvement incontrôlable. C'était comme ça depuis la mort de Mylène. Son visage était blafard, creusé, sa gorge imbibée par les verres d'alcool fort et sa voix éraillée de la fatigue de ses nuits blanches. La nouvelle avait fait le tour du quartier : le jeune Roche venait d'être arrêté.

« Apparemment, ce matin, ils ont embarqué Thomas, le fils d'Éric et Stéphanie ! Il y avait des flics partout. Et je viens d'apprendre aussi que Frank, le barman, a disparu lui aussi. Si Thomas est responsable de quelque chose, je te jure que… »

En passant devant sa maison, Rémi lui fit un immense coucou en agitant haut sa main :

« Hé oh ! Sandrine ! Hé oh ! »

Cette dernière lui fit un bref salut, puis, brusquement, se figea, soudain silencieuse.

« Sandrine… allô ? Tu es là ? fit sa sœur à l'autre bout du fil. Hou hou ! Sandrine, je te parle… tu m'entends ?… »

Mais Mme Mollat fixait le haut du crâne de Rémi.

Ses doigts se desserrèrent et son téléphone s'écrasa au sol. Tremblante, elle descendit les premières marches sans quitter le jeune garçon des yeux. Elle continua d'avancer et accéléra le pas pour le rattraper. Dans le regard de la mère orpheline, une flaque de noirceur s'installa. Sa mâchoire se crispa, sa bouche se déforma en un rictus haineux. Elle se mit à courir. Au fond d'elle, un volcan bouillonnait.

Rémi, qui ne voyait rien, poursuivait tranquillement sa balade.

Elle accéléra mais explosa avant de l'avoir rattrapé :

« Salaud !!! Espèce de salaud !!! »

Rémi entendit hurler à travers son casque. Il s'arrêta, mais tapota l'enceinte du doigt en croyant que cela venait de son appareil et qu'il y avait un défaut…

Puis il se fit violemment plaquer au sol sans comprendre ce qu'il se passait. Il se retourna et vit que c'était Sandrine qui l'avait jeté à terre. Elle se mit à le frapper, encore et encore, de toutes ses forces tout en continuant à l'insulter. Rémi se sentait perdu. Il tentait de se protéger avec ses mains.

« C'est toi ! C'est toi, salaud ! Pourriture de merde ! »

Les coups redoublèrent. Sous l'effet de la peur et de la douleur, Rémi se mit à crier, puis à pleurer mais sans pour autant se défendre. Il encaissait comme un sac de frappe.

Rapidement, les habitants du quartier accoururent pour maîtriser l'hystérique, ce qui s'avéra difficile tellement elle était hors d'elle. Retenue par des voisins, elle continua d'asséner des coups de pied dans le vide en hurlant. Rémi s'était recroquevillé.

Gérald, alerté par l'agitation, arriva sur les lieux. Quand il réalisa la situation, il se jeta sur son fils pour tenter de le calmer.

Prévenue par l'un des témoins de la scène, la gendarmerie locale avertit immédiatement Leroy et Ramazzy, qui, une demi-heure après le premier cri de Mme Mollat, étaient sur place.

*

Rémi fut à son tour installé dans un des bureaux de la brigade de Blaches. L'avis du médecin indiquait que l'état du jeune était compatible avec un placement en garde à vue. Malgré les coups reçus il n'était pas blessé et il était en capacité de comprendre la mesure dont il faisait l'objet.

Leroy entra dans la pièce. Rémi avait la tête baissée et affichait un air de chien battu. Ce n'était pas un jeune homme que Leroy avait en face de lui, mais un gamin de 10 ans à qui on allait passer un énorme savon pour avoir fait une grosse bêtise.

Le capitaine posa délicatement un sac transparent et scellé sur la table. Rémi leva les yeux pour le regarder. À l'intérieur, la casquette qu'il portait pendant sa balade, tout à l'heure. Une casquette au rose dominant qui avait disparu et qui appartenait à Mylène.

« Tu peux m'expliquer ? »

Il y eut un grand silence.

« Tu sais à qui elle appartient, Rémi ? »

Il hocha la tête pour dire oui.

« Comment tu l'as eue, cette casquette ? »

Il haussa les épaules.

« Rémi, Mylène a été retrouvée morte en bas de la cascade. Cette casquette a disparu à ce moment-là. Dis-moi, où l'as-tu trouvée ? »

Le jeune garçon hésitait à parler. Mais il le fit quand même, pareil à un enfant timide avouant une bêtise.

« Je… je l'ai ramassée dans la forêt.

– Où exactement ? Dis-moi ? »

Il haussa de nouveau les épaules. Il en avait de ces questions, le gendarme !

« Dans la forêt, par terre.

– À quel moment, Rémi, quel jour ? »

Le fils de l'agriculteur avait les traits tirés. Leroy voyait bien qu'il prenait sur lui et faisait beaucoup d'efforts pour répondre aux questions qu'il lui posait.

« Le lendemain de la soirée d'anniversaire de Benjamin. J'étais parti marcher et elle était dans la forêt, par terre. »

Leroy insista, il avait besoin de savoir :

« Mais où exactement dans la forêt ? Pas loin de la cascade ?

– Oui, pas très loin.

– Et as-tu vu autre chose ?

– Non.

– Et dis-moi, le lendemain, quand tu nous as vus, quand tu as su que Mylène avait été retrouvée morte et quand je t'ai interrogé chez toi, avec ton père, pourquoi ne m'as-tu rien dit ?

– Je ne sais pas. J'y ai pas pensé.

– Tu n'y as pas pensé… »

Le capitaine soupira. Il savait que l'audition de Rémi serait difficile à mener. Qu'il faudrait qu'il soit insistant, précis mais sans pour autant bousculer ce gamin si différent au risque de le voir se refermer comme une huître.

« Rémi, tu me dis la vérité ? Tu ne me mens pas ? Tu sais que c'est mal de mentir. Si à la soirée d'anniversaire, il s'est passé quelque chose, ou si tu as vu quelque chose ou si toi tu as fait quelque chose, il faut nous dire la vérité. Il ne faut pas mentir, tu le sais, ça ? Même si tu penses que c'est quelque chose de mal, il ne faut pas nous le cacher. »

Rémi regarda Leroy. Plusieurs secondes s'écoulèrent avant qu'il ne réponde :

« Non, j'ai rien vu.

– Rémi, il faut que tu saches que toute une équipe est chez toi, avec ton papa. Il a accepté de nous laisser fouiller ta maison. Ta chambre…

– Ah bon ? Il faut que papa leur montre mes jeux ! »

Leroy ne savait pas comment réagir. Devant lui, il y avait ce gosse avec cette casquette qui avait appartenu à Mylène. Un gosse déconnecté de la réalité, loin de celle des autres. Qui ne gérait pas ses émotions de la même façon. Qui n'avait pas conscience du temps de la même façon. Qui ne comprenait pas ce qu'il avait fait de mal.

Leroy cessa l'interrogatoire. Il était face à un mur qu'il ne pouvait franchir. Rémi raconterait toujours son histoire de la même façon, avec sa perception des choses.

Il sortit du bureau et appela Ramazzy pour savoir ce que donnait la perquisition. Mais il n'eut pas le temps de poser la moindre question.

« Alors ? demanda le lieutenant.

– Pff, rien. Le gosse a trouvé la casquette dans les bois, pas loin de la cascade, le lendemain de la soirée, mais rien de plus. Je n'arrive à rien. La seule chose qu'on peut lui reprocher, c'est de ne pas avoir donné cette information lors de son interrogatoire chez son père. Et toi ?

– Je n'ai rien non plus. On a fait des prélèvements dans toute la baraque, on a retourné sa chambre. Une chambre d'adolescent drogué aux films des années 80 : des DVD, des posters, des jeux, des fringues, des babioles en veux-tu en voilà, mais rien.

– Je vais appeler le proc pour lui rendre compte et le garder vingt-quatre heures quand même, et on avisera. Je ne peux pas le lâcher comme ça, mais on n'a pas grand-chose non plus pour maintenir sa garde à vue. Je vais faire appel à un spécialiste pour l'interroger de nouveau.

– Ça marche. »

*

Fin de journée. Le soir tombait sur Blaches.

Lui, recroquevillé, n'arrêtait pas de pleurer, de se demander pourquoi il était ici. Cherchant au fond de son esprit ce qui avait pu lui arriver cette nuit-là. Transi de peur, il pensait à sa mère et à son père. Il respirait par saccades, ses lèvres tremblaient, la seule chose qu'il voulait, c'était rentrer chez lui.

Cet autre ne dormait toujours pas. Regardant cette pièce sombre, il n'arrêtait pas de balancer ses jambes, ça l'apaisait. Il ne bronchait pas, ne frémissait pas. Il ne les avait pas sur lui, mais il s'imaginait sans cesse jeter ses dés, jusqu'à en arriver à ce double six qui le ferait gagner.

Et lui, là, avec son caractère si dur, il n'avait jamais pu accepter la déficience de son fils. Il n'avait pas non plus surmonté la perte de son aimée. Il s'était battu toute sa vie, seul, et plonger dans son travail lui permettait de fuir. Il était là, planté dans la chambre de son garçon, à regarder ses jeux. Serrant les poings, il se mit à pleurer. Son gosse n'était plus là. Il avait peur pour lui et il était impuissant. À cette minute, il prit conscience de tout l'amour qu'il avait pour son fils.

Et puis lui, qui ne contrôlait plus la situation, qui n'arrêtait pas de consulter sa montre. Il avait un plan. C'était sa seule chance de s'en sortir. Il ne maîtrisait plus sa jambe qui tressautait dans tous les sens tant il était stressé. Son téléphone sonna.

« Oui ?

– C'est au numéro 49, c'est ça ? »

Il hésita, il était mal.

« Oui.

– J'espère pour toi. J'y vais.

– Non, attendez ! Vous avez trente minutes d'avance… »

Mais il avait déjà raccroché.

Il y avait lui aussi, cet autre qui, d'habitude, à cette heure-ci, buvait une, voire plusieurs bières, même s'il n'avait pas soif. Il boxait son sac de frappe sans relâche puis, brusquement, il s'arrêta. Il avait entendu un bruit. De sa fenêtre, il vit la voiture. Cela faisait plusieurs fois qu'elle passait. Mais cette fois-ci, elle venait de s'arrêter devant chez son frère.

Et enfin ce dernier qui serrait fort sa femme pour tenter de l'apaiser. Malgré ce qui avait pu se passer entre eux, la force de leur amour était toujours là. Ils oublièrent, pour la soirée, ce qui pouvait détruire leur couple. Le fruit de leur union n'était plus là, ce soir. Elle, ne doutait pas de l'innocence de son fils. Lui, pensait à cette tache de sang, à ce sachet de drogue retrouvé et avait peur de l'improbable…

Il fut tiré de ses pensées : on venait de frapper à la porte…

*

… Éric se leva et alla ouvrir. Devant lui, un homme, grand, costaud. D'aspect froid et inquiétant, il portait une veste en cuir noir, un pull à col roulé de la même couleur. Une paire de jean et des bottes. Il puait les ennuis.

« Bonsoir. Que puis-je pour vous ?

– Vous êtes le père de Thomas ?

– Oui, et vous êtes ? »

L'homme ne répondit pas tout de suite. Il le toisait.

Stéphanie se leva à son tour du canapé et rejoignit son mari. Le regard de leur visiteur ne présageait rien de bon. Brusquement, l'inconnu sortit une arme de la poche de son blouson et la pointa en direction du couple.

« On va devoir parler, tous les trois. »

Par instinct de protection, Éric se plaça devant sa femme :

« Mais qui êtes-vous ?

– Votre problème n'est pas de savoir qui je suis, mais ce que je veux… »

Stéphanie était terrorisée. D'une voix chevrotante, elle demanda à son époux :

« Éric ! Qu'est-ce qui se passe ? »

L'individu avança vers eux :

« Reculez ! »

Il referma la porte derrière lui.

« Bordel, mais vous êtes qui ? Qu'est-ce que vous nous voulez ? Si c'est de l'argent, servez-vous et partez ! »

Éric avait sorti son portefeuille et le lui tendait. L'inconnu le repoussa.

« J'en ai rien à foutre de ton blé et dis à ta femme d'arrêter de chialer. »

Éric serra Stéphanie dans ses bras. L'intrus reprit :

« Où il est ?

– Vous parlez de Thomas ?

– Je vais répéter une dernière fois ma question, et si tu joues encore au con, je bute ta grognasse ! »

Joignant le geste à la parole, l'homme avait pointé son arme sur le front de Stéphanie.

*

Depuis sa fenêtre, Guillaume avait assisté à la scène avant que l'individu ne referme la porte derrière lui.

Il s'empressa de récupérer le Beretta 9 mm planqué dans l'armoire de sa chambre, avant de sortir en quatrième vitesse. Sur les quelques mètres qui le séparaient de chez son frère, il entendit un cri : Stéphanie !

Il accéléra sa course mais, à l'approche de la maison, il décida de ne pas intervenir tout de suite au risque que l'inconnu blesse sa belle-sœur ou Éric.

*

« Où est Samuel ? »

Éric ne savait pas quoi répondre, il ne connaissait aucun Samuel.

« Où est mon frère ?! »

La pression du canon sur le front de Stéphanie s'accentua.

« Écoute-moi bien : je *sais* que ton fils a été arrêté. Je *sais* pour la tache de sang sur son pantalon, sang qui appartient au gars qui écoule la dope pour nous ! Je *sais* aussi qu'ils ont retrouvé de la drogue chez toi… Et tu oses me faire croire que tu ne sais pas de quoi je te parle ?

– Mais vous faites erreur ! Mon fils n'a rien fait et je ne sais rien ! »

*

Guillaume observait discrètement la scène depuis la fenêtre. Le mec avait son flingue posé sur le front de Stéphanie, secouée par des sanglots…

En quelques secondes, il analysa la situation : pas le temps de traîner !

Il recula et se positionna. Il avait un angle.

*

« Si dans trois secondes tu ne me dis pas où sont ma came et mon frère, je vous troue, toi et ta femme ! T'as compris ? »

Avec son arme, le gros balaise fit signe à Éric de s'agenouiller à côté de sa femme, puis il se mit à compter :

« Un, deux… »

C'est à cet instant que Guillaume tira à travers la fenêtre.

Le bruit résonna dans toute la rue.

En une fraction de seconde, le type tomba en avant, et Éric se jeta sur sa femme pour la protéger, pensant que c'était leur visiteur qui avait fait feu. Stéphanie hurlait de terreur.

L'ancien légionnaire fit irruption dans la maison, mais le « gorille », seulement blessé, se retourna sur le côté et pressa la détente à son tour. Son assaillant fut touché à l'épaule et chuta lourdement au sol.

« Guillaume ! »

D'un bond, Éric se releva avec la vivacité d'un fauve et envoya son pied en avant.

« L'invité-surprise » reçut le coup sur la tempe et bascula sur le dos, laissant tomber son arme, qui glissa sur le parquet. Éric réitéra son attaque, mais l'homme était costaud et para cette deuxième tentative, le flanquant par terre.

Guillaume se redressa aussi rapidement qu'il le put. Cherchant son flingue du regard, il le localisa derrière le canapé et se rua dessus, le saisissant de sa main gauche ; son bras droit, blessé, pendait le long de son corps.

Stéphanie poussa un léger cri. Les deux frères se tournèrent vers elle.

« Non !!! Lâchez-la ! » fit Éric, les mains en avant.

Silencieux, Guillaume avançait lentement, braquant son arme, prêt à faire feu.

« Non ! Guillaume… déconne pas, le supplia son frangin.

– C'est ça… écoute-le… parce que si tu fais le con, je la saigne ! »

La scène était effroyable : Stéphanie, étranglée par le bras de son agresseur, une lame de couteau sur sa gorge… L'homme appuyait la pointe si fort que le sang commençait à perler.

« Arrête ! cria Éric en direction du gorille.

– Laisse-moi le flinguer, cet enfoiré », beugla Guillaume en continuant sa progression.

Le gars se protégeait derrière son bouclier humain. Il provoqua l'ancien légionnaire :

« Si tu te loupes, tu la tues ; si tu me loupes, je la tue… Vas-y ! Tire ! »

Éric implora de nouveau son frère :

« Guillaume, fais pas le con ! »

Le type reculait doucement sans lâcher son otage, se rapprochant de la porte d'entrée pour tenter de s'enfuir.

« Je ne vais pas te laisser te barrer ! lâcha Guillaume en fixant droit dans les yeux le malfrat.

– Vous êtes morts ! Vous êtes tous morts ! » cracha le colosse.

Il affichait une grimace entre sourire et douleur. Du sang coulait de sa blessure.

Éric ne lâchait pas Stéphanie du regard, essayant de la rassurer comme il le pouvait. Il ne voulait pas s'opposer à la fuite du gars si ça permettait à sa femme de rester en vie.

Pendant quelques instants, un silence total régna. Chacun se déplaçait lentement, évitant le moindre geste brusque. Un mouvement de trop et tout pouvait partir en vrille. On eût dit que le temps s'écoulait au ralenti.

L'inconnu finit par arriver au niveau de la porte. Il recula un peu plus vite vers l'extérieur tandis que les frères Roche avançaient toujours sur lui. Les trois hommes ne se lâchaient pas du regard.

Alors qu'il arrivait au bout du perron avec son otage, l'homme les menaça de nouveau :

« Je vais tous vous buter ! Je vais revenir et… »

Un coup de feu retentit soudain.

Stéphanie laissa échapper un cri. Le bras autour de son cou lâcha prise : le crâne de son agresseur venait d'exploser comme un fruit trop mûr. L'individu « sans tête » s'écroula au sol.

Éric regarda Guillaume, qui affichait un air aussi surpris que lui : il n'avait pas tiré.

Personne ne comprenait ce qu'il venait de se passer.

Arrivant par le côté, le gendarme Rathier apparut, arme au poing. Il avançait très lentement, n'évaluant pas encore totalement la situation. Apercevant l'ancien légionnaire avec son semi-automatique, il le mit en joue.

« Ne bouge pas et pose ton arme ! »

Guillaume, immobile, avait du mal à réaliser ce qui venait d'arriver.

« C'est bon, ça va, cria Éric. Pas la peine de le menacer, on n'y est pour rien, il est venu nous aider ! »

Puis, se tournant vers son frère :

« Guillaume ? Guillaume, écoute-moi… »

Mais ce dernier restait de marbre, sans aucune réaction.

« Tu lâches ton putain de flingue tout de suite ! le somma Rathier.

– Guillaume, c'est bon, c'est fini… tu peux le poser », insista Éric.

Il s'approcha de lui. Doucement, il posa sa main sur son bras et se mit à lui parler calmement. Au bout de quelques secondes, Guillaume cligna des yeux et reprit sa respiration comme s'il venait de sortir d'un long plongeon en apnée. Il finit par obtempérer et lâcha son arme.

Rathier souffla, soulagé. Stéphanie, qui s'était retenue jusque-là, éclata en sanglots et courut se réfugier dans les bras de son mari. Il la serra de toutes ses forces.

Une douleur fulgurante traversa l'épaule de Guillaume, lui rappelant soudain la balle qu'il avait prise. Il s'adossa au mur de l'entrée et se laissa glisser au sol.

Rathier appela les secours, puis fit signe au gendarme auxiliaire qui l'accompagnait de venir le rejoindre. Éric, sa femme toujours blottie contre lui, se rapprocha de son frère et le prit par le cou pour le serrer à son tour. Les larmes aux yeux, les mots lui manquaient : il savait que Guillaume venait de leur sauver la vie.

Une heure plus tard, la famille Roche était à l'hôpital. Ramazzy et Rathier étaient restés sur les lieux, seul Leroy avait rejoint le centre hospitalier.

Guillaume était au bloc pour se faire extraire la balle. Stéphanie avait été mise sous calmants et dormait. Éric, quant à lui, buvait un café assis au calme, dans une salle d'attente, en compagnie du capitaine. Il lui raconta tout : l'arrivée de ce gars cherchant son frère, ses menaces, ce qu'il avait dit sur Benjamin…

« L'homme qui est venu chez vous s'appelle Yannick Provost. Nos fichiers ont indiqué qu'il est le frère, enfin, le demi-frère, de Samuel Lebourg, le propriétaire de l'Audi noire laissée devant le bar. Même mère, mais père différent. Il est encore plus connu de nos services que Samuel. On le soupçonne même de faire partie de plusieurs groupes criminels.

– La mafia ?

– Entre autres. Dans le coffre de sa voiture, nous avons retrouvé le corps de Franck, le barman.

– Nom de Dieu. »

Éric n'en revenait pas.

« Vous avez eu de la chance, je pense qu'il n'aurait pas hésité à vous tuer. Vous m'avez dit qu'il était à la recherche de son frère et d'une certaine quantité de drogue, c'est ça ?

– Oui, il venait pour ça. Je suppose qu'il pensait que mon fils savait quelque chose, à cause de la tache de sang et du sachet d'herbe.

– Thomas m'a dit que le sachet lui avait été donné par Benjamin.

– Je vous jure que mon fils ne trempe pas dans cette affaire, capitaine. Je le connais, il ne pourrait jamais faire de mal à qui que ce soit, et encore moins dealer. Je ne comprends pas.

– Vous savez, je vous crois. J'en ai croisé des dealers, des tueurs… et je ne pense pas que votre fils puisse faire ça. À mon avis, Benjamin vendait bien de la drogue et se servait du bar pour blanchir l'argent. Il devait être fourni par ce Samuel Lebourg. Le service des fraudes va s'occuper du bar, et aussi des entreprises de Folias. Reste à savoir où Benjamin vendait sa dope. Il est à Sciences Po à Lyon, toute une équipe va débarquer là-bas pour interroger tout le monde, et on va tout fouiller.

– Mais ce gamin n'a pas besoin de faire ça, il a déjà tout !

– Dans ce milieu, ce n'est pas une question d'argent, mais de pouvoir, d'influence, briller aux yeux de tous, devenir incontournable, le centre du monde… Le problème c'est que nous ne savons toujours pas où sont Benjamin et Samuel Lebourg. Ils ont disparu et sont activement recherchés.

– Et pour mon fils ?

– Il est toujours en garde à vue. Nous allons l'interroger de nouveau. Si nous n'avons rien de neuf, j'appellerai le proc demain matin pour le faire libérer, on sera à moins de vingt-quatre heures de garde à vue, et je n'ai rien pour la faire prolonger. Mais cela ne veut pas dire que l'enquête est terminée ni que votre fils est innocenté. »

Éric secoua la tête, dépité. Leroy se leva.

« Au fait, je peux vous poser une question ? demanda-t-il.

– Oui, bien sûr.

– Comment cet homme savait-il pour votre fils ?

– Savait quoi ?

– Comment pouvait-il savoir pour la tache de sang et le sachet d'herbe ? Il a bien fallu que ça lui remonte aux oreilles.

– Effectivement. Je ne sais pas comment il l'a su, je n'avais jamais vu cet homme avant.

– Très bien, reposez-vous, monsieur Roche, et comme je viens de vous le dire… l'enquête n'est pas terminée. »

Leroy tourna les talons.

Son café terminé, Éric se rendit dans la chambre où se reposait Stéphanie et s'allongea près d'elle.

Dans l'oreille, il lui glissa des mots doux :

« Je t'aime, ma chérie, si tu savais comme je t'aime. »

*

Le lendemain matin, après les avoir interrogés de nouveau et fait un compte-rendu au procureur, les flics libérèrent Rémi et Thomas. Il n'y avait aucun élément probant pour permettre soit de prolonger leurs gardes à vue, soit de les déférer devant l'autorité judiciaire.

Les jours suivants, les équipes de Leroy poursuivirent leurs investigations et découvrirent que Benjamin dealait en grosse quantité. Les gendarmes investirent son école, à Lyon. Tous les élèves furent interrogés, les casiers fouillés. Il ne fallut pas longtemps pour que les langues se délient. Par peur de voir leurs espoirs de carrière se briser net, plusieurs étudiants dénoncèrent Benjamin. Il s'avéra qu'il fournissait et vendait de la drogue sur tout le campus, un vrai petit réseau bien rodé. Plusieurs complices furent arrêtés. On parlait de plusieurs kilos écoulés par mois.

Le service des fraudes, après avoir tout épluché, confirma que le bar, qui était au nom de Benjamin, servait de façade pour blanchir l'argent. Les bénéfices étaient ajoutés aux fonds des multiples entreprises de son père, qui pour le coup était transparent. À la suite de ces découvertes, le père de Benjamin fut interpellé à son domicile pour s'expliquer sur toute cette affaire. Il fut longuement interrogé, et ses comptes décortiqués. Malgré l'intime conviction des gendarmes, il fallait se rendre à l'évidence : le père Folias était parfaitement étranger aux activités illégales de son fils. En plus de la tristesse de ne pas le voir et de ne pas savoir où la chair de sa chair se trouvait, il devait maintenant faire face à la honte médiatique.

Les circonstances de la mort de Mylène restaient floues, mais les gendarmes étaient convaincus qu'elle avait découvert le trafic de Benjamin. C'est d'ailleurs ce que semblaient confirmer les témoignages de Thomas et de Guillaume à propos de l'attitude menaçante de Benjamin envers Mylène. Mais aussi les accusations de Rémi, persuadé que Benjamin était le « pollueur » de Blaches, ce que Mylène savait également. À cela s'ajoutait le fait que le corps de la jeune fille avait été retrouvé au pied de la cascade, non loin du trou qui devait servir à cacher la drogue et où avait été mis au jour son téléphone. Mais aussi son vélo découvert loin du corps, preuve que quelqu'un avait voulu se débarrasser d'un indice de plus.

L'enquête continuait : Benjamin et Samuel Lebourg étaient toujours portés disparus et activement recherchés. Selon les témoignages des époux Roche, leur agresseur, Yannick Provost, cherchait de la drogue, et Leroy en déduisit que Benjamin avait dû s'enfuir avec.

Il y avait toujours une interrogation quant au pourquoi et au comment Thomas s'était retrouvé sous GHB avec une tache de sang qui n'était pas le sien sur son pantalon.

Concernant la casquette de Mylène, ils étaient dans une impasse. Les enquêteurs ne pouvaient pas être affirmatifs sur la manière dont Rémi s'était retrouvé en sa possession, puisque presque vingt-quatre heures s'étaient écoulées entre la soirée et la découverte du corps de l'adolescente. Le fils de l'agriculteur marchait matin et soir, voire tard dans la nuit, et il avait donc effectivement pu trouver la casquette sur les lieux de l'agression de Mylène. Les rapports médicaux consultés par Leroy signalaient que Rémi était sujet aux insomnies. Son besoin de faire de l'exercice était existentiel. Pour beaucoup de personnes déficientes, quelle que soit la forme de leur atteinte, la répétition, les habitudes, étaient des éléments rassurants et nécessaires à leur quotidien. Pour Rémi, c'était marcher. Son thérapeute avait expliqué à Leroy que cette activité physique importante lui permettait de se sentir mieux. Le jeune garçon souffrait d'un déficit intellectuel, mais il était considéré comme léger : il apprenait juste moins vite que les autres et avait une perception enfantine et décalée. Mais il avait trouvé son équilibre à force de travail et de persévérance, et était totalement accepté par les jeunes de son âge, qui en avait fait, comme les adultes, la mascotte du village. Sans moquerie, aucune. Juste avec bienveillance et tendresse à son égard.

PAUSE

Samedi 26 mai 2018

Un mois plus tard, le calme était revenu à Blaches. Les habitants avaient repris leurs activités en essayant d'oublier ce qui était arrivé. Les parents de Benjamin étaient toujours sans nouvelles de leur fils. Les flics n'avaient aucune trace de lui ni de Samuel Lebourg. Les Folias avaient décidé de mettre leur maison en vente, et le bar aussi.

Sandrine, la mère de Mylène, était partie chez sa sœur pour une durée indéterminée. Il n'était pas certain qu'elle remette un jour les pieds à Blaches.

Gérald était en pleine période de semis pour son maïs. Il serait récolté fin août, et si la récolte était belle, on fêterait la journée du maïs pour tenter de remettre un peu de convivialité dans le village.

Guillaume se remettait doucement de sa blessure à l'épaule. Mais au lieu de rester tranquille, il préférait aider Gérald. Ainsi, le temps passait plus vite, et de toute façon, il ne pouvait pas tenir en place. Il continuait de boire des bières, mais plus au bar. Plutôt le soir, dehors, en contemplant les étoiles.

Rémi aussi travaillait avec son père et Guillaume. Il était tellement fier de pouvoir s'occuper, comme chaque année, de la fête du maïs. Il était tout excité à cette idée. Il aimait aider son paternel à organiser cette journée. Des grandes tables installées au bord de la plage. À droite du banquet, des barbecues géants, réalisés dans des barils de métal, pour faire griller les saucisses, mais aussi, bien évidemment, les épis de maïs. Il y avait toujours un espace confiserie à gauche, côté forêt, avec une machine à barbe à papa, et des gâteaux confectionnés par les mamans du village. La bière coulait à flots. Il y en avait pour tous les goûts. La musique accompagnait les rires et les discussions animées sans pour autant parfaitement couvrir les cris des enfants qui jouaient à « chat » ou « aux gendarmes et aux voleurs ».

Gérald était le bienfaiteur du village. Son épouse et lui avaient instauré cette fête pour rassembler les villageois, qu'ils fassent connaissance, et développer la solidarité. C'était devenu un rituel, les Blachoises et les Blachois ne pouvaient plus se passer de ces moments de concorde où tous oubliaient les tracas du quotidien.

Ce samedi après-midi, il faisait bon à Blaches. Leroy avait dû revenir au village, chez Éric Roche : un procès-verbal qu'il avait oublié de lui faire signer. Les formalités administratives accomplies, Stéphanie avait proposé de leur préparer un café. Le capitaine, ayant un peu de temps devant lui, avait accepté et tous s'étaient installés sur la terrasse.

C'est le gendarme qui lança la conversation en interrogeant Mme Roche sur son état, ce à quoi Éric répondit que sa femme consultait un psychologue. Cette dernière, visiblement mal à l'aise, regagna la maison, laissant les deux hommes face aux champs.

« Alors, où en est l'enquête ?

– Nulle part, malheureusement. Et nous ne savons toujours rien sur les circonstances du meurtre de Mylène ; l'enquête est au point mort. Elle n'est pas close, mais nous n'avons aucun élément qui puisse nous orienter. J'espère surtout que cette affaire ne deviendra pas un *cold case*.

– Et pour Thomas ?

– À ce jour, aucune charge ne pèse contre lui. Cela ne veut pas dire que si des éléments nouveaux venaient à soulever d'autres interrogations, votre fils ne se verrait pas de nouveau convoqué.

– Oui, je me doute bien. »

Soudain, un effroyable bruit de casserole retentit du fond des champs. Éric et l'officier de gendarmerie levèrent la tête et aperçurent Gérald en train d'injurier son tracteur.

« Qu'est-ce qui se passe ? s'inquiéta Leroy.

– Encore une des vieilles machines de Gérald qui fait des siennes, mais ce n'est pas ce vieux radin qui en achètera des neuves. Il est généreux avec le village mais moins pour tout ce qui touche à la modernisation de son exploitation. Un côté vieux jeu et attaché aux méthodes traditionnelles. »

L'engin sembla fonctionner de nouveau correctement et Gérald lâcha ses engrais naturels, faits d'excréments, sur ses champs. À cette période de l'année, l'agriculteur devenait le parfumeur du village, mais pas en mode haute couture ! Blaches était envahi d'odeurs nauséabondes.

Leroy eut un sourire.

« Qu'est-ce qui vous fait rire ?

– C'est marrant, même dans les plus beaux villages, les plus beaux paysages, les endroits idylliques, quand il y a de la merde, y a de la merde. Et on a beau tout faire pour la cacher, ça sentira toujours la merde ! »

Leroy fit un clin d'œil à Éric.

« J'espère sincèrement ne pas vous revoir pour de mauvaises nouvelles. Monsieur Roche, bonne continuation, et bon rétablissement à votre épouse. »

Il regagna son véhicule. En le regardant s'éloigner, Éric se demanda combien de temps il s'écoulerait avant que le gendarme ne revienne leur rendre visite.

Stéphanie rejoignit son mari.

« Alors ?

– Je suis confiant. Je sais que Thomas est innocent. Dis, je peux te poser une question ?

– Vas-y.

– On n'a pas trop rediscuté de nous… tu sais, par rapport à ce que j'ai fait, et je comprendrais que…

– Chut… »

Elle se rapprocha et le serra dans ses bras.

« En fait, depuis le début, j'étais au courant. Je savais que tu avais cette liaison. »

Honteux, il baissa les yeux tandis qu'elle poursuivait :

« J'ai d'abord eu de la haine, puis j'ai eu envie de partir avec Thomas. Mais je pensais à lui, à la maison, notre famille. Au bout de quelque temps, il s'est passé quelque chose en toi. Je ne sais pas, tu t'es rapproché de moi. Nous avons fait l'amour comme jamais auparavant. Comme si tes sentiments pour moi renaissaient. Alors, j'ai laissé faire, et je me suis dit que tu avais besoin de passer par là, qu'au final, si tu revenais vers moi et que notre couple était encore plus fort, alors j'accepterais ce coup de canif dans le contrat. »

Éric se sentait vraiment piteux.

« Tu savais quand j'y allais ?

– Oui. »

Il avait un sale goût de bile dans la bouche.

« J'ai honte, si tu savais comme j'ai honte de t'avoir fait autant de mal et de t'avoir menti.

– Chut. Finalement, la haine s'est transformée, et notre couple a survécu. Je voulais aussi te dire que… Mylène est venue me voir. »

Il la prit par les bras et la regarda droit dans les yeux :

« Elle est venue te voir et elle t'a tout dit ?

– Oui. Elle voulait me mettre le nez dans ton infidélité, avec la volonté de me faire du mal, et à toi, par la même occasion.

– Qu'as-tu fait ?

– Rien, je n'ai pas réagi. Elle voulait te dire qu'elle m'avait avertie. Pour te faire culpabiliser plus encore. Mais ça, je le lui ai interdit. Je ne voulais pas détruire l'amour qui reprenait place dans notre couple. Je craignais que cela brise l'élan qui renaissait entre nous. Alors, à mon tour, je l'ai menacée.

– Tu as fait quoi !? »

Il n'en revenait pas. Entre stupéfaction et incompréhension, il cherchait une explication dans le regard de sa femme.

« Je lui ai dit que la responsable était sa mère, et que si elle te le disait…

– Quoi ? »

Elle se tut.

« De quoi l'as-tu menacée, Stéph ?

– Rien. De toute façon, tout ça est terminé, et Mylène n'est plus là. Tout cela ne sert à rien. »

Brusquement, un énorme vacarme fit sursauter Éric.

« Gérald et ses machines, le pauvre ! »

Stéphanie pouffa avant de soupirer :

« Bon, moi je rentre, les odeurs de Gérald, c'est pas trop mon truc. »

Éric ne bougea pas et suivit sa femme du regard. Pendant quelques minutes, il ne l'avait pas reconnue. Il pensa à ses derniers mots, à toutes ces menaces qu'elle aurait pu exprimer à l'encontre de Mylène. Il pensa à la jeune fille. À Guillaume qui, cette nuit-là, faisait du boucan dans son garage.

Un long frisson lui parcourut le dos…

« Éric, tu viens ? l'appela Stéphanie.

– Oui… j'arrive. »

Il rentra, pensif.

MYLÈNE MOLLAT

Mercredi 18 avril 2018, bar de la plage
Trois jours avant l'anniversaire de Benjamin

Mylène s'agaçait :

« Écoute-moi, Benjamin ! Ça commence à se savoir même dans mon bahut !

– Qui dit quoi ? Hein, dis-moi ? Les blaireaux de ton école, ils connaissent quoi de la mienne ? Ils ne sont pas du même milieu.

– Ah oui ! C'est pas des bourges comme les tiens !

– Mais qu'est-ce que tu me fais chier, bordel ! s'énerva-t-il.

– Benjamin, bon sang, je sais que tu deales à mort, j'en suis certaine ! Dis-moi la vérité. Tu le fais à Blaches aussi ?

– Quoi ? Mais tu racontes n'importe quoi, arrête de délirer ! »

Le jeune homme faisait de grands gestes. Il cachait mal sa nervosité, et elle ne comptait pas le laisser s'en tirer comme ça :

« Benjamin… je t'ai vu !

– Ah ouais, tu m'as vu ? T'en es sûre ? T'es bien sûre de toi ?! »

Benjamin s'était rapproché de Mylène et la regardait droit dans les yeux en signe de défi.

« Tu fais quoi, là ? Tu crois que tu me fais peur ?

– Je ne fais rien, c'est toi qui m'insultes en m'accusant de trafiquer comme les petits branleurs de cités ! »

Mais la jeune femme n'en démordait pas, elle s'était juré de lui faire cracher le morceau :

« Benjamin, je le sais. Arrête de mentir et dis-moi la vérité !

– T'as des preuves ?

– Ouais, j'en ai, le provoqua-t-elle.

– Et t'as quoi ?

– Tu crois que je vais te le dire ?

– Tu sais quoi ? T'as rien, je pense que t'as que dalle ! Alors maintenant, arrête de me faire chier et occupe-toi de ta vie ! Là, on est mercredi, et samedi, c'est mon anniversaire, j'ai une fiesta à préparer. »

Mylène secoua la tête, dépitée.

« Ça ne peut pas continuer comme ça, Benjamin, il faut que tu arrêtes ces conneries ! Qu'est-ce qui se passera si quelqu'un l'apprend ? Hein ? Dis-moi ? »

Il ne répondit pas tout de suite.

« Tu sais quoi ? Je vais oublier cette conversation et te laisser une chance de me foutre la paix, fit-il. Je vais être cool, parce que samedi, j'ai envie de passer une soirée tranquille. Maintenant, tu rentres chez toi, et on se verra au bar. Arrête de me soûler avec tes conneries ! Et occupe-toi de tes fesses ! »

Le jeune homme ponctua la fin de sa phrase en mimant une gifle avant de faire demi-tour et de monter dans sa voiture.

Mylène le regarda partir en trombe dans son Audi A5.

*

Samedi 21 avril 2018
Soir de l'anniversaire de Benjamin

Mylène profitait pleinement de la soirée. Danser, c'était son plaisir du week-end et pas question de perdre un instant loin de la piste de danse. L'heure tournait et Franck n'allait pas tarder à sonner la cloche.

Du coin de l'œil, elle vit le regard de Benjamin posé sur elle, mais elle ne lui prêta pas attention. Avec ce qu'il s'était passé trois jours plus tôt, pas question de lui montrer de l'intérêt.

Soudain agacé, Benjamin s'approcha et dansa autour d'elle. Il faisait mine de vouloir se réconcilier. Mais Mylène lui tourna le dos. N'ayant pas d'autre issue pour espérer si ce n'est une réconciliation au moins un apaisement des tensions, il ouvrit le dialogue :

« T'as réfléchi à ce que je t'ai dit l'autre jour ? »

Elle se retourna.

« "Réfléchi" à quoi ? fit-elle mine de ne pas comprendre.

– À te mêler de tes affaires.

– Ne t'inquiète pas, je me mêle de mes affaires ! Pourquoi t'as peur ?

– Arrête de te la jouer ! »

La hache de guerre était loin d'être enterrée.

« Je ne me la joue pas, contrairement à toi, Benjamin ! C'est toi qui joues, et qui vas perdre !

– Tu insinues quoi avec ta phrase de merde ? »

Mylène lui tourna le dos sans répondre. Elle continua de se dandiner sur la piste sans plus se préoccuper de lui. Benjamin s'énerva face à son attitude. Il l'agrippa par le bras et la tira vers lui.

« Hé ! Lâche-moi, tu veux !

– Putain, tu me fais chier, bordel !

– Et tu vas faire quoi, hein, dis-moi ? »

Il lui serra un peu plus fort le bras.

« Tu me fais mal ! »

Elle avait élevé la voix, faisant craindre à Benjamin de se faire remarquer.

« Ça va, je te lâche ! » dit-il en joignant le geste à la parole.

L'énervement de la jeune femme était monté d'un cran :

« T'as aucun droit ! Tu m'entends ? Je fais ce que je veux !

– Ne déconne pas avec moi, Mylène ! Je t'aurai prévenue !

– Oh ! qu'est-ce qui se passe ? lança Thomas en les rejoignant.

– Rien… ne t'inquiète pas, le rassura Mylène en lui faisant les yeux doux.

– Benji, il se passe quoi ? »

Mylène observa Benjamin. Malgré sa consommation d'alcool, il semblait garder la tête froide. Il tapa sur l'épaule de Thomas et la cloche retentit au même moment.

« Rien, mon pote, rien du tout ! »

Puis, il jeta un regard explicite à Mylène.

« Tu vois, tout va bien ! ajouta-t-elle. De toute façon, la cloche a sonné, je vais y aller. Je suis crevée.

– Oui, moi aussi, répondit Thomas.

– Attendez, vous n'allez pas partir comme ça, on se boit un dernier verre ! Un dernier shoot !

– Non, je suis mort, je vais rentrer.

– Thomas, c'est mon anniversaire. Allez, juste un dernier. S'il te plaît. De toute façon, après, le bar va fermer et on va tous se pieuter ! »

Thomas chercha l'approbation de Mylène dans ses yeux.

« Bon, d'accord, le dernier, et après, on part tous. Ça te va, Mylène ?

– Va pour le dernier.

– Ah super ! Merci, les amis. Allez, je vous prépare ça. »

Les premières notes d'un slow se firent entendre. Mylène sourit et prit Thomas par le cou. Doucement, elle l'entraîna sur la piste et ils se mirent à danser.

Emportés par leurs sentiments, autour d'eux, plus rien ne comptait. Elle posa sa tête sur son torse et ils se laissèrent bercer, espérant que la musique ne s'arrêterait jamais.

Le morceau arrivait à son terme, et Benji cria depuis le comptoir pour les inviter à prendre leur dernier verre. Voyant qu'ils ne réagissaient pas et qu'ils restaient collés l'un à l'autre, il alla les chercher sur la piste de danse.

Mylène rejoignit le bar en tenant la main de Thomas, qu'elle finit par lâcher en arrivant devant leur consommation.

« On aurait pu inviter Rémi, fit remarquer Thomas.

– Tu vois bien qu'il est parti ton poto, il est sans doute déjà au lit ! Allez, buvons nos verres. »

Mylène se lança et avala le sien avant de regrouper ses affaires, posées sur une chaise.

« Merde, elle est où ma casquette ? »

Thomas survola la salle du regard, mais ne vit rien.

« Fait chier ! Je l'ai depuis des années !

– Attends, je vais t'aider à la chercher. »

Le jeune homme se mit à fouiner un peu partout. Quelques minutes plus tard, il revint vers Mylène. Benjamin n'était plus là, sans doute lassé d'attendre.

« Tiens, la voilà ta casquette. Elle était par terre, de l'autre côté.

– Ah bon ? C'est bizarre. Merci, Thomas. Bon, je vais y aller.

– Attends, je vais te suivre en bécane.

– Non, c'est gentil, je vais rentrer seule. Faut que j'y aille. »

Juste avant de partir, elle l'embrassa sur la joue.

Une fois dehors, elle s'empressa de récupérer son vélo et contourna le bâtiment. Elle savait que Benjamin était encore dans l'établissement et elle voulait voir ce qu'il manigançait. À peine deux minutes plus tard, elle le vit sortir. Il cherchait visiblement quelque chose.

« Et merde ! Elle est où, cette conne ? »

Il scruta les alentours, puis descendit jusqu'à la longue route du lac : rien, personne. Il jura de nouveau :

« Et merde ! »

Puis il retourna dans le bar. Mylène, quant à elle, ne quitta pas son poste d'observation, aux aguets.

Une quinzaine de minutes plus tard, presque tout le monde avait quitté les lieux. Benjamin sortit de nouveau, échangea deux mots avec Guillaume puis monta dans sa voiture et prit la route du lac.

Ni une ni deux, la demoiselle enfourcha son vélo. Elle attendit un peu pour être sûre que Benjamin ne la voie pas arriver dans son rétroviseur, puis elle emprunta également la route.

Après quelques minutes, elle entendit le bruit d'un moteur dans son dos et elle serra sa droite au maximum. Au sol, elle distinguait la lueur des phares qui grandissait, signe que le véhicule se rapprochait.

Elle tenta de tourner la tête pour l'apercevoir. Le vrombissement s'élevait de plus en plus fort, brisant le silence de la nuit. Elle déporta son vélo sur le bas-côté pour esquiver le bolide. Au dernier moment, il fit un écart, s'approchant de la cycliste. Le chauffard fit crisser ses pneus et zigzagua, un coup à gauche, un coup à droite.

Mylène s'arrêta et cria :

« Connard ! »

Mais la voiture ne stoppa pas et la jeune femme ne parvint pas à voir le conducteur.

Mylène s'était immobilisée à cent mètres du chemin qui menait à la cascade. Soudain, elle vit Benjamin sortir du sentier. Elle coucha son vélo dans les herbes et s'écrasa au plus près du sol pour ne pas être vue. Elle l'observa : il regardait s'éloigner à toute vitesse la voiture qui avait failli la percuter. Puis il étudia les alentours, comme pour vérifier que personne ne soit présent. Mylène n'avait aucun doute : Benjamin était là pour une raison bien précise.

Elle attendit qu'il entre de nouveau dans les bois. Puis, elle avança tout doucement et déplaça son vélo un peu en amont avant de s'enfoncer sur le chemin. Elle voulait le prendre en flagrant délit. Elle avait peur et progressait lentement. Soudain, elle aperçut une lueur. Elle se dirigea vers elle, mais son pied fit craquer une branche. La lumière s'éteignit. Mylène ne bougea plus.

Elle respirait extrêmement fort. Trop fort. Brusquement, elle se mit à trembler, consciente du danger. Elle, battante et d'habitude si sûre d'elle, se sentait désagréablement « fragile ».

Elle chercha à distinguer quelque chose dans l'obscurité, mais en pleine nuit, les arbres de la forêt étaient devenus ses ennemis. Elle respira un grand coup et se remit à marcher, un peu au hasard, quand elle perçut un bruit dans son dos.

Tétanisée, elle refusa de regarder derrière elle.

« T'aurais pas dû. »

Sans se retourner, elle prit la fuite. Elle entendait quelqu'un dans son sillage. Sa course ne suivait aucun chemin précis. Effrayée, elle ne savait plus quelle direction prendre. Elle ne voyait rien. Les arbres cachaient la lueur de la lune.

En panique totale, elle gémissait de terreur et n'arrêtait pas de se retourner. Elle *l'entendait*, mais ne le voyait pas, ce qui décuplait son stress.

Les ronces écorchaient ses mollets, son sang perlait. Elle pleurait. La noirceur de cette forêt était devenue son pire cauchemar. Le seul repère sonore qu'elle avait était la chute d'eau. Elle s'en servit pour s'orienter.

Soudain, un bruit sourd. Elle s'arrêta net.

Elle ne pouvait plus respirer. Elle ne voulait plus respirer. Craignant d'être plus facilement repérable.

Elle se retourna de nouveau, le plus lentement possible. On n'entendait plus le vent, ni son sifflement : le bruit de l'eau tombant sur la roche avait pris l'ascendant sur tout le reste.

Elle regarda à droite, puis à gauche, sans rien remarquer. Il faisait toujours aussi noir, même les ombres étaient cachées par la nuit.

Les lèvres tremblantes, elle frissonna de terreur.

Tout à coup, une branche craqua.

Et, devant elle, sous une lumière aveuglante, le visage de son poursuivant apparut…

FRANCK GIRARD

Dix mois plus tôt, vendredi 16 juin 2017

Cela faisait quelques années que Franck gérait le bar. L'affaire tournait bien, les bières coulaient à flots. Les étés défilaient et la fréquentation augmentait chaque saison. Le wakeboard était devenu l'activité sportive phare sur le lac.

Pendant six mois de l'année, le bar tournait uniquement les week-ends, et le reste du temps, qui couvrait la fin du printemps, la période estivale et les prémices de l'automne, c'était du sept jours sur sept. Mais, en période creuse, il fallait tenir et ce n'était pas toujours simple.

Franck avait ses petites habitudes et se permettait des petits extras : en dehors du bar, il fournissait quelques clients en sachets d'herbe. De temps en temps, sur commande spéciale, il lui arrivait de revendre des doses de poudre. Généralement, c'était pour des gosses accros aux sensations fortes. Mais Franck s'en fichait, il avait besoin de ce pognon et puis ces jeunes n'étaient plus des enfants, ils étaient capables de faire leurs propres choix. Cependant, les choses prenaient de l'ampleur et il se retrouvait dans une situation qu'il ne serait bientôt plus en mesure de gérer.

Benjamin, qui était en réalité son patron, avait commencé à en prendre. Au début, c'était pour se sentir mieux pendant les entraînements. Puis, certaines compétitions ont été l'excuse de sa consommation de plus en plus régulière. Ensuite il s'est mis à ramener poudre et herbe à plusieurs de ses soirées lycéennes. Très vite, Benjamin vit la demande s'accroître. Il avait un succès fou auprès de ses amis et dans son établissement scolaire. Il devint le roi. Pas de grande ville à proximité, le village était isolé. Il s'aperçut qu'avec le besoin grandissant il pouvait se créer un petit empire, certain d'avoir le monopole. Il avait alors réussi à convaincre Franck de marcher pour lui. Il faut dire que Benjamin avait l'art et la manière d'arriver à ses fins.

« Franck, ce que je te propose, c'est de te faire plus de fric sans rien avoir à faire !

– Je ne sais pas trop, ça va finir par se voir ! Tu me demandes quand même de trafiquer les comptes !

– Mais non, mais non ! Ton chiffre d'affaires sera juste plus important et plus régulier. Pour le reste, tu ne t'en occupes pas, tout passe par l'entreprise familiale. On sera juste un grain dans le bac à sable !

– Mais comment veux-tu que l'on explique que le chiffre augmente en basse saison, surtout si je suis contrôlé ?

– Déjà, tu vas ouvrir plus de jours cet hiver.

– Ben voyons, ce n'est pas toi qui vas devoir te lever tous les jours de l'année et puis il n'y aura pas grand monde, tu le sais, Benjamin. C'est n'importe quoi !

– On s'en fout que t'aies du monde ou pas, ça, personne ne va venir vérifier ! Le but, c'est que de l'argent rentre dans les caisses comme si la fréquentation était constante. Personne à Blaches viendra nous faire chier. Et tu penses que le fisc n'a que ça à foutre, s'occuper d'un bar de campagne ? Si un jour les impôts mettent le nez quelque part, ça sera dans les grosses entreprises de mon père.

– Mouais, j'sais pas. Comment tu peux être certain de ce que tu avances ? Et puis t'es qu'un gosse, merde !

– Il y a bien longtemps que je ne suis plus un "gosse", comme tu dis. Le business, je l'ai dans le sang. C'est de famille. T'inquiète et fais-moi confiance. Tu vas encaisser de grosses enveloppes ! » affirma Benjamin, qui, joignant le geste à la parole, lui en tendit une. « Ça, ça sera ta com' chaque semaine. »

Franck regarda la liasse de billets. Il y avait plus de mille euros. Il ne dit rien et pensa à ce qu'il pourrait faire grâce à tout ce pognon. Il avait son crédit maison et voiture à rembourser. Il pourrait, dans quelque temps, engager quelqu'un pour remplacer sa femme et son fils, lever le pied sur le boulot et vivre mieux. Cet argent lui changerait la vie. Et puis Benjamin avait raison, ce n'était plus un gosse et il y avait fort à parier qu'il serait aussi doué que son père en affaires.

« C'est sans risque ?

– Je viens de te le dire, mais attends, je vais t'en faire la démonstration… »

Benjamin prit son portable, changea de puce et composa un numéro.

*

Samedi 21 avril 2018
Soir de l'anniversaire de Benjamin

Franck se frottait les yeux. Il avait mal au crâne. Ce soir, la musique, les cris des gosses… il en avait plein la tête. Il regarda sa montre : c'était enfin l'heure, il allait être délivré de tout ce bruit. Il sonna la cloche annonçant la fin de la soirée.

Des exclamations de déception s'élevèrent, les jeunes sifflèrent.

« C'est comme ça, vous le savez, allez, finissez vos verres et rentrez chez vous », hurla Franck à ses clients excités.

Alors qu'il se retournait pour commencer à ranger, il fut interpellé :

« Hé, Franck, vas-y, remets-moi trois verres, s'te plaît !

– Benjamin, il est l'heure !

– L'heure, c'est moi qui la donne. Tu as oublié ? »

Il n'aimait pas du tout le ton du jeune homme. Il commençait à penser qu'il avait pactisé avec le diable. En plus, ce fils de riches avait trop bu et il prenait des airs de grandeur.

Benjamin commença à le fixer méchamment, ce qui fit monter d'un cran l'agacement du gérant.

Puis, subitement, le gamin se radoucit et lui balança :

« Allez, c'est mon anniversaire ! »

Il glissa une enveloppe sur le comptoir.

Le barman, mal à l'aise, regarda autour de lui :

« Mais t'es malade ! Pas ici, pas comme ça !

– Rhooo ! ce que tu es chiant ! Personne ne voit rien. On a tous fait la fête. C'est ton air de chien battu qui va attirer les regards. Souris, regarde, ça marche du feu de Dieu notre petite affaire. Savoure, tu l'as bien mérité. »

Benjamin ne prenait aucune précaution, il n'avait aucun filtre. Il revint à la charge :

« Alors, mes verres, c'est bon ? »

Franck capitula :

« Le dernier. Après, toi et tes potes, vous me dégagez le plancher.

– Merci, Franck ! »

Il servit les verres demandés par Benjamin et se dirigea de l'autre côté du zinc, là où se tenait Guillaume.

« Tu jettes un œil, s'il te plaît, qu'il n'y ait pas de grabuge.

– Pas de problème, Franck. Ça va ? T'es tout blanc.

– Oui, oui, ça va. Juste de la fatigue. Je peux compter sur toi ?

– T'inquiète. »

Le bar se vida tranquillement. Guillaume était dehors, au niveau de la porte. Il attendait que les jeunes s'en aillent. Benjamin fut le dernier.

L'ancien légionnaire revint dans l'établissement. Franck rangeait les chaises et les tables de manière à ce que son fils puisse faire le ménage le lendemain matin. Il aurait pu donner un coup sur le comptoir, mais ce soir, il n'en avait pas envie.

« C'est bon, tout le monde est parti ? lança-t-il à Guillaume.

– Oui. Mais je ne sais pas où est Thomas, sa moto est dehors. Il est peut-être sur la plage. Et Benjamin vient de partir en faisant crisser les pneus de sa voiture comme un débile. Ce gosse n'est vraiment qu'un petit con ! »

Franck ne répondit pas.

« Tu es certain que ça va ? T'as vraiment pas l'air d'aller bien.

– Mais oui, ça va, je suis juste fatigué, je viens de te le dire. Écoute, je vais fermer et mon fils nettoiera demain. Ce n'est pas grave, avec cette soirée, les gosses ne viendront pas de bonne heure demain. Tiens, prends ça, c'est pour toi », dit-il en lui tendant des billets.

Guillaume écarquilla les yeux :

« 200 euros ! T'es malade, je n'ai rien fait ce soir !

– T'inquiète, tu le mérites, et quand j'ai besoin que tu fasses le ménage, t'es toujours là. Et puis, tiens, prends une bière et pose-toi dehors, si tu veux. »

L'ancien légionnaire n'insista pas. Il mit le fric dans sa poche et se saisit de la bière que lui tendait son ami.

« Merci, Franck.

– Allez, j'y vais, moi. Je rentre me coucher. »

Ils quittèrent tous les deux l'établissement. Le barman lui fit un signe de tête en guise d'au revoir et monta dans sa voiture. Assis derrière le volant, il observa un instant Guillaume. Il palpa sa poche intérieure. Elle était bien là.

Puis, il mit le contact et s'engagea sur la route du lac. Il sortit l'enveloppe et la posa sur le siège passager, ne réalisant toujours pas la facilité avec laquelle il gagnait cet argent, ni les montants faramineux. Il tenait le volant d'une main et, de l'autre, la palpait pour en estimer le contenu. Son regard alternait entre la route et le magot. Il alluma le plafonnier.

La vache, ce petit con doit en vendre un paquet !

S'il avait eu honte après avoir reçu l'enveloppe, c'est l'engouement qui l'habitait maintenant. Franck souriait. Et dire qu'il ne touchait qu'un maigre pourcentage pour son « partenariat » avec Benjamin. Ce trafic devait rapporter des sommes folles.

Son regard continuait de passer de la route à l'enveloppe et inversement. Il tira quelques billets, c'étaient des coupures de 200 euros.

Il fixa un court instant le paquet de fric. Lorsqu'il releva les yeux, il aperçut un vélo devant lui. Il l'évita de justesse en braquant brusquement à gauche, puis à droite. Les pneus crissèrent. Il réussit à reprendre le contrôle du véhicule. Il entendit un cri. Regardant dans son rétro, il vit quelqu'un lever les bras en hurlant. Franck était livide, en sueur.

Oh putain !

Il venait de réaliser que, à force de regarder cet argent sale, il avait failli écraser un cycliste.

Essayant de reprendre une respiration normale, il jeta de nouveau un œil dans son rétroviseur pour s'assurer que la personne était bien sur ses deux jambes.

Rassuré, il saisit l'argent et le fourra dans sa poche, puis il continua sa route, plus attentif.

*

Mardi 24 avril 2018, bar de la plage
Jour de l'interrogatoire de Franck

« À quelle heure êtes-vous parti du bar ? demanda le lieutenant Ramazzy.

– Vers une heure environ.

– Et les jeunes ?

– À peu près une heure moins le quart. Normalement, je ferme à minuit et demi, mais comme c'était l'anniversaire de Benjamin, je leur ai laissé un peu plus de temps. Ils sont quand même partis rapidement. Ensuite, j'ai rangé un peu. Et mon fils s'est occupé du nettoyage le lendemain matin.

– En repartant, vous n'avez rien remarqué ? Pas d'autres véhicules, personne sur la route, personne à pied ? »

Franck repensa à cette nuit-là. À cette enveloppe pleine de billets qui lui avait fait perdre le contrôle de son véhicule. À cette gamine sur son vélo. Cette gamine qu'il avait failli renverser et qui avait été retrouvée morte plus tard…

« Non, rien. J'étais crevé, ce soir-là. Quand j'ai fermé, il y avait bien l'Audi noire de Benjamin et la moto de Thomas, mais je ne me suis pas posé de questions. Pour moi, les garçons devaient être sur la plage. Ils traînent tout le temps ensemble et à leur place, c'est ce que j'aurais fait. »

Malgré ce flot de questions, Franck ne pouvait s'empêcher de tourner en boucle dans sa tête l'appel reçu peu de temps avant l'arrivée de ce flic :

« Franck, t'as bien compris les consignes ? Tu sais ce que tu dois dire ?... Si tu fais le con, on est morts. On est tous morts !... »

*

Vendredi 27 avril 2018
Pendant le calme... avant le bordel

« On est fermé, désolé », dit Franck tout en continuant de ranger son bar, sans regarder l'intrus.

L'invité-surprise ne répondit pas. Franck releva la tête et se tourna vers l'entrée :

« Je vous ai dit qu'on était fermé. »

L'homme ne prononça pas un mot.

« Vous comprenez ce que je dis ?! »

Délicatement, l'inconnu poussa la porte derrière lui.

Il était grand, très grand. Il devait friser les deux mètres. Une mâchoire carrée, des yeux noirs enfoncés dans leurs orbites.

« Je ne suis pas venu pour boire un verre, je suis à la recherche de quelqu'un, dit-il enfin.

– Vous savez, en ce moment, beaucoup de monde disparaît à Blaches.

– Vous m'en direz tant. »

Franck interrompit sa tâche et demanda :

« Mais putain… vous êtes qui ?

– Celui qui vient nettoyer ce bordel. »

Un rictus se dessina sur le visage du visiteur. Il dégaina une arme et la pointa sur Franck, qui blanchit.

« Qu'est-ce que vous me voulez ? Je ne sais rien…

– Pose ton balai et viens dehors. »

L'homme accompagna son « invitation » d'un mouvement de son flingue.

Franck obtempéra et sortit. Il aperçut la voiture, contact allumé et coffre ouvert. Il s'arrêta de marcher, la panique le gagnait.

« Non, mais il se passe quoi ? »

L'individu se mit en face de lui et posa le canon de son arme sur son front.

« Non ! Non ! Ne faites pas ça ! » le supplia Franck.

L'inconnu ricana.

« Je te rassure, je ne vais pas le faire. »

Franck le regarda sans comprendre.

Soudain, sa vue se brouilla et l'air lui manqua : un sac plastique venait de lui recouvrir la tête !

Son agresseur verrouilla sa prise pour l'étrangler.

Malgré ses tentatives désespérées pour se libérer, le barman commençait à perdre pied, manquant cruellement d'oxygène.

Bataillant mollement, il suffoquait, ayant de moins en moins de force…

Son bourreau resserra un peu plus son emprise.

Franck était à l'agonie. Les bras inertes, il se sentait partir. Ses yeux se révulsèrent et il cessa de lutter.

L'homme maintint sa prise encore quelques secondes, puis lâcha le sac : le corps de sa proie chuta au sol comme une pierre.

« Eh ben… j'ai failli attendre ! ironisa Yannick Provost. Mets-le dans le coffre, maintenant !… »

BENJAMIN FOLIAS

Dix mois plus tôt, vendredi 23 juin 2017

Benjamin roulait en direction du bar de la plage. Une semaine après avoir discuté avec Franck sur sa proposition, l'heure était au business. Ce soir, il était sur un gros coup.

Le jeune Folias était un flambeur. Un garçon né avec une cuillère d'argent dans la bouche. Si son père s'était construit seul, Benjamin n'avait rien eu à faire pour vivre confortablement. Pourtant, il ne voulait pas être « un fils à papa ». De son paternel, il avait hérité le goût du pouvoir et l'ambition, mais il n'avait pas autant de courage et de patience, alors, quand l'opportunité de se faire de l'argent facile tout en devenant le « Baron » de la jeunesse de Blaches s'était présentée, il n'avait pas hésité.

*

Franck traînait pour fermer le bar. Il avait permis à Guillaume de partir plus tôt. Il sortit s'asseoir sur les marches, devant l'établissement et alluma une cigarette. Il regardait le ciel étoilé et profitait de la douceur de cette nuit. Il adorait les odeurs estivales. Une légère moiteur qui faisait ressortir les effluves de terre et de conifères.

À peine sa clope terminée, une première voiture arriva : c'était celle de Benjamin.

Le jeune homme se gara et descendit de son véhicule. Les mains dans les poches, il avança vers le barman :

« Ça va, mon Franck ?!

– Sans déconner, tu devrais crier encore plus fort !

– Vas-y, détends-toi ! Qui va venir ici ?

– Ben, je ne sais pas, moi, une ronde de flics, par exemple…

– T'inquiète ! Tu te souviens ce que je t'ai dit ?…

– T'es marrant, toi, tu sais comment ça s'appelle ce que tu vas faire ?

– Ce que *nous* allons faire, Franck. Je te rappelle que t'as pris le pognon ! Donc arrête de pleurnicher et comporte-toi comme un pro, tu veux ?

– Moi, je dealais de toutes petites doses, pas plusieurs kilos de poudre ! T'as pas assez de fric ?

– Franck, dans la vie, tout n'est pas qu'une question d'argent. Ici, il est question de pouvoir et de notoriété. »

Au loin, des phares apparurent. Les deux hommes se tournèrent vers la route.

« Le voilà.

– T'es sûr que c'est lui ?

– Écoute, je n'ai qu'un fournisseur, et lorsque je lui ai dit que tu voulais de grosses quantités, il en a parlé au gars au-dessus de lui. À ce niveau de dope, tu montes d'un cran et tu passes à un autre étage : notre invité de ce soir.

– Tu le connais ?

– Pas du tout. Je n'ai jamais été en relation avec lui. C'est hyper cloisonné dans ce milieu. »

La voiture arriva sur le parking. Le conducteur se rangea à côté de celle de Benjamin.

« Il a bon goût, le gars, en tout cas, il a quasiment la même caisse que moi ! lâcha le jeune homme tout sourire.

– Putain, mais sois sérieux deux secondes. Tu sais où tu mets les pieds ?

– Hé, Franck, détends-toi, celui qui a le pognon a le pouvoir. Voilà comment le monde fonctionne. Voilà comment mon père a fait fortune. Alors laisse-moi faire et arrête de me traiter comme un gamin. »

Samuel Lebourg descendit de son véhicule et attendit à côté de la portière. Benjamin le rejoignit. Franck resta en arrière.

Le regard de Samuel passa de l'un à l'autre. Il s'interrogeait, visiblement indécis quant à savoir avec lequel il allait traiter : un barman trouillard ou un gosse ?

« Hé, t'es muet ? » lui lança Benjamin.

Le jeune homme, droit comme un I, bombait le torse, sûr de lui.

« C'est toi qui veux des kilos ? » fit le colosse.

Benjamin, avec aplomb, lui balança :

« Ché pas, tu vois quelqu'un d'autre que moi devant toi ? »

Samuel resta de marbre. Il semblait imperturbable.

« O.K. »

Il rejoignit sa voiture, Benjamin sur ses talons. Samuel Lebourg ouvrit un sac. Le jeune homme jeta un œil sur la marchandise. Novice, il n'y connaissait pas grand-chose, mais ça lui paraissait correct. Alors, à son tour, il se dirigea vers le coffre de son véhicule et en sortit un sac bourré de liquide, qu'il présenta au dealer.

« Il y a le compte, mais tu peux vérifier. »

Samuel fit un signe de la tête.

« Je te fais confiance, gamin. De toute façon, si le compte n'y est pas, je saurais te retrouver.

– Franck ! C'est bon, tu peux nous laisser, dit Benjamin. Avec mon ami, on va discuter. »

Stressé, le barman acquiesça et, sans se faire prier, se précipita vers sa voiture et démarra.

Benjamin attendit quelques secondes en le regardant partir.

« Bon, si on veut que ça se passe bien, il faut nous voir le moins possible, pour ainsi dire jamais. On établit un lieu d'échange périodique : je pose le fric, je pars ; tu viens, tu prends le fric et tu me déposes la dope. Même quantité, même lieu, même jour, même heure, on ne change rien, on communique uniquement par SMS si besoin, téléphone à carte prépayée. Ça te va ? »

Samuel regarda Benjamin.

Il est couillu le gamin.

Il réfléchit un instant. Le deal était propre. Ils se trouvaient dans un petit village, donc peu de risque d'être ennuyé par la maréchaussée. Le jeune homme avait l'air d'avoir les dents longues et un certain sens des affaires.

« Où, quand et combien ? fit Samuel, allant à l'essentiel.

– Suis-moi. On prend les voitures. »

Rapidement, les deux hommes montèrent chacun dans leur Audi. Benjamin ouvrit la voie.

Ils se retrouvèrent dans les bois, à proximité de la cascade. À l'extérieur, le duo fit quelques pas pour s'éloigner du chemin.

Le jeune Folias pointa un doigt vers le sol :

« Voilà, c'est là, dans ce trou. Personne le trouvera. Tous les quinze jours, le samedi soir. Je te pose la somme à une heure – le bar ferme vers minuit trente, donc y aura plus personne à part Franck. Je dépose le fric et toi, tu attends au carrefour à l'entrée de la route du lac. Et lorsque Franck passera devant toi, ça sera le signal. Viens, prends l'argent, et pose la poudre. Moi, je repasserai un peu plus tard pour la récupérer.

– T'es sûr de ton coup ?

– Certain, je m'en suis occupé. On ne sera jamais emmerdé ! »

Samuel hésitait encore à traiter avec ce gosse de riches qui semblait se prendre pour Al Capone. Mais le fric était là, et la quantité écoulée était importante. Les bénéfices seraient intéressants. Avant de se décider, Samuel Lebourg vérifia un dernier point :

« Tu sais qui je suis et pour qui je bosse ? »

Benjamin n'avait pas la réponse.

« À voir ta gueule, je suppose que non, alors écoute-moi bien : une fois que t'auras commencé, il n'y aura pas de retour en arrière. T'as compris ?

– J'ai compris !

– Bien. À la moindre merde, tes parents te retrouveront dans une benne à ordures, réparti dans plusieurs sacs-poubelle. C'est clair ? »

Benjamin, aussi présomptueux et arrogant qu'il pouvait l'être, se contenta d'acquiescer.

Ils procédèrent à l'échange des sacs.

« Rendez-vous dans quinze jours.

– Aucun problème. Compte sur moi. »

Sans dire un mot de plus, Samuel monta dans sa voiture et quitta les lieux.

Benjamin prit une grande inspiration : la fortune sourit aux audacieux.

*

Samedi 21 avril 2018
Soir de l'anniversaire de Benjamin

Benjamin était furax : Mylène l'avait vraiment gavé sur ce coup-là. Il se dirigea vers le bar, déterminé, et insista lourdement pour avoir encore trois verres. Franck finit par accepter. Puis Benjamin alla chercher Thomas et Mylène, qui semblaient ne pas vouloir quitter la piste de danse.

Tous les trois rejoignirent le comptoir où les shots les attendaient.

Benjamin observait du coin de l'œil ses deux amis qui gloussaient sous l'effet de l'alcool.

Ils avalèrent leurs verres, cul sec.

Benjamin s'éloigna un peu, ses copains venus pour son anniversaire commençaient à partir : bise, accolade, et, pour certains, gros câlin bourré. Au milieu de ces embrassades, il chercha Mylène du regard. Elle avait disparu. Il sortit dehors et scruta les alentours :

« Et merde ! Elle est où, cette conne ? »

Il regarda tout autour de lui et descendit jusqu'à la longue route du lac, mais il ne vit rien.

« Et merde ! »

Il entra de nouveau dans le bar. Il était pressé, l'heure tournait. Il devait déposer un sac de fric dans la cachette habituelle. Quelques potes à lui traînaient encore. Il les aida à quitter les lieux.

Quinze minutes plus tard, assuré que tout le monde était parti, il fit un signe de la tête à Franck et quitta à son tour l'établissement. Il monta dans son Audi et démarra. Après quelques kilomètres, il emprunta le chemin qui menait à la cascade.

Il coupa le contact et descendit. Il laissa passer plusieurs minutes pour s'assurer que personne ne traînait dans le coin. Le vent dans les arbres couvrait les autres bruits.

Benjamin se sentait épié. Il regarda sa montre. Soudain, il entendit un moteur puis vit apparaître une voiture qui roulait à bonne vitesse. Elle fit une embardée. Des pneus crissèrent. Il courut au bord de la route et reconnut le véhicule de Franck, qui s'éloignait.

Putain, quel con ! En plus, il part trop tôt, cet abruti !

Le jeune homme n'était pas tranquille. Il consulta de nouveau sa montre : pas le temps de rêvasser ! Il fallait qu'il s'active. Il retourna à son Audi, prit le fric qui se trouvait dans le coffre et se rendit à la cachette. Il souleva la plaque et plaça le sac à l'intérieur de l'excavation.

Tout à coup, il entendit une branche craquer. Il se releva, paniqué, et éteignit sa lampe torche. Il scruta le noir autour de lui : il n'y avait rien.

Pourtant, il sentait une présence. Il s'accroupit derrière des buissons et marcha lentement à reculons. Des pas arrivaient dans sa direction ! Puis, de l'autre côté, un bruit attira son attention, et il eut brusquement le sentiment d'être cerné. Une ombre passa devant lui. Il la laissa avancer de quelques mètres et sortit de sa cachette. Bien qu'elle soit de dos, il la reconnut immédiatement.

Il la regarda avec dédain. Elle avait beau être son amie, il ne laisserait personne mettre en péril son entreprise ni le pouvoir qu'il avait acquis grâce à son trafic :

« T'aurais pas dû », lui balança-t-il.

Mylène se mit à courir. Ne s'attendant pas à cette réaction, il mit une seconde avant de se lancer à sa poursuite… Il ne voyait pas grand-chose, mais il savait qu'il se rapprochait d'elle. Brusquement, il reçut un coup sur la tête. Il s'écroula au sol, inconscient.

Plusieurs minutes passèrent avant qu'il ne revienne à lui, réveillé en sursaut par un cri déchirant. Un cri de terreur. Il était encore étourdi et sa tête lui faisait mal. Il se releva, chancelant. Du regard, il chercha sa lampe torche, mais ne la trouva pas. Il scruta la nuit. Les arbres semblaient effectuer une danse macabre. C'était comme si la forêt l'observait.

« Y a quelqu'un ? »

De nouveau, cette désagréable sensation d'être épié.

Il fit demi-tour en titubant pour se dépêcher de sortir de ce chemin.

Quelqu'un le suivait, il en était certain !

Accélérant tant bien que mal la cadence, il jeta un œil dans son dos mais ne vit personne.

Lorsqu'il entendit de nouveau des bruits, la panique le gagna et il trébucha. Au sol, il se retourna et ne bougea plus. Il attendit. Le silence régnait en maître et seule sa respiration lui était audible.

Crac !

Benjamin ne put retenir un cri. Affolé, il se releva et se remit à courir de plus belle. Quand il arriva enfin sur la route, il fut ébloui par les phares d'une voiture. Il eut à peine le temps de lever les mains au niveau de ses yeux qu'un crissement de pneus déchirait la nuit.

Sous la violence du choc, il fut éjecté à plusieurs mètres.

Son corps s'envola comme une brindille avant de retomber, son crâne heurtant le bitume.

SAMUEL LEBOURG

Mercredi 18 avril 2018
Trois jours avant la soirée d'anniversaire

Son téléphone vibra dans sa poche : un message de Benjamin. Il lui répondit et lui donna rendez-vous. Même heure, même endroit que d'habitude.

Je lui avais pourtant dit à ce baltringue qu'on ne devait jamais se rencontrer !

Samuel était de nature méfiante. Ses multiples expériences, petites combines et, malheureusement, ses fautes (qui lui avaient valu de nombreux passages au ballon), avaient forgé son caractère. Il avait su tirer profit de ses erreurs. Il avait agrandi son réseau. Avec son demi-frère, ils avaient su se faire respecter dans le milieu. Aujourd'hui, ils bossaient pour l'un des plus gros trafiquants de la région lyonnaise. Ils fournissaient la drogue, récupéraient l'argent et s'il y avait un problème, l'éliminaient. Samuel n'avait aucun sentiment ni aucune empathie. Le job, c'était le job. Pas de place pour le reste.

Il était une heure trente du matin lorsque Benjamin arriva.

« Salut, balança-t-il, un peu penaud.

– J'espère qu'il y a une putain de bonne raison pour que tu me fasses venir ! »

Il baissa la tête. Le jeune paon avait perdu de sa superbe. Il chuchota :

« On a un problème.

– Je n'ai pas bien compris…

– On a un problème, répéta-t-il plus fort.

– *On* ? Écoute-moi, le gosse de riches, j'en ai rien à branler de ton problème. Tu savais où tu mettais les pieds. T'as voulu jouer au grand, t'as voulu jouer au caïd, donne-moi une bonne raison pour ne pas te fumer là, maintenant.

– Si tu me tues, tu ne résoudras pas le problème.

– T'es en train de me dire que *j'ai* un problème ?

– Non… ce n'est pas ça… mais…

– Tu sais quoi ? T'as trente secondes pour me dire ce qui ne va pas… »

Samuel prit son arme, dissimulée aux creux de ses reins, fit claquer la culasse et la pointa sur lui.

« Si au bout de ces trente secondes, je vois qu'effectivement, par ta faute, *j'ai* un problème, je te fume. Et comme ça, plus de problème ! »

Le jeune homme n'en menait pas large. Sa confiance en lui avait disparu, et, à cet instant, il prenait conscience du jeu dangereux dans lequel il s'était engagé. Il tenta :

« Non, mais attends, je vais le résoudre, mais…

– 29… 28… 27…

– Mais non… Mais… c'est que j'ai pensé à vous, à nous… et je voulais vous en parler, parce que je me suis dit que c'était mieux…

– 22… 21… 20… »

Benjamin prit une grande inspiration et lâcha :

« Il y a une nana du village qui est au courant, elle sait pour le trafic ! C'est une amie. »

Le décompte s'arrêta. Benjamin retenait sa respiration. Le malfrat baissa son flingue et planta son regard dans celui du gamin :

« Et quoi ? C'est tout ?

– Ben oui. Elle sait…
– Et alors ?
– Je pense qu'elle est capable de tout balancer. »
Samuel souffla.
« Tu sais quoi ? T'as de la chance que tu me rapportes beaucoup de fric et que le patron veuille qu'on garde ce filon. Je t'avoue que si tu ne nous écoulais pas autant de dope tous les quinze jours, je t'aurais déjà foutu dans ce trou. »
Il rangea son arme et repartit en passant devant Benjamin sans rien dire. Le jeune homme finit par reprendre la parole :
« Et je fais quoi ? »
Tout en marchant, et sans se retourner, Samuel lui répondit :
« Moi, quand j'ai un problème, je l'élimine. »

*

Samedi 21 avril 2018
Le soir de l'anniversaire de Benjamin

Samuel attendait dans sa voiture. Comme d'habitude, il s'était garé dans un coin discret. Il surveillait l'heure régulièrement, baissant les yeux sur sa Breitling. Il avait encore le temps. Il voyait défiler des bagnoles remplies de gamins à moitié beurrés et meuglant par les fenêtres.
Puis, le calme plat. Un coup d'œil dans le rétro : personne alentour. Il alluma une cigarette. Il savait que la lueur de la combustion du tabac pouvait se voir au loin, mais il fallait bien passer le temps.
Alors qu'il rêvassait, il entendit le bruit d'un véhicule. Puis, il aperçut les phares. La voiture arrivait de la route du lac. Elle passa plus lentement que les précédentes. Celle-ci, il la reconnut. C'était celle de

Franck, le barman. Leur *modus operandi* était rodé : « … lorsque Franck passera devant toi, ça sera le signal. »

Il était plus tôt que d'habitude, et lui, il n'aimait pas les changements. Il finit sa cigarette, la jeta par la fenêtre et hésita à attendre l'heure prévue.

Et puis merde, ce n'est pas ici que quelqu'un viendra me faire chier !

La manip était simple : il se garait, se rendait à la cache, prenait l'argent, remplaçait le sac de billets par un sac rempli de drogue et se cassait. Cinq minutes, pas plus.

Un dernier coup d'œil et Samuel fit démarrer sa voiture. Il roulait toujours doucement, pour être sûr de ne rien louper. Il ne se permettait aucun écart de vigilance.

Vitre baissée, il arriva devant le chemin menant à la cascade. Il laissa le contact et attendit. Au loin, il ne distinguait aucune lumière : le bar était bien fermé.

À quelques mètres, sur le bas-côté, il y avait une voiture. Il n'aimait pas ça. Et pour couronner le tout, au fond du chemin, il aperçut l'Audi de Benjamin.

Ce petit con est encore là !

Il patienta encore un peu. Aucun bruit, aucun mouvement. Il observa la voiture inconnue : personne au volant.

C'est quoi, ce bordel ?

Samuel hésita à faire demi-tour.

Mais ce n'était pas dans ses habitudes de dévier du plan et repartir sans l'argent était inenvisageable.

Après quelques minutes, il décida quand même d'aller à la planque.

Dans la boîte à gants, il saisit son arme, installa le silencieux et fit claquer la culasse.

Il attrapa le sac de poudre, et, tranquillement, quitta son véhicule. Il était aux aguets. Au moindre bruit, au moindre doute, il réagirait instantanément. Il était capable de faire fasse à toutes les situations.

Avant de s'aventurer dans le chemin, il regarda une dernière fois derrière lui : cette voiture qui n'avait rien à faire là le contrariait fortement, mais, après tout, ce n'était peut-être que l'un des gamins fêtards qui était rentré avec des potes.

Il avança lentement dans les bois. Longeant l'Audi de Benjamin, il jeta un œil à l'intérieur. Rien. Une main sur le capot au passage : il était encore tiède.

Il dépassa le véhicule, balayant toute la zone du regard. Il sentait qu'un truc clochait.

Arrivé à quelques mètres de la cachette, il attendit sans bouger, tous les sens en éveil.

Derrière lui un craquement de branche se fit entendre. Il se retourna et pointa son arme. Avec l'obscurité, il ne distinguait pas grand-chose, mais il y avait quelqu'un, il en était sûr.

« Sors de là ! Sors ou je te mets une balle dans la tête ! »

Lentement, une silhouette émergea des fourrés et avança, dévoilant son visage.

« Mais t'es qui, toi ? Il est où Benjamin ? »

Devant le silence de l'intrus, il insista :

« Dis-moi où il est ou je te bute ! »

L'autre ne pipait mot. Samuel Lebourg perdait patience :

« Tu ne veux rien dire ? Putain, j'y crois pas ! On va voir si tu vas fermer ta gueule longtemps. »

Le trafiquant recula d'un pas tout en tenant en joue le visiteur de la nuit. Il saisit son téléphone et composa le numéro de Benjamin.

Une sonnerie retentit au loin.

Mais qu'est-ce que...

« Putain ! C'est quoi ce bordel ? Il est où Benjamin ? Si tu ne me réponds pas, je t'explose la gueule ! »

Samuel sentait le vent tourner. Rien ne se passait comme prévu, il fallait qu'il agisse, et vite !

« Allez, ce petit jeu a assez duré ! »

Au moment où il s'avançait pour mieux verrouiller sa cible, il fut saisi par-derrière : une prise à la gorge dont il ne put se défaire.

Il lâcha le sac de drogue et tenta, de sa main libre, de s'extraire de cet étau.

Mais l'étranglement était trop puissant. Rapidement, il manqua d'air.

Ses yeux se révulsèrent, et il cessa de se débattre.

THOMAS ROCHE

Samedi 21 avril, soir de l'anniversaire de Benjamin

Thomas se laissait porter par les douces notes du slow, Mylène s'abandonnant dans ses bras. Il s'était laissé enivrer par le parfum de sa partenaire. Les effluves épicés contribuaient à faire augmenter son rythme cardiaque, concurrençant le contact des mains de la jeune femme autour de son cou. Elle plaqua sa tête contre son torse. Il frissonna. Il ne pouvait pas le nier : elle lui faisait de l'effet.

À la fin de la musique, Benjamin débarqua pour le dernier verre au bar.

« On aurait pu inviter Rémi », lâcha Thomas.

Puis il regarda autour de lui, mais son copain avait disparu. Il n'était plus au comptoir.

« Tu vois bien qu'il est parti ton poto, il est sans doute déjà au lit ! Allez, buvons nos verres. »

Thomas avala le sien et grimaça. Mylène, à ses côtés, s'écria :

« Merde, elle est où ma casquette ? »

Son ami survola la pièce du regard, mais ne vit rien.

« Fait chier ! Je l'ai depuis des années !

– Attends, je vais t'aider à la chercher. »

Il fureta un peu partout dans le bar, y compris au milieu de la foule. Quelques minutes plus tard, il revint auprès de Mylène :

« Tiens, la voilà ta casquette. Elle était par terre, de l'autre côté.

– Ah bon ? C'est bizarre. Merci, Thomas. Bon, je vais y aller.

– Attends, je vais te suivre en bécane.

– Non, c'est gentil, je vais rentrer seule. Faut que j'y aille. »

Juste avant de partir, elle déposa un baiser sur sa joue.

Hagard, il la regarda quitter le bar. Il y avait encore de la musique. Elle le berçait. Le jeune homme se sentait partir, il avait envie de dormir, ses membres étaient de plus en plus lourds. Les bruits dans le bar devenaient indistincts, ils ne formaient plus qu'un brouhaha.

Il fut pris d'un besoin pressant. Titubant légèrement, il avança jusqu'à la porte des toilettes. Une fois à l'intérieur, il commença à vider sa vessie. Sa tête était lourde, trop lourde. Il était fatigué, crevé. Tout en se soulageant, il appuya son front contre le mur et s'endormit… pour se réveiller brusquement au pied du W.-C.

Il ne comprenait pas ce qu'il faisait là, et n'avait aucune idée du temps qui s'était écoulé. Il avait le tournis et plus aucune force. Il s'appuya comme il put sur la cuvette et réussit à se redresser.

À plusieurs reprises, il poussa la porte des toilettes pour tenter de sortir, sans succès. Il finit par tirer et elle s'ouvrit. Dans son élan, il bascula en arrière et retomba sur les toilettes. Son crâne bourdonnait, ses paupières tressautaient. Devant lui, un écriteau indiquait « Tirer ».

« Ben oui, je savais que c'était tirer qu'il fallait faire », dit-il pour lui-même.

Il se releva avec difficulté et sortit enfin. Il retrouva la salle du bar : elle était plongée dans le noir.

« Oh ! les copains… vous êtes où ? Ohoooo ! Elle est où, la musique… et… »

Les mots avaient du mal à franchir ses lèvres. Il rejoignit la porte principale, mais elle était fermée. Il tira de toutes ses forces, sans succès.

« Vous m'avez oublié », rit-il bêtement.

Il déambula, ne sachant où aller.

Après dix minutes, il aperçut ce qui semblait être une autre issue, à l'arrière de l'établissement. Un panneau était accroché au-dessus. Thomas fronça les yeux pour le déchiffrer : « Sortie de secours. »

« Aaaah, c'est là ! »

Il appuya lourdement sur la porte et se retrouva enfin dehors. Dans son élan, il s'effondra au sol.

Se relevant tant bien que mal, il s'éloigna, marchant de travers. On eût dit un homme ivre. Il regarda la route au loin.

Mais qu'est-ce qui m'arrive, bon sang ? Faut que je rentre, sinon, maman va me tuer !

En zigzaguant, il contourna le bâtiment pour rejoindre le parking. Après quelques mètres, il aperçut sa moto. Arrivé à sa hauteur, il monta difficilement dessus. Il donna des coups de kick pour la faire démarrer, sans se rendre compte que son pied frappait dans le vide.

Mince… marche plus !

Il abandonna et décida de marcher. Trente mètres lui prirent une éternité. Il fixait la route comme point de repère et marmonnait dans sa barbe.

« J'ai au moins fait dix kilomètres. Putain, faut que je dorme… »

Après d'interminables minutes, il arriva devant le chemin de la cascade. Il s'arrêta et regarda dans sa direction. Soudain, il entendit son nom.

Vacillant, il se pencha en avant :

« Oui, c'est moi. C'est qui ?… »

Il attendit, mais aucune réponse. Ses jambes ne le portaient plus, et ses fesses finirent par embrasser le sol.

Thomas sentit quelque chose de froid et humide imbiber son pantalon.

Oh merde ! Fait chier, je me suis assis dans une flaque d'eau.

Se redressant avec toute la peine du monde, il examina le sol. Mais ne voyant pas grand-chose, il reprit sa marche d'escargot, accompagné de la faible lueur de la lune et de l'air des pins.

Sa tête pesait une tonne et ses yeux ne demandaient qu'à se fermer. Il luttait. Sans s'en rendre compte, il dévia de la route et s'enfonça dans les bois.

Cerné par les ténèbres, il trébucha de nouveau, se retrouvant sur un tapis de mousse. Il n'essaya même pas de se relever, tellement il était confortable. Très confortable.

Se laissant enfin aller, il s'endormit.

GUILLAUME ROCHE

Cinq mois plus tard
Dimanche 16 septembre 2018, jour de la fête du maïs

Blaches avait passé l'été. Petit à petit, les habitants tentaient de chasser les mauvais souvenirs. Si certaines questions restaient encore sans réponse, tous voulaient oublier. Les villageois voulaient tourner la page. Mais la réputation de Blaches était faite : un village qui avait hébergé un trafic de drogue, un village où une jeune fille avait été tuée, mais pas seulement. Tous les riverains du quartier se souviendraient aussi de cette soirée où la famille Roche avait été agressée par un trafiquant de drogue, tueur à ses heures et de surcroît membre d'une organisation criminelle.

La plage avait été investie en ce jour de fête, c'était l'endroit idéal pour profiter des derniers jours de soleil en ce mois de septembre. Tables, chaises, sono, tous les éléments étaient réunis pour passer un bon moment. Les villageois s'embrassaient, se serraient dans les bras. Renouer des liens et effacer le passé.

Pourtant, Éric voyait bien ces petits regards à la dérobade : tous voulaient savoir pourquoi lui et sa femme avaient été agressés. Il n'y avait jamais de fumée sans feu, pas de hasard. Cet homme, qui venait chez eux pour réparer leurs maisons, pouvait-il tremper dans un trafic ? Et son épouse ? Et son fils, avec son histoire de soirée pour le moins étrange ?

Éric savait ce que pensaient les gens, mais il ne leur en voulait pas, n'aurait-il pas fait pareil à leur place ? Il fallait prendre son mal en patience et laisser le temps au temps. Les interrogations finiraient par disparaître, la confiance serait regagnée et la vie reprendrait son cours normal.

En ce jour de fête, d'aucuns pouvaient parler de tout, sauf de ça ! Sauf de « l'affaire ». Le mot d'ordre : rire, boire et profiter pleinement de l'instant. Gérald était à la manœuvre : un stand de maïs grillé, des hot-dogs, de la bière. Il était l'animateur, mais aussi le gentil organisateur que tout le village adorait. Rémi, son fils, l'aidait de son mieux. Il s'appliquait en y mettant tout son cœur. Il se sentait utile, aimé, apprécié. Voir son père être le « passeur de bonheur » en cette magnifique journée illustrait tellement tout ce que sa maman lui avait appris qu'il en éprouvait une immense fierté.

Guillaume, assis sur un coin de table, une canette à la main, observait tranquillement tout ce petit monde s'agiter autour de lui : les discussions, les rires, les accolades. Éric vint s'installer à côté de lui avec deux bières.

« Tu veux me bourrer la gueule ? lui demanda Guillaume, un sourire aux lèvres.

– Nooon ! Mais aujourd'hui, tu as ma bénédiction, mon frérot ! » fit Éric avec un clin d'œil.

L'ancien légionnaire faillit avaler de travers sa dernière gorgée. Puis il décapsula la nouvelle canette.

« Alors, à la tienne, frangin !

– À la tienne ! Je t'aime, mon frère.

– Moi aussi je t'aime, frangin. »

Comme à son habitude, le plus jeune des deux frères resta silencieux : c'était un taiseux. Éric le regardait du coin de l'œil en souriant. Il le connaissait mieux que quiconque. Pas besoin de mots pour se comprendre.

Chose rare, c'est Guillaume qui reprit la parole :

« Comment ça va, avec Stéphanie ?

– Ben, écoute, je crois que je ne l'avais jamais vue aussi heureuse qu'aujourd'hui.

– Si j'avais été à sa place, je t'aurais pété les dents !

– Ouais, je sais et je l'aurais bien mérité.

– Fais tout pour la garder, car te pardonner comme elle l'a fait, continuer à avancer sans te pourrir la vie, c'est rare chez une femme. »

Stéphanie regardait les frangins discuter. Elle fut prise d'un élan de tendresse. Une telle fraternité, il fallait la conserver le plus longtemps possible.

Arrivant par surprise, elle s'accrocha au dos de Guillaume.

« Ça va, les hommes ?

– Ça va, et toi ? répondit l'ancien légionnaire.

– Oui, je me sens bien. »

Elle embrassa son beau-frère sur la joue. Elle lui serait reconnaissante toute sa vie.

« Bougez pas, je vais aller vous chercher à manger. »

Elle revint avec deux assiettes, une remplie de hot-dogs et la seconde, d'épis de maïs.

« Bon appétit, les garçons », lança-t-elle avant de repartir.

Guillaume ne broncha pas. Il ne quittait pas des yeux l'assiette de maïs. Éric commença à manger son hot-dog.

« C'est trop bon, bordel, gloussa-t-il, tu devrais en prendre un ! »

Lorsqu'il mit la main sur un des épis de maïs, son frère lui attrapa le bras d'une poigne ferme.

« Aïe ! Tu me fais mal ! Qu'est-ce qui te prend ? »

Guillaume ne lâcha pas sa prise, il était crispé, son regard avait changé.

« Mais qu'est-ce qui te prend ? Lâche-moi, bordel ! »

Le visage tendu, son frère finit par répondre :

« Ne mange pas ce maïs.

– Quoi ?

– S'il te plaît, ne mange pas ce maïs.

– Mais pourquoi ? »

L'ancien légionnaire baissa la tête.

« Hé, Guillaume ! Mais qu'est-ce qui t'arrive ? »

Son frère lui lâcha le bras. Il tremblait.

« Guillaume, dis-moi ce que tu as ! Dis-moi ce qui t'arrive, bon sang !

– Promets-moi que tu ne mangeras pas ce maïs.

– S'il n'y a que ça pour te faire plaisir et que tu m'expliques ce qui ne va pas, alors O.K. !

– Viens avec moi. »

Ils trouvèrent un prétexte pour s'échapper un moment et ils s'éloignèrent du banquet pour rejoindre la voiture de Guillaume. Ils parcoururent quelques kilomètres pour finir à côté d'un des champs de Gérald Plan, ceux situés après les parcelles de maïs.

Ils descendirent du véhicule.

« Suis-moi.

– Tu peux me dire ce qu'on fout là ? » fit Éric, un peu surpris.

Son frère ne répondit pas et l'entraîna jusqu'aux immenses bottes de paille que l'agriculteur avait soigneusement empilées.

« Il faut que je te dise quelque chose. »

Éric ne comprenait pas où il voulait en venir.

L'ancien légionnaire grimpa dans le tracteur laissé sur place et le fit démarrer. Il déplaça plusieurs bottes de paille. Puis il coupa le contact, descendit de l'engin agricole et escalada le monticule d'herbe sèche pour s'y asseoir.

« Monte ! lui ordonna-t-il.

– Tu me fais chier, Guillaume, tu le sais ?

– Monte, je te dis. »

Éric obtempéra et le rejoignit.

Son frère pointa du doigt la base des ballots de foin. Il y avait une forme noire.

« C'est quoi ? »

L'ancien légionnaire descendit de son promontoire et retira encore quelques bottes de foin : en dessous, le capot d'une Audi.

« Bordel… mais c'est…

– La voiture de Benjamin. »

Estomaqué, Éric fixa son frère d'un œil interrogateur. Mais ce dernier resta muet.

« Guillaume ? Ho, Guillaume ? Dis-moi… »

Il détourna les yeux :

« Je te jure, Éric, je te jure que je n'y suis pour rien.

– Tu m'inquiètes, là, dis-moi ce qui se passe !… »

Son frère reprit place à ses côtés. Regardant au loin, il commença son histoire.

*

Samedi 21 avril 2018
Soir de l'anniversaire de Benjamin

Derrière son zinc, le barman se dirigea vers Guillaume.

« Tu jettes un œil, s'il te plaît, qu'il n'y ait pas de grabuge ?

– Pas de problème, Franck. Ça va ? T'es tout blanc.

– Oui, oui, ça va. Juste de la fatigue. Je peux compter sur toi ?

– T'inquiète. »

Guillaume sortit devant le bar pour vérifier que le départ des jeunes se fasse dans le calme. Quand Benjamin passa devant lui, il sentit le garçon énervé.

« Ça va, toi ? lui demanda l'ancien légionnaire.

– Oui, ça va. Pourquoi ?
– Tu peux conduire ?
– T'occupe ! Ça te regarde pas. »

Guillaume n'eut pas le temps de répondre que le gosse de riches avait déjà rejoint sa voiture. Il partit en faisant crisser les pneus.

Quel petit con !

Puis, il jeta un coup d'œil à la moto de Thomas.

Et il est où, lui ?

Il retourna dans le bar.

« C'est bon, tout le monde est parti ? interrogea Franck.

– Oui. Mais je ne sais pas où est Thomas, sa moto est dehors. Il est peut-être sur la plage. Et Benjamin vient de partir en faisant crisser les pneus de sa voiture comme un débile. Ce gosse n'est vraiment qu'un petit con ! »

Franck ne releva pas.

« Tu es certain que ça va ? T'as vraiment pas l'air d'aller bien. »

Franck avait toujours le teint aussi pâle.

« Mais oui, ça va, je suis juste fatigué je viens de te le dire. Écoute, je vais fermer et mon fils nettoiera demain. Ce n'est pas grave, avec cette soirée, les gosses ne viendront pas de bonne heure demain. Tiens, prends ça, c'est pour toi. »

Le gérant lui tendait une liasse de billets. Il s'exclama :

« 200 euros ! T'es malade, je n'ai rien fait ce soir !

– T'inquiète, tu le mérites, et quand j'ai besoin que tu fasses le ménage, t'es toujours là. Et puis, tiens, prends une bière et pose-toi dehors, si tu veux.

– Merci, Franck. »

Guillaume ne comprenait pas pourquoi « son patron » était si généreux ce soir, mais il n'allait pas s'en plaindre.

Il attrapa sa bouteille et les deux hommes sortirent. Franck lui fit un signe de la tête en guise d'au revoir et monta dans sa voiture. Guillaume se posa sur les marches et dégusta sa bière. Il regarda les billets et sourit. 200 euros pour la soirée, c'était une belle somme. Il mit l'argent dans sa poche, et but une nouvelle gorgée. Il profitait de l'air de la soirée, du retour au calme et de cette petite brise d'été, toujours aussi agréable.

Il resta ainsi un moment avant de consulter sa montre.

Bon, faut y aller.

Il regagna sa voiture et prit la route. La chaleur dans l'habitacle était étouffante. Guillaume ouvrit sa vitre et sortit le bras pour se rafraîchir un peu. Il posa son crâne sur l'appui-tête et se laissa bercer. Il roulait tranquillement et son attention se relâcha.

Soudain, à l'approche du chemin qui menait à la cascade, quelqu'un surgit devant lui. Guillaume pila, mais trop tard. Il ne put éviter le choc. Le corps fut projeté à plusieurs mètres.

L'ancien légionnaire ne bougeait plus, les mains crispées sur le volant. Choqué.

Mon Dieu, qu'est-ce que j'ai fait ?

Sa respiration était bruyante, difficile. Il cligna des yeux plusieurs fois et se reprit.

Il ouvrit la portière, descendit et, lentement, fit quelques pas vers le corps éclairé par les phares. Il s'arrêta à mi-chemin et scruta les alentours pour vérifier si quelqu'un l'avait vu. Il franchit doucement les quelques mètres qui le séparaient de la personne qu'il venait de renverser. Arrivé devant, il se pencha.

Oh non, mais non, putain ! Mais c'est pas vrai ! Qu'est-ce qui t'a pris, bordel !

Le corps de Benjamin gisait sur la route. Guillaume s'accroupit à côté de lui et vérifia s'il respirait encore :

rien, aucun souffle. Il posa alors ses doigts sur sa carotide : pas de pouls.

Non ! Non ! Non !...

Passant sa main sous la tête du jeune homme, il sentit quelque chose d'humide. Il la retira vivement : elle était pleine de sang. Sous le crâne du garçon, une petite flaque s'était formée.

Putain, qu'est-ce que je vais faire ?

*

Jour de la fête du maïs

« Mais bordel, Guillaume ! T'es en train de me dire quoi, là ? Que t'as renversé le gosse et que t'as planqué son corps et sa caisse ici ? Mais pourquoi tu n'as pas appelé les secours ? C'était un accident ! Mais qu'est-ce que t'as foutu ?

– Mais putain, tu percutes pas, j'avais bu, en plus c'était un fils de riches, et j'ai un casier. Tu crois quoi, toi ? Comment ça se serait fini ? Hein ? Dis-moi. Je serais retourné en taule et c'était hors de question.

– Mais il s'est jeté sous ta voiture !

– Et qui aurait cru cette version ? Je serais tombé, à minima, pour homicide involontaire. Et puis, il n'y a pas que ça.

– Comment ça, "pas que ça" ? »

Guillaume déglutit et reprit son histoire.

*

Soir de l'anniversaire de Benjamin

L'ancien légionnaire se releva et essuya sa main ensanglantée sur son pantalon.

« Guillaume !!!

– Ahhhh ! Mais qu'est-ce que tu fous là, toi ? »

Rémi ne répondit pas. Il le regardait avec un petit sourire.

« Réponds-moi, qu'est-ce que tu fous ici ? »

Sa voix tremblait.

« C'est pas ta faute, Guillaume.

– Je crois que tu ne comprends pas, c'est la merde ! Là, c'est vraiment la merde ! Putain, mais qu'est-ce que je vais faire ? »

Il tournait sur lui-même, doucement, cherchant une solution.

Rémi lui parlait, mais il ne l'entendait pas. Alors le jeune garçon regarda sa montre et prit ses dés. Il les secoua plusieurs fois dans ses mains.

« Guillaume ? »

L'homme se retourna enfin vers lui :

« Rémi, arrête, ce n'est pas le moment de jouer.

– Guillaume, c'était pas ta faute, et puis on est pas obligés de le dire !

– Quoi ?! »

Il le regarda, tout à coup attendri par sa naïveté et sa gentillesse. Malgré la gravité des événements, le jeune garçon restait égal à lui-même. Il répéta :

« C'est pas ta faute, et si on dit rien à personne, ça sera notre secret. »

Guillaume essaya de lui faire entendre raison :

« Ça ne se passe pas comme ça dans la vie, Rémi. »

Mais Rémi ne l'écoutait pas :

« Guillaume, il arrive ! Il faut tout cacher !

– Quoi ?! Mais de quoi tu parles ? »

Le jeune garçon semblait en panique, comme s'il avait peur de quelque chose. Il jeta de nouveau ses dés :

« Double six ! Tu vois, il arrive ! Vite, Guillaume, on doit se cacher. Vite ! Vite !

– Mais, Rémi, qu'est-ce qui te prend ? Ce n'est vraiment pas le moment !

– Il arrive, et il va nous voir, il va nous tuer ! Vite !... »

Soudain, il sauta près du corps de Benjamin et commença à le tirer par les pieds. Guillaume se précipita vers lui :

« Mais, arrête ! Qu'est-ce que tu fous !

– Vite ! Vite, il arrive, cache ta voiture.

– Quoi ? Mais bon sang, de qui tu parles ?!

– Allez ! »

En état de confusion, Guillaume s'exécuta. Le jeune garçon avait toujours été étrange, c'est vrai, mais sa brusque autorité l'avait convaincu de faire ce qu'il demandait, même s'il ne comprenait pas pourquoi. Il le connaissait suffisamment pour savoir que quelque chose n'allait pas. Il recula son véhicule et le stationna en face du chemin menant à la cascade, puis il rejoignit Rémi. Ce dernier avait traîné le corps sur le bas-côté.

« Rémi, tu vas m'expliquer ?

– Il arrive, je te dis ! »

Au loin, des phares surgirent.

« Le voilà !

– Quoi ?! Mais c'est qui ? De qui tu parles ?

– Cache-toi là ! » fit-il en pointant du doigt l'arrière de la voiture.

L'ancien légionnaire ne chercha pas à en savoir plus et suivit les consignes.

« Ne bouge pas ! lui ordonna le jeune garçon avant de s'éloigner.

– Non, mais attends ! Où tu vas ? Reviens ! »

Les phares grandissaient et Rémi eut juste le temps de s'enfoncer dans le chemin de la cascade.

Mais qu'est-ce qu'il fabrique, ce foutu gosse ?

Le véhicule s'arrêta et la panique gagna l'ancien légionnaire : à proximité gisait le corps de Benjamin. Il sentit son cœur s'emballer.

Pas de bruit de portière qui claque.

Guillaume releva légèrement la tête pour observer. Le conducteur finit par sortir, une arme à la main.

Mais c'est qui, ce type ?

L'homme semblait sur ses gardes. À son tour, il disparut dans le chemin de la cascade.

Bon sang, Rémi ! Pourquoi t'es allé là-bas ?

L'ancien légionnaire se redressa.

Réfléchis, Guillaume ! Mais réfléchis, bordel ! Putain, le mec a un flingue !

Ne pensant qu'à Rémi, il fonça à la suite de l'inconnu.

Droit devant lui, des voix. Il continua et tomba sur la voiture de Benjamin. Il se baissa et la longea pour se rapprocher. Quelqu'un parlait. Guillaume se releva légèrement : le gars tenait en joue le jeune garçon.

Il devait sauver Rémi ! Lentement, il avança.

Soudain, une sonnerie de téléphone retentit. Il tourna la tête en direction du corps de Benjamin.

« Putain ! C'est quoi, ce bordel ? Il est où Benjamin ? Si tu ne me réponds pas, je t'explose la gueule !... Allez, ce petit jeu a assez duré ! »

Guillaume vit l'individu avancer d'un pas pour tirer sur Rémi.

Ni une ni deux, il se rua sur lui et l'attrapa à la gorge en serrant au maximum. Il renforça sa prise et la verrouilla, écrasant la carotide de l'inconnu. Il savait que l'homme ne pourrait pas s'en défaire. Le gars essaya de se dépêtrer de cet étau, mais c'était inutile : Guillaume était d'acier.

Sa proie cessa rapidement de s'agiter...

*

Jour de la fête du maïs

Éric regardait son frère avec incompréhension.

« ... Tu as tué quelqu'un d'autre ?...

– C'était lui ou Rémi.

– Et tu sais qui c'était ce gars ?

– Le fameux propriétaire de l'Audi noire quasiment identique à celle de Benjamin : Samuel Lebourg. »

Éric passa ses mains sur son visage.

« Mais putain qu'est-ce que tu as foutu ! dit-il en haussant le ton. Mais pourquoi tu n'as pas appelé la police ? Pourquoi ? Cet homme allait tuer Rémi. Tu n'as fait que le protéger. C'était de la légitime défense, tu ne risquais rien !

– Et Benjamin ? Je l'aurais expliqué comment ça, hein ?

– Mais c'était un accident ! En plus, les flics auraient découvert que Benjamin trafiquait de la drogue ! Mais merde, Guillaume, Thomas a été accusé pour ça ! Un homme a débarqué chez nous pour nous buter ! Voilà les conséquences de ton silence ! »

Éric fulminait intérieurement : tout ce que sa famille avait vécu, c'était le silence de son frère qui l'avait provoqué.

« Et puis, merde !

– Quoi ?

– J'avais peur ! hurla Guillaume. J'avais peur, tu peux le comprendre ? Depuis que je suis revenu ici, je mène une vie heureuse. Je suis bien avec vous trois. Je ne voulais pas perdre ce que j'ai mis tant de temps à acquérir. Ce soir-là, j'avais bu je ne sais combien de bières, et j'ai tué le gamin. Il était hors de question de retourner en prison, même pour seulement quelques mois. Puis ce gars a débarqué avec un semi-automatique muni d'un silencieux. Tu sais qui se pointe avec ce genre d'arme ?

– Oui, je me doute bien, je te rappelle que son frère nous a rendu visite.

– De toute façon, ça sert à rien que je t'explique, tu ne peux pas comprendre.

– Et qu'est-ce que je ne peux pas comprendre ?

– Tu ne connais pas tout de mon passé !

– Oh ! c'est ça, tu vas jouer la carte du "moi, j'ai été livré à moi-même, alors que toi, t'as eu plus de chance", et bla-bla-bla ! Va te faire foutre, Guillaume ! On a eu les mêmes chances avec papa et maman. C'est toi qui as fait le con ! Ce sont tes décisions, tes choix ! Les emmerdes que tu as eues, tu t'y es foutu tout seul dedans ! »

Éric ne décolérait pas.

« MERDEEEEE !!! » hurla-t-il.

Il était effondré. Il ne voulait pas l'avouer, mais en réalité, il avait peur pour son frangin.

« Mais qu'est-ce qu'on va faire, Guillaume ?... »

Son frère resta silencieux. Éric regarda le capot de l'Audi en secouant la tête :

« J'y crois pas, mais j'y crois pas ! Mais qu'est-ce qu'on va faire ? Les flics vont bien finir par retrouver cette voiture et les corps...

– Attends, laisse-moi d'abord finir mon histoire... »

*

Soir de l'anniversaire de Benjamin

Guillaume ne lâchait pas prise. Il serrait, et serrait encore. La mâchoire crispée par l'effort, les veines de son cou ressortaient tant la pression qu'il exerçait sur la gorge de sa victime était importante.

Rémi s'avança et lui tapota doucement le bras.

L'ancien légionnaire le regarda, comme surpris par sa présence... Il relâcha sa prise et le corps de Samuel Lebourg s'écroula. Guillaume recula d'un mètre. Sa respiration reprenait peu à peu son rythme. Le silence était quasi total.

Après quelques minutes, retrouvant ses esprits, il réalisa d'un coup la gravité de la situation : il venait de tuer un autre homme !

Rémi s'approcha de lui, lentement, et l'entoura de ses bras.

« Tu m'as sauvé la vie, Guillaume. »

Il posa la tête sur l'épaule de son héros. Ils s'assirent tous les deux et restèrent ainsi sans bouger. Guillaume savait que le gamin avait raison : il lui avait sauvé la vie.

« Rémi, qu'est-ce qui se passe, ici ? Pourquoi Benjamin a déboulé du chemin ? Et c'est qui, ce type ? Et toi, qu'est-ce que tu fais là ? »

Ce dernier garda le silence. Il se leva et montra le sac qui gisait à côté du trafiquant.

Guillaume l'attrapa et l'ouvrit.

« Bordel !… »

Il se tourna vers Rémi :

« Mais c'est quoi, cette merde ? Tu peux m'expliquer ?… On doit appeler les flics !

– NON !

– Quoi "non" ? Tu veux que je fasse quoi ? »

Rémi se rapprocha et lui chuchota quelques mots à l'oreille. L'homme s'écarta brusquement :

« Non, mais tu rigoles ?

– Si on ne fait pas ça, on mourra tous les deux !

– On ne mourra pas, Rémi !

– Si, je te jure que si ! »

Sur ces mots, il se pencha de nouveau pour lui livrer un autre secret.

« Nom de Dieu !

– Si on fait ça, personne saura. »

Guillaume était perdu. Il ferma les paupières pour tenter de réfléchir à la situation, mais… elle était catastrophique ! L'armure de l'ex-légionnaire était fissurée. Il pensa à sa jeunesse, ses parents, son frère, à la taule où il s'était juré de ne jamais retourner…

On le tira par le bras :

« Allez, Guillaume, faut y aller. »

Ce dernier se leva et le suivit. Avait-il le choix ?

« Et c'est quoi exactement, la suite, mon garçon ? »

Rémi lui expliqua.

« T'es sérieux ? s'exclama l'homme. Mais on peut pas faire ça !

– Fais-moi confiance. »

Guillaume avait conscience que c'était de la folie. Que le plan de Rémi était ignoble, mais il était prêt à tout pour ne pas perdre ce qu'il avait si chèrement acquis.

« Oh, et puis merde ! » fit-il en fonçant vers l'Audi de Benjamin.

Il ouvrit la portière : la clé était sur le contact. Il rebroussa chemin pour fouiller les poches de Samuel Lebourg afin de récupérer la sienne.

« Rémi, écoute-moi bien : tu montes dans la caisse de Benjamin, et tu la recules sur la route devant celle de ce gars. Tu te rappelles comment on conduit ? Tu te souviens quand je t'ai montré ?

– Oui, je m'en souviens ! Cool ! »

Le jeune garçon, tout sourire, s'exécuta et alla déplacer le véhicule.

Pendant ce temps, Guillaume rassembla ce qui aurait pu les incriminer ou poser question : l'arme et le sac. Il scruta ensuite les alentours pour vérifier que rien d'autre ne traînait.

Plusieurs minutes s'écoulèrent.

Mais qu'est-ce qu'il fout, bon sang ?

Guillaume l'appela, le plus discrètement possible :

« Rémi ?… Rémi ?

– Je suis là. »

Il arrivait tranquillement sur le chemin.

« Mais bordel, qu'est-ce que tu foutais ? Tu en as mis du temps ! »

Il ne répondit pas, réfléchissant a ses consignes : reculer, garer la voiture et revenir.

« Rémi ? C'est bon, tout est O.K. ?
– Oui, chef, tout est O.K.
– Allez ! on n'a pas de temps à perdre. Si on veut suivre ton plan, on ne doit pas traîner ! Aide-moi, prends-le par les pieds. »

Ils soulevèrent le malfrat, et le transportèrent tant bien que mal.

Brusquement, un peu avant la fin du chemin, le jeune garçon lâcha sa prise et son binôme bascula en avant sous le poids du cadavre.

« Houuuuhouuuuuu, Thomas ! »

Rémi avait crié en levant les bras pour faire signe à son ami.

Guillaume bondit sur lui et le bâillonna de sa main.

« Mais putain, ferme-la ! Qu'est-ce qui te prend ? »

Apercevant son neveu au milieu de la route, il lâcha :

« Et merde ! Qu'est-ce qu'il fout là, lui ? On est foutus. »

Ils ne bougèrent plus, et attendirent, observant Thomas. Son oncle le trouvait bizarre : il vacillait, parlait tout seul, bafouillait. Puis il tomba par terre… Il finit par se relever avec difficulté avant de repartir.

« Je suis sûr qu'il nous a vus, avec tes conneries !
– Mais c'était Thomas ! On devait lui faire coucou !
– Putain, mais est-ce que tu sais ce qu'on est en train de faire ?! »

Rémi le fixa, sûr de lui :

« T'inquiète, quéquette, je sais ce que je fais ! Et Thomas, il nous a pas vus ! »

Il se mit à rire. Guillaume le regarda, dépité.

Ils finirent d'acheminer le corps de Samuel jusqu'à son véhicule, et le jetèrent dans le coffre. Ils firent de même avec celui du fils Folias.

« Rémi, écoute-moi : je vais ramener la caisse de Benjamin devant le bar et je reviens. Tu m'attends ici. Tu ne touches à rien. Tu ne bouges surtout pas et tu m'attends. Je vais revenir vite. Tu as tout bien compris ?

– Oui, chef ! » dit-il en faisant un signe militaire.

Guillaume monta dans la voiture et la ramena devant le bar, à l'endroit même où elle était lors de la soirée. Il prit toutes les précautions nécessaires pour ne toucher qu'un minimum de choses.

Mais qu'est-ce que je suis en train de faire ?

Une fois garé, il sortit du véhicule et courut vers la réserve du bar – un petit cabanon à l'arrière de l'établissement. Il savait que la clé était planquée sous une pierre. À l'intérieur, une tondeuse, des râteaux, des pelles, quelques outils de jardin et des produits désinfectants. Il se dépêcha de prendre un chiffon et un nettoyant à vitres.

Il astiqua toute la voiture et chercha à enlever toutes traces de sa présence. Puis il la verrouilla, remit les ustensiles à leur place et courut rejoindre le gamin.

Mais à son retour dans les bois, personne.

« Rémi ? »

Guillaume l'appela encore trois fois avant qu'il n'apparaisse :

« Je suis là.

– Putain, je t'avais dit de ne pas bouger !

– Mais j'étais juste là.

– Ce n'est pas une raison. Allez, viens avec moi. »

Ils rejoignirent les deux voitures. Guillaume monta dans la sienne et Rémi dans l'Audi avec les corps dans le coffre.

L'ex-légionnaire en tête, ils roulèrent lentement jusqu'aux champs de Gérald.

*

Jour de la fête du maïs

« Et en plus, tu as vu mon fils ? s'insurgea Éric. Tu savais depuis le début qu'il était innocent et tu n'as rien dit !

– Mais, tu voulais que je fasse quoi ? Je savais que les flics ne pouvaient pas le poursuivre, qu'il n'avait rien fait.

– Je comprends mieux maintenant pourquoi il avait du sang sur son pantalon ! Et si la police l'avait inculpé ?

– Alors, je me serais dénoncé !

– Tu aurais dû nous le dire ! »

Guillaume s'emporta à son tour :

« Et t'aurais fait quoi, hein ? Devant les flics, t'aurais craqué. La meilleure façon de s'en sortir était que personne ne soit au courant et de laisser faire l'enquête. »

Éric fronça les sourcils, il y avait un hic dans le récit de son frère :

« Attends, y a un truc que je ne comprends pas : c'est la voiture de Benjamin qui est là. Pourtant, tu m'as dit que tu l'avais laissée devant le bar ?

– Ben, c'est là que ça a merdé. J'avais demandé à Rémi de sortir la caisse de Benjamin et de la mettre devant l'autre. Je n'ai pas vérifié. Je ne sais pas pourquoi il l'a mise derrière celle de ce type. Après ça, on a placé les corps dans le coffre, persuadé que c'était celui de Samuel. Je n'ai rien vu. Ce soir-là, dans la précipitation, je n'ai pas fait attention. Et en pleine nuit, vas-y, toi, faire la différence entre deux Audi A5 noires. Plus tard, quand les flics m'ont interrogé, j'ai compris la bourde et la merde dans laquelle on s'était foutus : au lieu de ramener la voiture de Benjamin au bar et faire disparaître celle de ce dealer, on a fait l'inverse…

– Sérieux ? Tu t'es planté de voiture ?! »

Son frère baissa le regard.

« J'y crois pas. C'est à cause de ton erreur que la mafia a débarqué dans notre village et qu'on a failli tous se faire buter ! »

Guillaume savait qu'il avait raison. Pourtant, il éprouva le besoin de se justifier :

« Sans mon intervention, Rémi se serait pris une balle en pleine tête ! Et dis-moi, tu penses qu'il faisait quoi Benjamin ce soir-là, à cet endroit ? Hein ? Et quoi ? Tu crois que je fais ça tous les jours, tuer des gens, effacer des preuves ? Bon sang, mais tu sais dans quel état j'étais ce soir-là ? Je te le répète : j'avais peur, Éric ! J'avais peur de repartir en taule ! Tu peux comprendre ça !? Tu ne sais pas ce que j'ai vécu, bordel, alors ta morale à deux balles, j'en ai rien à foutre, tu m'entends !? »

La colère d'Éric était redescendue d'un cran. Il savait son frère capable de beaucoup de choses, du meilleur comme du pire, mais là, il semblait réellement avoir touché le fond.

Il finit par se rasseoir à côté de lui. Sans le regarder, Guillaume reprit :

« Tu ne sais pas, toi. Tu ne peux pas savoir ce que c'est que d'être en mode "survie". T'as pas le temps de penser, tu dois agir, et vite. C'est vrai que je n'ai pas réfléchi. Mais je n'avais pas le choix, Éric. Je n'avais pas le choix. »

Il secoua la tête, il était las.

Éric prit une grande inspiration et lui posa LA question :

« Et pour Mylène ? C'est toi ? Il faut tout me dire, Guillaume. C'est toi qui as mis son téléphone dans ce trou ? C'est toi qui as tout manigancé pour semer le doute ?

– Quoi ? Mais comment tu peux imaginer une chose pareille !? Pour Mylène, je n'étais pas au courant, pas plus que pour ton fils sous GHB ! Je n'ai rien à voir avec tout ça, je te le jure !!! »

Éric regarda son frère : il paraissait sincère.

« Mais alors, qui a tué Mylène ? »

LE MAÎTRE DU JEU

Dans un jeu de rôle, il y a toujours un contexte :
un lieu grandeur nature.
On y intègre de vrais joueurs, de faux joueurs.
Des gentils... et des méchants...

Le meneur est le participant qui se dévoue pour gérer seul le bon fonctionnement de la partie. Il est important de noter que le meneur reste avant tout un joueur, même si sa manière de jouer diffère parfois quelque peu de celle des autres...

*

Comme chaque matin depuis que sa maman était dans les étoiles, Rémi se remémorait ses mots :

« Rémi, mon ange, promets-moi que tu ne changeras jamais tes habitudes. Lorsque je ne serai plus là, il faudra que tu continues tes activités, ta marche, tes balades en musique, tout ce que tu aimes tant. Sache garder ton univers, celui que tu t'es créé, celui qui t'anime, celui qui te fait vibrer au fond de ton cœur.

– Oui, maman.

– À Blaches, tu es chez toi, c'est ton univers, avec ton village, ta forêt, tes amis... Il faut que tu prennes soin de celles et ceux qui t'entourent. Montre-leur de

l'amour et ils te le rendront. Tu as bien compris, mon chéri ? Il faut que ta vie soit faite d'amour et de joie.

– Oui, maman, je te promets. Je t'aime.

– Moi aussi, je t'aime, mon petit ange. »

Alors, Rémi obéissait à sa mère. Sa vie était faite de musique, de balades, de danse, de joie et de jeux. Appartenir à ce monde et être considéré comme les autres était l'unique désir de Rémi. Aimer et être aimé. Il suivait donc à la lettre ce qu'il avait promis à sa maman, adoptant un mode de vie qui lui convenait. Et tous les habitants le respectaient. En quelque sorte, Rémi était devenu l'âme de Blaches.

Le voir se balader, danser, écouter sa musique faisait partie de leur vie, du décor, et les câlins, un rituel qu'ils acceptaient avec plaisir. Que ce soit dans les rues, sur la route du lac, à la plage…

Être là tout en passant inaperçu, Rémi avait réussi, à tel point que, par moments, plus personne ne lui prêtait attention. Il était là, comme tout le monde, et on ne le regardait pas d'un œil différent. Il était devenu un habitant comme les autres. Rémi l'avait bien compris, il avait réussi à s'intégrer et à rendre son jeu inaperçu aux yeux des villageois.

*

Samedi 28 avril 2018, pendant la GAV de Rémi

Leroy avait besoin de savoir :

« Écoutez, docteur, dites-moi simplement si ce gosse est capable d'avoir des sautes d'humeur ou des changements de comportement pouvant engendrer de la violence ?

– Rémi ? Non, capitaine, il n'est pas violent. Certaines personnes atteintes de déficiences peuvent avoir des réactions disproportionnées par moments par rapport à une personne dite “normale”, même si je n’aime pas cette comparaison. Mais Rémi n’a jamais fait preuve de violence. Il a cumulé du retard dans certains domaines et de l’avance dans d’autres. Son adaptation sociale lui a demandé trois fois plus d’efforts qu’à n’importe quel autre enfant. Rémi est en décalage sur certains plans, et c’est pour ça que vous avez la vision d’un gamin dans le corps d’un jeune adulte. Dans la forme de son trouble, Rémi aspire à jouer. Tout n’est qu’un immense jeu pour lui. Mais il n’a aucune mauvaise intention, ni intérêt personnel. »

*

Quand Rémi ne se baladait pas, il passait ses soirées et ses nuits à regarder la télévision, et, plus particulièrement, les séries. Les séries, il les aimait toutes, mais ses favorites étaient les séries policières. Ils les avaient toutes vues, des plus anciennes aux plus récentes, qu’elles soient françaises ou américaines. À la demande de son fils, Gérald avait souscrit un abonnement à une plateforme de streaming, sans trop savoir de quoi il s’agissait.

Lorsque Rémi découvrit *Stranger Things*, il eut envie, lui aussi, de jouer à un jeu de rôle : vivre une aventure, inventer des personnages, se créer une histoire. Il n’avait pas le jeu *Donjons et Dragons* et il n’osait pas demander à Thomas, Mylène ou encore Benjamin de jouer avec lui, alors, il décida de créer son propre jeu de rôle dans son univers : Blaches. Il commença par être ce joueur qui, arpentant les bois, tuait des méchants comme les jeunes de la série luttant contre le Démogorgon.

La forêt de Blaches devint son terrain de jeu. La traverser, se cacher, observer sans être vu. Il était le gentil, parfois le méchant, parce que c’était drôle d’être le méchant. Chaque jour était une nouvelle histoire. Il utilisait ses dés pour définir sa future action de jeu.

Mais au bout d'un moment, Rémi finit par s'ennuyer. Seul, la partie avait peu d'intérêt. Alors il décida d'inviter des joueurs. Naturellement, il savait que personne n'accepterait réellement. Mais ce n'était pas grave, au contraire. Le plus drôle allait être de les faire participer sans qu'ils s'en aperçoivent.

Rémi commença à jouer tous les jours avec ses amis en prétextant des *'hugs*. Il savait que personne ne lui refuserait un câlin. Il laissait la suite du scénario au hasard des dés. Pour autant, Rémi comprit vite que ça ne suffirait pas. Pour jouer à un bon jeu de rôle, il fallait construire un bon scénario. Il lui fallait aussi une bonne histoire, une énigme, et de vrais méchants.

Et, sans qu'ils le sachent, tous les habitants de Blaches devinrent alors des personnages du jeu de Rémi.

Le jeune garçon put mettre à profit sa transparence et observer tout et tout le monde en cachette, aller et venir à sa guise, entrer et sortir du bar, etc. C'est ainsi qu'il avait entendu les secrets que se partageaient Franck et Benjamin, les deux trafiquants, qui n'imaginaient pas une seconde que Rémi puisse suivre leurs conversations. Sans doute pensaient-ils que le volume de son casque couvrait les bruits environnants.

Rémi était l'ombre de Blaches. Il avait réussi à se construire un univers de jeu unique. Comme ce jour où, caché dans les bois, il épiait Mylène et Thomas allongés sur le sol. Eux-mêmes espionnaient Éric, le prenant en photo pendant qu'il réparait la maison de Sandrine. Alors que Rémi s'imaginait qu'il était le chevalier qui allait libérer la « Princesse Mylène », retenue prisonnière, il avait fait un peu trop de bruit. Il avait bien vu que Thomas et Mylène regardaient vers les bois, vers lui, qu'ils savaient que quelqu'un se trouvait là, pas loin, à les observer. Mais il s'était bien camouflé et ils ne l'avaient pas démasqué. Rémi avait été fier de ne pas s'être fait repérer.

Cet autre matin, où le gendarme Rathier était venu sur le chemin de la cascade pour lui en interdire l'accès, Rémi s'était pris pour Robin des Bois poursuivi par le shérif de Nottingham.

Les samedis soir, Rémi se prenait pour un espion, comme James Bond. Il surveillait, accroupi dans le noir, à travers les branches, les allées et venues de Benjamin : déposer l'argent, récupérer la drogue… Puis, arrivait cet homme froid et dur, avec sa voiture noire, comme celle de Benjamin. Avec ce jeu-là, Rémi avait enfin trouvé son Démogorgon.

Le mercredi 18 avril, trois jours avant la soirée d'anniversaire, toujours dans son rôle d'observateur, Rémi comprit que le Démogorgon avait demandé à l'un de ses joueurs de tuer un autre joueur :

« Il y a une nana du village qui est au courant, elle sait pour le trafic !... Je pense qu'elle est capable de tout balancer.

– Moi, quand j'ai un problème, je l'élimine. »

Rémi avait alors réalisé que le jeu prenait une autre tournure. Le scénario était en train de changer à son insu.

Mais il était le maître du jeu et en aucun cas on ne devait décider à sa place.

*

Samedi 21 avril 2018
Soir de l'anniversaire de Benjamin

Accoudé au bar, Rémi buvait un de ses milk-shakes habituels. Il observait, d'un air un peu jaloux, Thomas et Mylène danser. Il y avait beaucoup de tendresse dans leurs yeux, et Rémi aurait aimé être à la place de son copain. Mais ce n'était pas grave. Il était heureux pour eux.

Il consulta sa montre, Franck venait de sonner la cloche. Il vit Benjamin passer une dernière commande tout en donnant une enveloppe à Franck. Rémi remarqua qu'elle était plus grosse que d'habitude et que le barman semblait mal à l'aise. Benjamin était son « Démogorgon », alors Rémi ne le lâcha plus du regard.

Il vit le jeune homme sortir discrètement un sachet de sa poche. Après avoir jeté un coup d'œil derrière lui, Benjamin versa quelque chose dans l'une des consommations et mélangea rapidement avec un doigt. Il les poussa ensuite face aux tabourets de ses amis, le verre suspect au niveau des affaires de Mylène.

Rémi mit sa casquette sur la tête et attendit en chantonnant, l'air de rien. Il vit Benjamin se diriger vers le couple d'amoureux. Se prenant pour un agent secret comme M. Hunt dans *Mission impossible*, il se leva, traversa la salle et, d'un seul geste, inversa le verre destiné à la jeune femme avec celui d'un des garçons. Il entendit Benjamin dire à ses amis de le rejoindre au comptoir.

« Allez, faut se lâcher la grappe, maintenant ! On y va ! »

Se dépêchant de déguerpir, dans sa précipitation, Rémi fit tomber la casquette de Mylène. Les autres arrivaient, pas le temps de la remettre à sa place. Il donna un coup de pied dedans, l'envoyant valser au fond de la salle. Puis il se posta à l'opposé pour les observer de loin. Les voir sans être vu, comme toujours.

Rémi souriait. Il venait de sauver sa Princesse du méchant. Aujourd'hui, il avait gagné la partie. Il repéra la casquette de Mylène sur le sol. Il aurait vraiment aimé la rendre à son amie, mais il n'avait pas le temps d'aller la chercher pour la remettre à sa place. Il était « *timer* ». Il regarda l'heure : plus une seconde à perdre. Il sortit rapidement. Il prit ses dés et les jeta dans sa main.

« Sept ! »

Il sourit de nouveau : l'aventure pouvait continuer. Il s'enfonça dans les bois. Il marcha vite, comme d'habitude, et se posa à côté de son sapin fétiche. Il alluma sa montre : « *Monsieur Hunt, il est 0 h 55.* »

Quelques minutes plus tard, l'Audi noire de Benjamin arriva. Comme tous les quinze jours. Et Rémi était là, comme toujours.

Il observa son « Démogorgon » avancer dans la pénombre. Mais un crissement de pneus se fit entendre un peu plus loin.

Rémi se releva pour voir ce que c'était, oubliant que Benjamin pouvait le repérer. Ne distinguant rien, il reprit son poste. À peine installé, il suivit du regard Benjamin rejoindre le bord de la route, sans doute pour voir qui venait de passer à toute vitesse. Puis le « Démogorgon » revint vers le trou.

Rémi guettait l'heure à sa montre. Il fallait que tout soit dans le bon timing pour que le jeu se passe bien.

Benjamin souleva la plaque pour y placer son sac. Puis la referma. Mais au lieu de repartir comme d'habitude, il se tourna de nouveau vers l'entrée du chemin et se cacha.

Rémi fronça les sourcils. Il n'aimait pas les changements. Un bruit attira soudain son attention. Il vit Mylène approcher. Son amoureuse. Sa fée… Elle allait être attaquée par l'un des méchants du Démogorgon !

Il jeta de nouveau ses dés.

Neuf.

Il fallait réagir. Il voulut se faufiler par la gauche, mais fut pris de court par Benjamin. Il le vit arriver derrière elle.

« T'aurais pas dû », fit ce dernier.

Mylène prit peur. Elle s'engouffra dans la forêt, poursuivie par Benjamin.

Rémi, toujours « invisible », vit sa douce passer devant lui. Il devait la défendre ! Il se saisit d'un bout de bois, et lorsque Benjamin passa à proximité, il frappa de toutes ses forces. Assommé, le Démogorgon s'écroula.

Rémi lâcha son arme de fortune. Au sol, il y avait la lampe de Benjamin. Il la ramassa et se mit à courir pour rattraper Mylène.

Il était fier de lui : il l'avait sauvée. Il voulait lui dire que c'était lui qui l'avait sauvée, mais il fallait que ce soit une surprise, alors, il avança doucement pour ne pas lui faire peur.

Mylène s'était réfugiée de l'autre côté, vers le haut de la cascade, se sentant sûrement à l'abri. Sous le poids de Rémi, une branche craqua. La jeune femme recula.

Il voulut rassurer sa Princesse. Mais il avait conscience qu'elle était encore effrayée. Il alluma la torche et, tout en la pointant sur sa figure, sortit du bois en criant :

« Mylène ! C'est moi ! »

Surprise, elle hurla en faisant un pas en arrière.

Rémi, le visage toujours éclairé par en dessous, ne comprenait pas la réaction impulsive de sa chère et tendre. Elle recula davantage vers le bord, son pied se prit dans une racine. Elle bascula en arrière.

Il sentit le danger et lâcha sa torche. Il vit dans ses yeux qu'elle venait de le reconnaître, mais trop tard. Elle tendit les bras pour saisir ceux de son ami, qui essayait de l'agripper. Mais en vain. Il manqua ses mains et ne réussit qu'à attraper la casquette de sa Princesse.

Sous le poids de la jeune femme, le fil cassa. Mylène hurla dans sa chute. Une fraction de seconde plus tard, il entendit son corps se fracasser contre la roche.

Rémi ne bougeait plus. Il scrutait l'horizon. La lumière de la nuit sur le lac. Il avança pas à pas près du bord, là où il avait vu sa bien-aimée disparaître et se pencha par-dessus la falaise. Il ne distingua rien.

Il ne comprenait pas pourquoi elle avait eu peur, pourquoi elle s'était mise à reculer en le voyant, lui qu'elle aimait tant.

Il resta là quelques minutes, à attendre… Ce n'est pas ce qu'il avait prévu dans son scénario de jeu. Dans sa main, la casquette de Mylène. Il caressa le carré de velours comme s'il pouvait la toucher elle. Ses yeux étaient tristes.

Il ramassa sa torche. L'examina en se demandant encore pourquoi sa fée ne l'avait pas tout de suite reconnu. Elle semblait pourtant fonctionner correctement.

Rémi bloqua encore plusieurs secondes en haut de cette falaise. Espérant peut-être voir réapparaître Mylène en se frottant les genoux. Lui, c'est ce qu'il ferait s'il était tombé : se frotter les genoux pour faire passer la douleur plus vite, c'est ce que lui disait sa maman.

Mais rien, seulement le mouvement de l'eau.

Rémi baissa les yeux.

Tout à coup, pris de panique, il reprit ses dés et les jeta :

« Quatre… Six… »

Il s'énerva. Il respirait fort en se balançant d'avant en arrière. Les résultats des dés ne lui plaisaient pas ! Il les lança encore une fois :

« Quatre… noooonnnnn ! »

Il grimaça.

« Neuf ! »

Il regarda ses dés, puis sa montre.

« *Monsieur Hunt, il est 1 h 09.* »

Alors le jeune garçon repartit dans la forêt. Il regagna sa cachette et constata que Benjamin s'était relevé. Il se tenait la tête. Rémi changea de place pour mieux voir. Le Démogorgon dut sentir sa présence, car il commença à reculer (comme Mylène !) en regardant dans sa direction.

« Y a quelqu'un ? »

Pour éviter de commettre la même erreur qu'avec sa bien-aimée, Rémi décida de ne pas parler et de rester dissimulé. Il ne voulait pas faire peur à Benjamin.

Restant à couvert, il le suivait, faisant bruisser le tapis de feuilles.

Benjamin trébucha.

Rémi s'approcha un peu pour voir si son « joueur » ne s'était pas fait mal, mais une branche craqua à son passage.

Benjamin laissa échapper un cri et se mit à courir comme un diable vers la route…

Quelques secondes plus tard, Rémi le vit être percuté par une voiture.

*

Samedi 28 avril 2018, pendant la GAV de Rémi

Leroy voulait en apprendre le maximum sur le gamin. Mais les sous-entendus de l'officier, qui tenait à relier la culpabilité de Rémi à sa déficience mentale, commençaient à agacer le thérapeute :

« Capitaine Leroy, vous êtes comme la plupart des gens qui expliquent l'origine du mal par une pathologie, qui cherchent un lien de cause à effet. Dans un sens, ça rassure : “Oui, c'est normal, c'est parce qu'il est déficient !" C'est ça que vous désirez entendre ? Qu'il faut les considérer comme "spéciaux" ? pour reprendre ce mot que j'ai déjà entendu. Mais une déficience mentale ne rend pas fou ! Elle ne fait pas perdre la raison. Rémi vit juste dans un monde différent du vôtre. Il n'a pas intégré les mêmes codes que vous, c'est tout. Poser sur eux un regard différent fait que ces personnes se sentent différentes. Ne cherchez pas à voir ce qui n'existe pas. La déficience mentale ne génère pas spécifiquement de goût pour le mal, pas plus que des envies de meurtre. Ce n'est pas la bonne porte d'entrée. Si Rémi est coupable de quelque chose, jugez-le sur des faits, si vous en avez. Il me semble que c'est le propre de votre métier… non ? »

Leroy sentit qu'il avait touché une corde sensible.

« Je ne le juge pas, docteur, j'essaye de comprendre. Et justement, je ne comprends pas comment il peut être en possession de la casquette d'une jeune fille qui a été retrouvée morte.

– Il s'est passé plus de vingt-quatre heures entre la soirée et la découverte du corps, capitaine, et beaucoup de gens se sont baladés dans la forêt, dont Rémi, qui a probablement été le premier. S'il vous dit qu'il l'a trouvée par terre, c'est qu'il l'a trouvée par terre… c'est tout. Si, en revanche, vous avez des preuves tangibles que Rémi est fautif… c'est vous l'enquêteur, pas moi. Rémi est un gamin comme tant d'autres… normal ! »

*

Samedi 21 avril 2018
Soir de l'anniversaire de Benjamin

Comme convenu avec Guillaume, Rémi rejoignit le véhicule de Benjamin. La consigne était simple : il devait le déplacer.

Il s'assit derrière le volant. Il était dans un bolide. Des étoiles plein les yeux, il sautait comme un gosse sur le siège. Il se concentra pour se rappeler comment conduire. L'ancien légionnaire le lui avait expliqué. Il avait d'abord appris à se servir d'un volant sur les tracteurs. Puis, Guillaume lui avait appris à passer les vitesses avec sa propre voiture. Tous les deux faisaient des allers-retours sur cette route du lac. Des moments de partage que Rémi n'oublierait jamais.

Il considérait Guillaume comme le grand frère qu'il n'avait pas eu. Et il sentait bien que l'homme avait de l'affection pour lui.

Pour reculer, il fallait appuyer lentement sur la pédale de droite en relâchant celle de gauche et c'était mieux de se retourner pendant la manœuvre. C'est ce que Guillaume lui avait expliqué : il ne fallait pas faire confiance aux caméras de recul. De toute façon, dans la forêt, il n'y voyait pas grand-chose.

Mettant en pratique les enseignements, Rémi fit donc marche arrière et, lentement, arriva sur la route. Il prit correctement le virage et redressa le véhicule. Parfait ! Ne lui restait plus qu'à reculer encore un peu afin de se garer devant l'autre voiture. Sur le bitume, la caméra de recul marchait beaucoup mieux.

« Oh cool ! »

Le jeune garçon était fasciné par ce gadget. Il voyait l'arrière de la route et les bordures de la forêt. Il appuya un peu plus sur l'accélérateur et tout se mit à défiler sur le petit écran.

« Hé, on est dans *Star Wars* ! »

Le véhicule zigzaguait légèrement. Avec sa bouche, Rémi imitait le bruit du vaisseau impérial…

Lorsqu'il leva la tête, il venait de parcourir plus de cent mètres. Il regarda sa montre.

« Mince ! »

La voiture de Samuel était garée sur le côté. Il avança lentement pour se placer derrière. La manœuvre effectuée, tout en sifflotant, il rejoignit Guillaume.

« Mais bordel, qu'est-ce que tu foutais ? Tu en as mis du temps ! »

Rémi ne répondit pas. Il réfléchissait aux consignes que lui avait données l'adulte.

« Rémi ? C'est bon, tout est O.K. ?

– Oui, chef, tout est O.K. »

Ils s'attelèrent alors à charger les corps dans le coffre de la voiture du trafiquant.

Ensuite, Guillaume partit garer l'Audi de Benjamin devant le bar. Ce que Rémi ne lui avait pas dit, c'est que ce n'était pas le véhicule de Benjamin qu'il avait pris, mais celui de Samuel, et que les corps ne se trouvaient pas dans le coffre du méchant mais dans celui de Benjamin.

Le jeune garçon haussa les épaules.

De toute façon, c'est les mêmes !

Rémi avait son plan en tête, il fallait que son jeu de rôle continue.

Il regarda autour de lui. Il savait que le vélo de Mylène était dans le coin. Sa Princesse se déplaçait toujours avec.

Après seulement quelques mètres, il l'aperçut. Il le récupéra et le monta en haut de la cascade.

Il hésita un moment à le jeter : et s'il s'écrasait sur Mylène ?

Il ne voulait surtout pas qu'en lui tombant dessus ce vélo lui fasse plus de mal.

Alors, par crainte pour sa bien-aimée, il l'emmena bien plus loin.

Et le balança dans le lac.

Dévoré par la curiosité, Rémi se dirigea vers l'endroit où Benjamin avait mis le sac de billets. Il s'approcha et enleva le couvercle…

Mais au moment de se pencher dessus, il entendit crier son nom.

Il devait faire vite !

Avec empressement et maladresse, il referma le trou, sans se rendre compte que son pied avait fait tomber quelque chose à l'intérieur.

Il repartit en courant :

« Je suis là !…

– Putain, je t'avais dit de ne pas bouger !

– Mais j'étais juste là, fit Rémi tout penaud en désignant du doigt le fourré d'où il était arrivé. »

Guillaume haussa les épaules, désespéré. Puis ils montèrent chacun dans une voiture et prirent la direction des champs de Gérald.

*

Samedi 28 avril 2018, pendant la GAV de Rémi

« Il est vrai, docteur, qu'à ce jour, nous manquons de preuves, concéda le capitaine Leroy.

– Vous savez mieux que moi que seuls les faits comptent. Si vous n'avez plus de questions, je vais devoir repartir à mon cabinet, et si vous n'avez rien contre Rémi, ne tardez pas à le relâcher.

– Ce n'est pas moi qui décide, docteur, c'est le procureur. Une dernière question : pouvez-vous me parler des interactions sociales de Rémi, par rapport à sa déficience ? »

Le médecin, proche de la porte, espérant quitter enfin les lieux, se retourna :

« Je dirais que de la même manière qu'une personne aveugle doit apprendre à se repérer, Rémi a dû assimiler les codes sociaux qui lui font défaut pour évoluer dans un monde dont il ne comprend pas toujours le fonctionnement social.

– Très bien, docteur, merci pour vos éclaircissements.

– Capitaine, Rémi est honnête, franc, loyal, et il n'a aucun préjugé. Il n'y a pas de vice ou de calcul anticipé chez lui. Si vous n'avez rien, c'est qu'il est innocent. »

Sur ce, l'homme quitta la pièce.

*

Dimanche 16 septembre 2018
Jour de la fête du maïs

Éric n'en revenait toujours pas des révélations que lui avait faites son frère : l'accident de voiture avec Benjamin, le meurtre du dealer, la tentative foireuse d'échange d'Audi…

Il se retourna et fixa un moment la masse sombre du véhicule.

« Bordel, je suis encore étonné que les flics ne te soient pas tombés dessus. Tu comptes faire quoi, maintenant ?

– Rien. Laisser faire et voir venir.

– Comment ça, "voir venir" ? T'as une voiture avec deux cadavres à l'intérieur, tu vas tout laisser là, comme ça ? Tiens, on verra au printemps prochain, quand la neige aura fondu ! »

Guillaume regarda son frère mais, malgré son ton cynique, ne répondit pas.

« T'as laissé des cadavres dans cette voiture, les flics vont finir par tomber dessus, non ? Ça va puer à un moment donné. Je suis même étonné que ça ne soit pas déjà le cas ! »

Le cadet déglutit puis prit une grande inspiration avant de lâcher :

« En fait, il n'y a pas de corps dans le coffre. »

Éric écarquilla les yeux, se demandant avec inquiétude ce que son frère allait encore lui révéler. Mais ce dernier semblait hésiter à reprendre la parole.

« Guillaume ? Guillaume, regarde-moi. Qu'est-ce que tu as fait des corps ?

– Ce soir-là, je voulais planquer la voiture avec les cadavres dedans, je m'étais dit que je réfléchirais plus tard au moyen de les faire disparaître. Mais… »

*

Dans une partie, on a toujours le droit à un joker.
Une carte magique qui permet de se sortir
d'une mauvaise situation.
Le joker arrive toujours au moment
où on s'y attend le moins.

LA CARTE JOKER : GÉRALD PLAN

Samedi 21 avril 2018
Soir de l'anniversaire de Benjamin

Tout en fumant une cigarette, il observait les étoiles en songeant à sa femme, mais dans son regard perçait l'inquiétude et l'angoisse : son fils n'était toujours pas rentré. Gérald avait toujours la peur au ventre pour son « petit ». Et s'il lui était arrivé quelque chose de grave ?

Il scruta les alentours. Était-il sur la plage avec ses amis ? Se baladait-il encore dans cette forêt qu'il aimait tant ?…

Mais Rémi n'aurait raté pour rien au monde la rediffusion nocturne de *Columbo*.

Et ce soir, son fils venait de manquer l'épisode.

Il regarda sa montre : il était plus de 2 h 30 du matin. Ce n'était pas normal.

Ne pouvant fermer l'œil, il se fit un café et s'installa devant un programme télé sans intérêt.

Le temps s'écoulait, mais toujours pas de Rémi.

Alors qu'il commençait à s'assoupir, il entendit des voitures passer lentement devant chez lui. Pas de doute possible, ils venaient d'emprunter le chemin qui menait à ses champs.

Il se leva et aperçut par la fenêtre les feux arrière d'un véhicule qui en suivait un autre.

Ni une ni deux, Gérald s'empressa de prendre son fusil de chasse et une boîte de cartouches.

Il sortit par la cuisine et grimpa dans son pick-up. Il démarra et s'engagea sur le chemin. Les véhicules n'étaient plus très loin de ses meules de foin.

Afin de surprendre les visiteurs nocturnes, il roulait tous feux éteints, il connaissait cette route par cœur.

Il s'approcha au ralenti et constata qu'ils étaient à l'arrêt. Une personne était en train de monter dans son tracteur.

Espèce de saligaud ! Tu vas voir !

Gérald coupa le contact. Il ouvrit la portière et descendit le plus discrètement possible, sans refermer, son fusil dans une main. Il avança dans l'ombre, le canon en avant.

L'engin agricole démarra et Gérald se mit à courir dans sa direction. Il fit le tour des voitures et se planta devant les phares :

« Descends de là, espèce d'enfoiré, ou je te jure que je te plombe le cul ! »

Il tenait en joue l'occupant de la cabine. Même s'il ne le distinguait pas, il était prêt à faire feu.

« Allez, coupe le contact ! »

L'autre obtempéra.

« Et maintenant, descends de là ! »

L'individu obéit sans broncher. Gérald tourna la tête vers l'un des deux véhicules, distinguant un autre homme au volant.

« Et toi aussi, sors de là. Et tu mets tes mains sur la tête. Le premier qui fait le con, il va comprendre ce qu'il y a dans mon fusil. Et je ne plaisante pas ! »

L'homme du tracteur s'exécuta. Son acolyte en fit de même.

« Toi, rapproche-toi de ton pote près du tracteur, que je voie vos gueules !… Et plus vite que ça ! »

Ils obtempérèrent, et une fois dans la lumière des phares, Gérald eut un mouvement de recul en reconnaissant son fils et Guillaume !

« Mais qu'est-ce que vous foutez ici ?! »

Silence.

« Rémi ?… Guillaume ?…

– Heu… Gérald, tu peux baisser ton fusil, s'il te plaît ? » fit l'ancien légionnaire, les mains toujours en l'air.

L'agriculteur mit quelques secondes à réagir, il regarda son fusil puis, encore sous le choc, bredouilla :

« Oui… oui… pardon… Mais, bon sang ! qu'est-ce qui se passe ici ?

– Gérald, on est dans la merde ! » lâcha Guillaume.

Puis il raconta tout ce qui venait de se passer : l'accident de Benjamin, le malfrat qui avait failli tuer Rémi, le sac rempli de sachets de drogue…

Tout en écoutant Guillaume, Gérald observait son fils, assis sur une meule, balançant ses jambes comme si de rien n'était.

À la fin de son récit, l'ancien légionnaire ouvrit le coffre de l'Audi, dévoilant les cadavres.

L'agriculteur regarda les corps sans vie. Puis jeta un œil au sac de drogue. Il voyait bien que Guillaume était au bord de l'épuisement. Même s'il le savait d'acier grâce à son vécu, il tenait à le rassurer et à lui montrer son soutien. Il posa son fusil et le prit par les épaules en plongeant ses yeux dans les siens.

« Tu as sauvé la vie de mon fils, mon gars ! Et lui, là, poursuivit-il en faisant un signe de la tête vers le cadavre de Benjamin, je ne l'aimais pas ce gosse de riches, il se moquait souvent de mon Rémi. Et maintenant que je sais ce qu'il faisait, je ne le regretterai pas ! »

À partir de cet instant, Gérald décida de prendre les choses en main. Cet homme, qui avait toujours vécu à

Blaches, aurait fait n'importe quoi pour son petit et pour son village.

« Rémi, viens là, mon fils. »

Le jeune garçon se rapprocha de Guillaume, craignant de se faire crier dessus.

« Écoute-moi bien, fils, si tu ne veux pas que les gendarmes viennent nous voir, et si tu ne veux pas que Guillaume et toi alliez en prison, il va falloir faire tout ce qu'on te dit, et surtout n'en parler à personne. Jamais. Tu entends ? Tu as bien compris ce que je viens de te dire ? »

Rémi acquiesça vivement. Il voulait que son père soit fier de lui.

L'homme se tourna vers Guillaume :

« Et toi, mon gars, c'est pareil.

– T'inquiète pas pour moi, Gérald.

– Bien. Alors, première chose : il est hors de question qu'on laisse les corps dans cette voiture. Enlevez tous leurs vêtements et attendez-moi là, je reviens. »

Il grimpa dans son tracteur et, tous feux éteints, se rendit de l'autre côté de son champ.

Rémi riait intérieurement, fier d'avoir vaincu le Démogorgon et son complice. En revanche, Guillaume culpabilisait, il avait la mort de deux personnes sur la conscience. Ils suivirent les instructions de l'agriculteur sans échanger un mot.

Les deux corps étaient nus quand Gérald réapparut avec le tracteur et son immense cuve à engrais derrière.

Sur les directives de l'homme, ils y jetèrent les macchabées.

Gérald descendit de son engin et s'adressa à son fils :

« Rémi, tu vas prendre ma voiture et tu vas remonter à la maison. Tu enlèves toutes tes affaires et tu les mets à brûler dans le fourneau. Ensuite, tu vas dans la salle de bains et tu te laves à plusieurs reprises avec la brosse. Tu te coupes les ongles, tu frottes, tu grattes. Je veux que tu te décapes le corps. Tu m'entends ?

– Oui, papa.

– Tu fais ça plusieurs fois dans la douche. Après, tu nous attends. »

Désignant la drogue :

« Prends le sac et mets-le sous la table de la cuisine et tu n'y touches pas, tu as bien compris ?

– Oui, papa, j'ai tout compris.

– D'accord, Rémi, vas-y. J'ai confiance en toi, mon garçon. »

Il fit un immense sourire à son père et, sans perdre une seconde, se dirigea vers le pick-up.

Une fois seuls, les deux hommes déplacèrent plusieurs meules pour cacher la voiture sous le foin.

Voyant Guillaume au bord de l'épuisement, Gérald l'envoya rejoindre son fils. L'ex-légionnaire aurait aimé le contredire, mais il n'en avait plus la force. Et puis, après tout, ce n'était pas le bon moment pour faire preuve d'orgueil, cet homme était en train de lui sauver la vie. Il laissa donc le père Plan finir seul.

Le jeune garçon attendait sagement sur une chaise comme son papa le lui avait demandé, le sac de drogue à ses pieds.

« Ça va, Rémi ? Tu t'es lavé ?

– Oui et oui.

– T'as jeté tes vêtements dans le fourneau ?

– Oui.

– C'est bien, mon grand », le félicita Guillaume avec une tape amicale sur l'épaule.

L'ancien légionnaire prit le sac et, sachet après sachet, vida le contenu dans les toilettes. Il désinfecta ensuite la cuvette avec un produit javellisant.

Le jeune Plan l'avait observé en silence.

« Rémi, avant que tout le monde se réveille, il faut que je retourne dans les bois pour effacer nos traces. Mais je vais d'abord nettoyer ma voiture. Si les gendarmes découvrent ce qu'on a fait, on ira tous en prison. Tu sais ce que ça veut dire ? »

Le jeune garçon lui fit un clin d'œil :

« T'inquiète, quéquette !

– Je ne plaisante pas, Rémi. Dans les jours à venir, si les flics viennent pour te poser des questions sur ton emploi du temps, tu n'as jamais été dans la forêt, cette nuit-là. Tu m'entends ? Tu es rentré directement à la maison après la soirée, c'est clair ?

– Très clair. C'est reçu cinq sur cinq, chef. »

*

Dimanche 16 septembre 2018
Jour de la fête du maïs

« Avec Rémi, on a balancé des enzymes dans la cuve tous les jours. Grâce à la macération et au produit qu'on jetait, la décomposition des cadavres a été plus rapide. Il ne restait que les os. Gérald nous disait de ne pas nous inquiéter, qu'il veillait à tout, que sa machine ferait le reste. Et de toute façon, on ne craignait rien, avec l'odeur de la merde, c'était impossible de sentir autre chose. On l'a fait chaque jour, encore et encore, jusqu'au lâcher d'engrais de Gérald au mois de mai. »

Éric n'arrivait pas à réaliser totalement.

« T'es en train de me dire que les corps de Benjamin et de ce type ont été répandus sur les terres et que le maïs de Gérald a poussé grâce à ça ? »

Soudain, un frisson le parcourut, il repensa au jour où il discutait sur sa terrasse avec le capitaine Leroy tandis que Gérald nourrissait ses terres : des bruits de casserole étaient sortis de la broyeuse de l'agriculteur…

Guillaume baissa la tête, incapable de regarder son frère dans les yeux.

« Je suis désolé.

– Putain, j'ai envie de gerber. Mais comment as-tu pu laisser faire ça ?! J'y crois pas, tout le village est à la plage et bouffe ton putain de maïs nourri aux cadavres. Est-ce que tu t'en rends compte, au moins ? »

Pas de réponse.

« Faut que j'appelle tout de suite Stéphanie pour lui dire de ne pas bouffer cette merde ! »

Son frère lui attrapa le bras.

« Arrête ! Personne ne doit être au courant. Même à toi je n'aurais jamais dû le dire.

– Lâche-moi ! »

La prise se raffermit.

« Je te dis de me lâcher, bordel !

– De toute façon, c'est trop tard », souffla l'ancien légionnaire.

Éric hallucinait :

« Sans déconner ? Tu crois vraiment que personne va découvrir le pot aux roses ?

– Ben, pour le moment, je trouve qu'on ne s'en sort pas si mal.

– L'enquête n'est pas finie, coco, tu sais. Les bleus peuvent débarquer chez toi du jour au lendemain ! Et peut-être même qu'ils trouveront des preuves. Tu le comprends, ça ?!

– Tant qu'il n'y a pas de corps, il n'y a pas de meurtre. Les risques sont limités. Et puis, on a fait le ménage. Ils n'ont rien trouvé.

– Et la voiture, t'en fait quoi ? Elle est toujours là, elle, non ?

– Gérald va s'en occuper. Avec la tractopelle d'un pote il va enterrer la voiture au fin fond de ses champs.

Il va bientôt le faire. Il attend juste que l'enquête se tasse.

– T'es totalement à l'ouest. Tu sais, le soir de l'anniversaire de Benjamin, je t'ai entendu dans ton garage. Y avait comme un bruit de moteur. Je comprends mieux maintenant : tu passais le Kärcher sur ta voiture, ce bruit, c'était ça, hein ? »

Éric respira un grand coup.

« Les flics m'ont demandé si ce soir-là j'avais remarqué quelque chose d'anormal… »

Guillaume regarda son frère…

« Naturellement, j'ai fermé ma gueule, continua Éric. À quoi bon leur dire que tu ne dormais pas ? À quoi bon leur dire que tu étais dans ton garage ? Pourquoi penser que mon frère aurait un quelconque rapport avec cette histoire ? Et le lendemain matin, tu m'as vu partir pour chercher Thomas, tu m'as vu inquiet pour sa vie, tu as vu Stéphanie en panique et, même là, tu n'as rien dit, bordel ! »

Éric était furax. Il faisait des allées et venues devant son frère, agitant ses bras de plus en plus fort.

« Je ne t'aurais jamais cru capable d'une telle chose, Guillaume. »

L'ancien légionnaire tenta de se justifier :

« J'étais coincé. Vous le dire, c'était trop risqué. Je savais que Thomas était sain et sauf et qu'il n'avait rien fait, sinon je n'aurais pas gardé le silence, je te le jure. »

Éric se planta devant lui.

« Et donc, après avoir nettoyé ta caisse, t'as fait quoi ? fit-il sèchement.

– Rien !

– Comment ça, “rien” ?

– Ben, au petit matin, je suis retourné sur les lieux pour effacer les traces. Mais il n'y en avait plus aucune ! Nulle part ! J'ai rien compris ! Du coup, j'ai tout ratissé.

Mais rien. Nada ! Même la flaque de sang de Benjamin avait disparu. Idem pour les marques de pneus. Comme s'il n'y avait jamais eu de meurtres ! »

LE MAUVAIS PERDANT

Dimanche 23 septembre 2018, 18 heures
Quelques jours après la fête du maïs

Dans un jeu de rôle, l'attribution des personnages devait être définie à l'avance. Mais il était possible que certains joueurs disparaissent et, alors, d'autres prenaient leur place. Certains avaient une position importante, cruciale même, tandis que d'autres étaient juste de passage. On parlait de fausses pistes, ou de leurres. Mais chacun avait son importance.

Dans la campagne de Rémi, nombreux avaient été les participants. Mais dans chaque partie, il n'y avait qu'un seul gagnant, et Rémi savait bien qu'il y avait toujours un « mauvais joueur », celui qui veut gagner à tout prix.

Nous étions fin septembre et la fête du maïs avait permis à tous les habitants d'oublier un peu les événements funestes des derniers mois. Un moment convivial, un moment de partage qui avait redoré le blason de Blaches, redevenu le village idéal. Thomas et ses copains poursuivaient les entraînements. Les reflets du soleil étincelaient comme mille diamants sur les vagues provoquées par les wakeboards. Il fallait profiter au maximum des derniers jours cléments avant l'hiver.

Rémi, assis sur le ponton, balançait ses jambes. Ses orteils goûtaient l'eau, un peu trop froide à son goût, mais cette sensation était très agréable. Il mangeait probablement l'une des dernières glaces de la saison tout en regardant les sportifs.

Alors que Thomas passait devant lui avec dextérité, le jeune garçon, comme à son habitude, le héla en faisant un grand signe de la main :

« Houuuuhouuuuuu, Thomas ! »

Le wakeboarder lui jeta un regard bizarre avant de recentrer son attention sur sa planche. Sans qu'il comprenne pourquoi, Rémi avait ressenti de la peur. Il baissa son bras, devinant qu'il devait dorénavant éviter certains gestes.

Il consulta sa montre : il était quasiment 18 heures. Il sourit. Il pensait à sa maman, qui lui répétait chaque jour : « Protège ton village, protège ta famille et tes amis. »

Il prit son téléphone et envoya un SMS. Il savait que, demain matin, le dernier des méchants serait démasqué.

*

Le lendemain matin

Ce lundi matin, il était injoignable. Il ne s'était pas non plus présenté au travail. Lorsqu'ils étaient entrés, une odeur insoutenable les avait saisis à la gorge, et ils avaient immédiatement appelé le capitaine Leroy.

Des mouches commençaient à graviter autour du corps. Il était assis dans son fauteuil. À sa droite, sur un petit guéridon, une bière à demi pleine. À ses pieds, un sachet de poudre à moitié éventré dont le contenu était éparpillé.

En fouillant la maison, les gendarmes avaient retrouvé plusieurs liasses de billets.

Sur son T-shirt ensanglanté, un message :

pute

Pour Leroy et Ramazzy, les pièces du puzzle commençaient enfin à s'emboîter. Ils se remémorèrent un certain nombre d'éléments qui auraient dû leur mettre la puce à l'oreille. Les choses les plus insignifiantes sont parfois les plus probantes : la mafia était venue régler ses comptes.

Les constatations terminées, les équipes techniques laissèrent leur place aux pompes funèbres pour l'enlèvement du cadavre, qui allait être conduit à l'IML de Lyon afin d'être autopsié, conformément aux instructions du procureur.

Le corps fut mis sur un brancard, caché sous un drap… et, la tête, placée indépendamment dans un sac…

*

Dix mois plus tôt, mercredi 14 juin 2017

Benjamin venait de finir l'entraînement. Avant de partir, caché dans les vestiaires, il prit un rail de coke. Il adorait sniffer juste après l'effort.

Le nez poudré, il sortit du club, monta dans sa voiture et quitta la plage.

À l'entrée de Blaches, arrivé au grand rond-point, il eut la mauvaise surprise de voir les gendarmes. C'était visiblement un simple contrôle routier, mais, comme il y avait peu de circulation, il ne fut pas étonné quand les agents lui demandèrent de se garer sur le bas-côté.

Le jeune homme était mal. Il avait encore des sachets de poudre sur son siège avant, à peine dissimulés par sa veste.

Il reconnut le gendarme Rathier. C'est lui qui vint à son contact pour le contrôler. Son collègue resta près du capot. Le conducteur baissa la vitre.

« Bonjour, monsieur Rathier.

– Salut, Benjamin. Tu vas bien ?

– Oui, merci, et vous ? »

Benjamin priait intérieurement pour que le gendarme ne remarque pas ses mains tremblantes sur le volant.

« La routine. Comme tu peux le voir, on fait un contrôle des papiers, et une vérification de consommation d'alcool et de drogue. »

Le jeune homme sentit une goutte de sueur perler sur son front.

« Moi, je viens de finir ma séance de sport », lança-t-il de manière désinvolte.

Rathier jeta un œil sur son collègue, occupé maintenant avec un autre automobiliste, puis posa sa main sur la carrosserie en se penchant :

« Tu sais que je pourrais te contrôler et bousiller toute ta vie ? Tes études, ta carrière, celle de ton père. À ton avis, ils en penseraient quoi, tes parents, si t'étais pris en possession de drogue et sous emprise, avec tes yeux éclatés ? Et s'il te plaît, essuie-moi ton putain de nez ! T'en as encore plein de ta merde. »

Benjamin se regarda dans le miroir de courtoisie et s'exécuta.

« Patrick, ce n'est pas ce que tu crois…

– Aujourd'hui, c'est "gendarme Rathier", s'il te plaît. Ce n'est pas parce que je connais très bien tes parents qu'il faut oublier la loi.

– Putain, t'abuses, je te file du fric pour que tu fermes les yeux.

– À peine quelques billets pour que je te foute la paix et que tu puisses te déchirer la tête pendant tes soirées de bourges avec tes potes. Mais mon petit doigt me dit que tu veux me la faire à l'envers. N'oublie pas mon job, garçon. J'ai le chic pour renifler les magouilles. T'en es où de ton affaire ? »

« Houuuuuuhouuuuu, Patrick ! »

Le gendarme se redressa : Rémi se dirigeait vers lui. Arrivé à sa hauteur, il lui fit un *'hug*.

« Rémi, je travaille ! Je t'ai déjà dit que tu ne peux pas venir comme ça quand je suis en service.

– Ah ! oui, pardon. J'avais oublié. Coucou, Benjamin. »

Mais ce dernier ne répondit pas et Rathier insista :

« Allez, Rémi, laisse-moi travailler.

– D'accord. À plus dans le bus ! »

Le jeune garçon alla s'installer sur un banc, à proximité du rond-point. Son casque sur la tête, il balançait ses jambes.

Patrick reprit :

« Bon, où en étions-nous ?

– Y a Rémi qui n'est pas loin, tenta Benjamin.

– Arrête ton cirque, ce gamin n'entend rien avec sa musique et de toute façon on s'en fout de lui ! Je t'ai demandé où tu en étais de ton affaire.

– C'est bon, c'est bon. J'ai parlé à Franck et je dois le voir ce vendredi. Je te propose de rester à proximité du bar, comme ça, quand j'ai calé les choses avec lui je t'appelle et tu viens.

– T'as intérêt, Benjamin, sinon tu peux dire adieu à ma protection.

– Pas de souci, pas de souci. Promis, vendredi, je t'appelle. »

Rathier se retourna et observa un instant Rémi. Le jeune garçon était dans son monde, dodelinant de la tête. Rassuré, il recula sur la chaussée et fit les gestes réglementaires de circulation pour laisser repartir Benjamin.

*

Dix mois plus tôt
Vendredi 16 juin 2017, bar de la plage

Franck hésitait.

« Mouais, j'sais pas. Comment tu peux être certain de ce que tu avances ? Et puis t'es qu'un gosse, merde !

– Il y a bien longtemps que je ne suis plus un "gosse", comme tu dis. Le business, je l'ai dans le sang. C'est de famille. T'inquiète et fais-moi confiance. Tu vas encaisser de grosses enveloppes ! affirma Benjamin, qui, joignant le geste à la parole, lui en tendit une. Ça, ça sera ta com' chaque semaine. »

Franck regarda la liasse de billets.

Putain, y a au moins mille euros, je pourrais en faire des choses avec tout ce fric !...

Cet argent lui changerait la vie, c'était certain.

Si ce gosse est aussi doué dans les affaires que son père, c'est tout bénef pour moi.

« C'est sans risque ?

– Je viens de te le dire, mais attends, je vais te le prouver... »

Il prit son portable, changea de puce et composa un numéro.

« C'est moi, tu peux venir. »

Quelques minutes plus tard, Patrick Rathier entra dans le bar.

« Putain de merde ! lâcha Franck.

– Alors, fit Benjamin avec un petit sourire de satisfaction. Je t'avais dit qu'on n'avait rien à craindre. »

La présence du gendarme n'était pas pour rassurer le barman.

« Ça va trop loin, là, pour moi. Je ne suis plus d'accord.

– Plus d'accord ? » rétorqua Rathier.

Il s'approcha du comptoir et se pencha pour pointer un doigt sur la poitrine de l'homme, avant de poursuivre :

« Dis-moi, Franck, ça ne t'a pas gêné de vendre toute ta merde aux gosses pendant des années ! Tu crois que je n'étais pas au courant ? Tu crois que je ne savais rien de toutes tes petites combines ? Et là, tu viens pleurer "ça va trop loin, je ne suis pas d'accord, et gnagnangnan". Moi, j'en ai ras le bol de prendre autant de risques à vous couvrir pour des clopinettes. Donc, soit on vise gros, soit vous arrêtez tout. »

Benjamin ajouta :

« Franck, comme je te l'ai expliqué, on ne risque rien. Patrick va nous assurer le libre passage dans le village. Les échanges se feront uniquement la nuit et ici. Quant au fric, tout sera blanchi par le bar. On sera *clean*. C'est du pain bénit ce business.

– Je ne sais pas… je ne le sens pas… »

Son hésitation commençait à excéder le gendarme :

« Soit tu le fais, soit je te fous au placard ! »

De nouveau, le jeune homme essaya d'arrondir les angles :

« C'est bon, Patrick, il va le faire. Hein, Franck ? »

Ce dernier secoua la tête, un peu désabusé, mais finit par accepter.

La première livraison aurait lieu dans quinze jours.

Lorsque le gendarme rentra chez lui, il se décapsula une bière. Il ne prit pas la peine de manger, il n'avait pas faim.

Franck Rathier était un homme aigri. Séparé depuis maintenant cinq ans, il ne voyait pas le bout du tunnel. Son ex-femme ne l'épargnait pas : une pension alimentaire, une prestation compensatoire, son salaire de gendarme suffisait tout juste à payer ce qu'il devait. Il avait certes l'avantage d'être logé, et bien logé même (ici, il avait une petite maison individuelle), mais sa situation actuelle n'avait plus rien à voir avec ce qu'il avait vécu en outre-mer. Là-bas, il vivait en caserne, et même si la vie était bien plus chère, il arrivait à sortir son épingle du jeu : Rathier y avait découvert les dessous de table, les petits arrangements entre amis, permettant à un bleu, pas trop regardant et avec peu de moral, de se faire du fric facilement. Mais le problème du fric facile c'est qu'on y prend vite goût. Le deal de Benjamin était une aubaine. En marchant avec lui, le ripou allait pouvoir se refaire.

Les quinzaines se succédaient et l'argent rentrait dans les caisses. Le gendarme s'occupait de filtrer l'entrée de la drogue et la sortie du blé. Il veillait à ce qu'aucune trace ne subsiste. Il assurait la protection du business. Il laissait traîner ses oreilles à la brigade de Blaches mais aussi alentour.

Le trafic était insoupçonnable et tous les « associés » commençaient à prendre leurs aises. Leur petite affaire était bien rodée. Et jamais le gendarme n'aurait imaginé que les problèmes puissent venir d'un habitant de Blaches : Mylène.

Après la découverte du corps de la jeune femme et la disparition de Benjamin, Patrick Rathier se sentit en danger. Il lui fallait être au plus proche de l'enquête. Il devait absolument découvrir, avant tout le monde, ce qui était arrivé à Benjamin. Il savait que ceux pour qui bossait le gosse allaient demander des comptes.

Intégré à l'enquête, Rathier avait fait en sorte d'être présent sur tous les fronts. Il avait été le premier sur les lieux, lors de la découverte du cadavre de Mylène. Il était là aussi quand Leroy était allé chez les parents de Benjamin. Il avait insisté pour être présent, prétextant qu'il connaissait bien la famille.

*

Mardi 24 avril 2018

Pendant l'entretien du capitaine Leroy avec les parents de Benjamin

« Si vous le permettez, monsieur Folias, intervint le gendarme Rathier, je souhaiterais monter dans la chambre de Benjamin. Peut-être pourrais-je trouver quelque chose qui puisse faire avancer l'enquête. Je sais que ce n'est pas conforme aux procédures, mais…

– Oui, oui, pas de souci, allez-y. Faites tout ce que vous voulez, je ne veux pas que vous perdiez une seconde de plus ! Si ça se trouve, mon fils est lui aussi inconscient quelque part ! »

Rathier les laissa et grimpa à l'étage. Penderie, bureau, tiroirs, tout y passa, il souleva même le tapis et sonda les murs pour tenter d'y déceler une cachette… Mais rien, pas le moindre début de piste.

En redescendant, le ripou entendit le capitaine Leroy dire aux Folias que l'Audi garée devant le bar n'était pas celle de Benjamin, et il s'empressa de proposer à l'officier de rejoindre le lieutenant Ramazzy.

Sur place, il comprit très vite que la berline allemande restée sur le parking du bar était en fait celle du fournisseur : Samuel Lebourg. Rathier savait qu'il était coincé : il devait donner l'identité du propriétaire aux flics qui, immanquablement, découvriraient l'ensemble de son casier et son business. Il savait que Samuel bossait pour des gens très puissants qui n'accepteraient pas de perdre le filon de Blaches. Et personne ne pouvait se permettre de les contrarier.

En premier lieu, il lui fallait se couvrir, maintenir les doutes et les questionnements sur l'enquête. Il appela le barman, car il savait qu'il serait interrogé très rapidement.

« Franck, c'est moi.

– C'est quoi, ce bordel ? s'énerva son interlocuteur. Je croyais que c'était sans danger. Qu'on avait l'immunité.

– Calme-toi, ils n'enquêtent pas sur la drogue, mais sur la mort de Mylène.

– Mais ils vont fouiner partout et ils vont remonter jusqu'à nous ! C'est sûr…

– Écoute-moi : pour l'instant, ils ne font pas le lien, mais la voiture sur le parking, c'est celle de Samuel, le fournisseur. Il faut que tu maintiennes que tu as vu une Audi noire en partant et que tu n'as pas vérifié à qui elle appartenait puisque c'est la même que celle de Benjamin. Tu m'entends ? Quand le capitaine Leroy ou le lieutenant Ramazzy viendront t'interroger, tu diras qu'en partant ce soir-là, tu n'as rien remarqué. Que la voiture était là. On les laisse avec leurs questions sans réponses. D'accord ? »

Le barman, peu convaincu, balbutia :

« Euh… oui… O.K…

– Franck, t'as bien compris les consignes, tu sais ce que tu dois dire ?

– Oui, j'ai compris.

– Si tu fais le con, on est morts. On est tous morts ! »

En raccrochant, le gendarme décida de prendre les devants : il ne voulait pas être celui qui subit, il lui fallait avoir la main.

Il mena sa petite enquête et découvrit que le dealer avait un demi-frère et qu'ils bossaient ensemble. Il se débrouilla pour obtenir son numéro de portable.

*

Pendant l'entracte

La panique s'installait. Fumer des cigarettes ne le calmait plus. Il hésitait sur la bonne marche à suivre…

Mais il devait se jeter à l'eau !

Il prit son portable et composa le numéro.

« J'écoute ! fit une voix grave à l'autre bout du fil.

– C'est moi… ça a merdé !

– C'est qui, “moi” ? Qui t'es pour me faire chier ?

– Je suis le gars qui sert de garantie pour que votre frère Samuel amène la drogue au village sans se faire prendre et qu'il puisse récupérer l'argent de la même manière.

– Et alors, qu'est-ce que tu veux que ça me foute ? Et il est où, mon frère ?

– Ben… c'est là que ça merde !

– Pas au téléphone ! »

L'homme lui donna rendez-vous sans délai.

Rathier avait dû faire marcher son carnet d'adresses pour retrouver Yannick Provost. Il connaissait quelques camés sur Lyon qui auraient vendu père et mère pour une dose. Samuel Lebourg et son frère fournissaient toute la région lyonnaise, et dans ce milieu, tout le monde savait qu'il ne fallait pas déconner avec eux. Mais l'appel de la drogue, pour les junkies, était plus fort que tout. L'un d'entre eux lui avait communiqué une information qui l'avait mené à un intermédiaire bossant en direct avec Yannick. Rathier avait dû utiliser la manière forte avec ce dernier. Sous la menace d'un flingue, le type lui avait lâché le 06 qu'il cherchait.

C'est plus que mal à l'aise que le gendarme expliqua la situation à Yannick Provost. Ce dernier ne voulait pas perdre de temps. Ce n'était pas son genre et vu l'ampleur des dégâts, il fallait faire le ménage et retrouver rapidement la dope. Et son frère.

« Je me demande pourquoi t'es pas déjà mort, toi. On ne peut pas faire confiance à des débutants. »

Rathier riposta :

« Je suis gendarme, vous vous attireriez l'attention de mon administration et de mes collègues sur l'ensemble de votre business. Pas certain que ce soit ce que vous voulez. »

Il essayait de se convaincre que cet argument serait suffisant, mais il n'en menait pas large.

« Rien à branler de ton insigne de merde ! Ceux pour qui je bosse ne s'arrêtent pas à ce genre de détails, tu n'es rien, juste un cafard. »

L'homme fit une grimace.

« Mais pourquoi mon frangin bossait avec toi, sérieux ? »

Rathier ne répondit pas. Il voyait bien que Provost était à peine au courant du deal et certainement pas de la manière dont la « bande » de Blaches procédait avec son frère. C'est là que le gendarme entrevit une porte de sortie : la seule personne qui était au courant, c'était Franck.

« Je pense qu'il faut éliminer toutes les traces qui nous lient à la drogue. »

Provost s'énerva :

« "Nous" ? Tu as dit "nous" ? Mais j'en ai rien à foutre de toi ! Moi, je veux ma dope et retrouver mon frangin, et si toi t'es dans la merde, c'est pas mon problème. Alors, elle est où, ma came ? »

Rathier tenta de donner le change :

« Je sais où elle est, mais il faut d'abord aller au bar. Ensuite, il faut retrouver Thomas Roche.

– C'est qui, lui ?

– Un gamin du village qui se trouvait au mauvais endroit au mauvais moment. La disparition de son pote, Benjamin, et d'autres indices ont fait peser de lourds soupçons sur lui. Mais comme…
– Alors, on y va ! » le coupa Provost.
Le dealer en avait rien à foutre de ses explications, cette affaire devait être réglée au plus vite.
Rathier lança :
« Mais il faut éliminer le barman ! Il sait pour moi…
– Tu veux qu'il meure ? Alors, monsieur le gendarme, tu sais quoi ? Occupe-t'en ! »

*

Vendredi 27 avril 2018
Pendant le calme… avant le bordel

Tapi dans l'ombre, le gendarme Rathier écoutait Yannick Provost menacer Franck.
Il savait qu'il allait devoir le faire, il n'avait pas le choix.
Alors qu'il tentait de maîtriser son angoisse grandissante, un bruit en lisière de forêt attira son attention.
Il se leva légèrement et observa les alentours. Mais la nuit était son ennemie ; il faisait trop sombre pour remarquer quoi que ce soit.
Le barman et le mafieux sortirent.
Rathier serra le sac plastique entre ses mains. Franck se tenait dos à lui. Le gendarme ferma les yeux : il s'était mis dans une sacrée merde, et s'il ne faisait pas le ménage lui-même, il se ferait descendre par Provost.
La voix de sa future victime tremblait :
« Non, mais il se passe quoi ? »
Yannick Provost se plaça face au barman, pointant son arme sur son front.

« Non ! Non ! Ne faites pas ça ! » l'implora Franck.

Le dealer ricana.

« Je te rassure, je ne vais pas le faire… »

C'est à ce moment que Rathier comprit que c'était à lui d'entrer en scène…

… Il tremblait. Il n'avait pas flanché, il était allé jusqu'au bout, puisant dans ses derniers retranchements.

Il regarda le cadavre à ses pieds. Il ne se serait jamais cru capable de tuer un être humain… Il venait de perdre son âme !

« Eh ben, j'ai failli attendre ! » ironisa Provost.

Les nerfs du gendarme lâchèrent.

« Mets-le dans le coffre, maintenant ! Et bordel ! Arrête de chialer, t'as voulu entrer dans la cour des grands, c'est comme ça que ça se passe. Estime-toi heureux de ne pas être à sa place. Allez, magne ! »

Rathier souleva Franck et le balança à l'arrière de la voiture du mafieux. Il tentait de dissimuler ses tremblements. Son regard balaya l'orée de la forêt. Toujours cette impression tenace d'être observé…

Provost lui donna ses directives :

« Demain, on s'occupe de la drogue. Je vais m'en charger, j'irai dans la famille de ce gosse. Quand je t'appellerai, tu me donneras l'adresse. T'as compris ? »

Rathier, en état second, lui fit juste un signe de la tête.

Le lendemain matin, lorsque la femme du barman signala la disparition de son mari, Patrick Rathier se débrouilla pour arriver le premier sur la scène de son propre crime. Il devait effacer les éventuelles preuves avant l'arrivée des TIC. Afin d'orienter l'enquête de Leroy et Ramazzy loin de lui, il découvrit « fortuitement » le cahier de comptes du bar permettant d'incriminer Franck.

Toute la journée, il fit de son mieux pour dissimuler ses craintes et donner le change. Ce qui sembla fonctionner.

En début de soirée, le gendarme Rathier, la boule au ventre, regardait sans cesse sa montre : l'heure approchait. Il avait un plan, mais serait-il à la hauteur ?

Son téléphone le tira de ses pensées :

« Oui ?

– C'est au numéro 49, c'est ça ? »

Il hésita à répondre.

« Oui.

– J'espère pour toi. J'y vais.

– Non, attendez ! Vous avez trente minutes d'avance… »

Yannick Provost raccrocha sans le laisser finir.

Merde !

Il n'était pas prêt. Il se dépêcha de s'habiller. Il devait filer tout de suite à la brigade : il avait prévu de prendre la ronde de cette nuit et d'avoir un gendarme adjoint avec lui.

Il ne lui fallut que quelques minutes pour rejoindre son service. Il ne prit même pas la peine de se poser pour un café comme à son habitude. Il embarqua le jeune bleu et ils filèrent immédiatement. Ce soir, la patrouille de surveillance débuterait par le quartier de la famille Roche. En arrivant dans leur rue, il demanda au gendarme adjoint de rouler au pas.

Un coup de feu claqua. L'agent stoppa la voiture.

« Merde ! Chef, on fait quoi ?! » fit le bleu complètement paniqué.

Une deuxième détonation.

« Demande du renfort et reste là », lui ordonna Rathier.

Arme au poing, il gagna rapidement le porche de la maison et jeta un œil à travers la fenêtre, apercevant Yannick Provost, un couteau sur la gorge de Stéphanie.

Il jubila : son salut se trouvait ici et maintenant. Rien, jusqu'à présent, ne permettait de le relier à Benjamin et à son trafic. De plus, le cadavre de Franck était dans le coffre du dealer. Pour en finir avec tout ce merdier, il lui suffisait donc de le descendre. Légitime défense. Et la boucle serait bouclée. Plus personne pour l'incriminer, ils seraient tous morts. Leroy axerait naturellement l'enquête sur Yannick, Lebourg et Benjamin.

Il se plaça contre le mur et patienta, en position de tir, bras tendus, cible verrouillée.

Il transpirait. Son cœur battait la chamade.

Le dealer apparut enfin. Il sortait à reculons, menaçant toujours Stéphanie de son couteau.

Rathier attendit que l'homme soit complètement sur le perron, et il pressa la détente. Son crâne explosa. Stéphanie hurla.

Lorsque Leroy et toute son équipe arrivèrent, Rathier raconta son histoire : en patrouille, il avait entendu des coups de feu, puis avait vu cet homme à deux doigts de trancher la gorge de Mme Roche. Alors, il n'avait pas hésité une seule seconde.

MAIS DANS UN JEU, IL N'Y A QU'UN SEUL GAGNANT : « DOUBLE SIX… GAGNÉ ! »

Pendant l'enquête

Rémi savait qu'au Monopoly, on ne gagnait pas 200 euros chaque jour, le meilleur moyen de ne pas payer trop quand tes adversaires avaient déjà acheté plusieurs rues et beaucoup de maisons, était d'aller en prison.

En balade, Rémi vit passer devant lui une voiture qui allait en direction du bar. Il appuya alors sur le bouton de sa montre : « *Monsieur Hunt, il est 1 h 20.* » Bien trop tard pour que Franck serve encore. Ce soir-là, ce vendredi 27 avril 2018, Rémi comprit que le jeu prenait une autre tournure. De nouveaux joueurs s'étaient immiscés dans la partie sans qu'on les y invite.

Il rejoignit le bar en passant par les bois. En arrivant, il aperçut Patrick Rathier, dissimulé derrière une voiture. Le gendarme balaya du regard les alentours. Alors le jeune garçon ne bougea plus. Bien caché, il se fit le plus discret possible.

Après quelques minutes, toujours accroupi, Rémi vit un homme sortir de l'établissement avec Franck. L'individu tenait une arme.

Soudain, Patrick Rathier se rua sur eux et enveloppa la tête du barman dans un sac plastique.

Horrifié, Rémi observa sans réagir la scène se jouant à seulement quelques mètres de lui.

Il venait d'assister à la mort de Franck. Le Démogorgon venait d'envoyer d'autres émissaires. Il comprit aussi que certains gentils étaient devenus des méchants, jouant sur les deux tableaux pour rester dans la partie.

Rémi sentait le danger venir. Et il se dit que le seul moyen de s'en sortir était de laisser passer la tempête.

Au petit matin, ne changeant pas ses habitudes, il s'habilla et se lava les dents comme sa maman le lui avait appris.

Sa décision était prise. Il allait laisser la partie avancer sans lui, les dés parleraient. Dans les jeux de rôle, la chance et le hasard pouvaient prendre beaucoup de place, ce que Rémi redoutait, mais il n'avait pas le choix. Il enfila la casquette, celle qu'il gardait au fond de son placard. Celle qui appartenait à la personne à qui il vouait un amour inconditionnel : Mylène.

Il attrapa son fidèle Walkman, sortit et observa un moment son père, qui se trouvait au loin, dans les champs.

Marchant et dansant au rythme de sa chanson, il arriva devant chez Mylène. Tout sourire, il fit de grands gestes en appelant Mme Mollat.

Naturellement, en voyant la casquette de sa fille, la réaction de cette dernière fut immédiate, mais c'était justement l'effet recherché par Rémi : elle fonça sur lui et le frappa.

Les gendarmes furent appelés pour intervenir et, comme escompté, ils interpellèrent Rémi et il fut placé en garde à vue.

À ce moment-là, il perdit son statut de maître du jeu. Le destin de la partie dépendait des autres joueurs.

Le lendemain matin, Rémi était toujours en GAV. La veille, il avait été interrogé sans relâche sur la casquette, la soirée d'anniversaire, ce qu'il avait vu…

À son arrivée, le capitaine Leroy se rendit directement auprès du jeune garçon. Il vint s'asseoir à ses côtés et lui expliqua l'agression de Yannick Provost dont avaient été victimes les Roche, les découvertes sur le trafic de drogue à Blaches, la complicité du barman… Il lui dit aussi que, par manque de preuves, le procureur avait décidé de le relâcher, mais qu'il serait probablement de nouveau interrogé. Rémi acquiesça d'un sourire.

Il put reprendre son casque et son Walkman. Naturellement, la casquette de Mylène resta au poste.

Devant la gendarmerie, Gérald attendait son fils. Quand Rémi vit son père, il se précipita dans ses bras et le serra très fort.

« Un câlin, papa. »

L'homme fondit en larmes.

Rémi et son père ne se lâchaient plus. Le jeune garçon ressentait enfin l'amour de son papa. Lui qui, depuis le décès de son épouse, se terrait, s'était replié sur lui-même, refusant d'accepter la réalité. Lui qui était en rage contre la fatalité qui s'était abattue sur sa femme et sur son fils déficient. Gérald, un homme que la vie n'avait pas épargné, avait fini par craquer et s'avouer tout l'amour qu'il portait à son fils.

« J'ai eu si peur, Rémi. J'ai eu si peur.

– Moi aussi, papa. Je t'aime.

– Moi aussi, je t'aime, fiston. Allez, viens, on rentre chez nous », dit-il en l'entraînant avec lui.

En partant, Rémi se retourna et fit un signe de la main au capitaine, comme pour dire au revoir. Sa maman lui disait tout le temps d'être poli.

Leroy les regarda partir, sceptique. Ce gamin semblait si fragile. Il vivait dans un cocon qu'il s'était fabriqué, un univers rien qu'à lui. Et si le docteur avait raison ? Et si Rémi était simplement un gamin baignant dans l'innocence de l'ignorance ?

*

Dimanche 23 septembre 2018
19 heures, une heure après le SMS de Rémi

Ce dimanche soir avait un goût particulier. Rémi se prélassait, les pieds dans l'eau, assis sur son ponton. Thomas et tous les copains étaient repartis. Mais lui restait là, tranquillement, il aimait regarder les rayons du soleil vaciller sur l'eau. Un des derniers jours de beau temps, un dimanche d'été indien dont il fallait profiter.

Rémi savait qu'il devait rentrer, mais il se sentait tellement bien ici. Il était nostalgique : il savait que la partie était terminée.

Alors qu'il rêvassait, il sentit vibrer son téléphone : la réponse à son SMS envoyé un peu plus tôt.

Il regarda sa montre : 19 heures passées.

Il eut un sourire. Ce même sourire qu'il avait quand il était heureux, celui qu'il affichait quand un jeu se déroulait correctement. Mais pas uniquement. Un sourire également coquin, car il se savait têtu et avait un petit peu désobéi : il avait fait une bêtise. Oui, il n'avait pas totalement écouté son père et Guillaume. Et puis, à ce dernier, il avait aussi caché des choses : il ne lui avait pas raconté cette histoire de trou dans la forêt, ni…

*

Samedi 21 avril 2018
Soir de l'anniversaire de Benjamin

De retour chez lui, alors que son père et Guillaume remontaient les meules pour cacher la voiture, Rémi pensait à ses séries policières où le moindre détail ne pouvait pas être laissé au hasard. Il était donc important de suivre les consignes de son papa.

Il retira ses vêtements et les mit dans le feu. Puis il se lava et se brossa plusieurs fois en insistant sous les ongles. Il sortit de la douche, se sécha et se rhabilla avant de s'asseoir sur une chaise. À ses pieds, le sac de drogue. Il leva la tête et ne bougea plus. Un peu comme au jeu « Un, deux, trois, soleil ».

Plusieurs minutes s'écoulèrent ainsi. Il fixait le meuble de la cuisine. Puis il finit par prendre ses dés et les jeta. Il sourit en découvrant le résultat.

La partie n'est pas finie.

Il ouvrit le placard face à lui et prit le pot de farine. Avec précaution, il renversa son contenu dans un saladier. Puis il vida un à un les sachets de drogue dans le pot maintenant vide, avant de les remplir avec de la farine. Ensuite, il prit soin de tout nettoyer et d'effacer toutes traces avec des produits détergents.

Nickel, comme dans Les Experts *!*

Il se rassit et attendit sagement.

Lorsque Guillaume arriva, Rémi lui confirma qu'il avait fait tout ce qu'on lui avait demandé.

Une fois son ami reparti, Rémi patienta un peu avant de prendre un sac à dos et d'y mettre le pot de « farine ».

Son casque sur la tête, il sortit. Il ne faisait pas trop froid. Il marchait à couvert pour ne pas se faire repérer. Il vit Éric à sa fenêtre. Le regard de l'homme alternait entre le garage de Guillaume et le champ de son papa, encore sur son tracteur. Rémi attendit que son voisin retourne se coucher.

Il alluma son Walkman et *Johnny B. Goode* de *Retour vers le futur* débuta. Il continua son chemin vers la plage.

« ... Go Johnny, go, go
Johnny B. Goode... »

Malgré l'heure, il faisait encore sombre. Rémi remonta la route jusqu'au chemin qui menait à la cascade.

Une fois à destination, il posa son sac et en extirpa une paire de gants qu'il enfila. Il se souvenait parfaitement des méthodes du lieutenant Columbo, des inspecteurs de *NCIS*, ou encore de tous les experts, qu'ils viennent de Miami, Manhattan ou Las Vegas, qui vérifiaient absolument tout. Tout et surtout les empreintes.

Il sortit ensuite une bouteille d'eau de Javel et en versa sur la tache de sang laissée par le corps de Benjamin.

Puis il prit une seconde bouteille, celle-ci remplie d'eau, pour rincer la javel. Quand la journée commencerait, le passage des voitures ferait disparaître totalement les traces.

Ensuite, il se rendit à l'endroit où le corps de Benjamin avait été déposé après l'accident, et enleva toutes les feuilles, branches, pierres qui pouvaient avoir été en contact avec la dépouille du Démogorgon. Il déplaça le tout de l'autre côté de la forêt et ramena d'autres feuillages qu'il replaça au même endroit. Il les dispersa avec le pied pour éviter que l'on remarque le subterfuge.

Puis, à l'aide d'un vaporisateur, il pulvérisa de la javel sur toute la zone. Il savait que le chien de *Columbo* avait le flair développé, mais ce produit était un véritable répulsif pour la truffe des animaux. En repartant, il en aspergea aussi généreusement les branches déplacées de l'autre côté. Rémi ne voulait rien laisser au hasard. Tout l'endroit était imprégné de javel.

Il fila ensuite vers le trou. Il l'ouvrit et, à l'intérieur, trouva le sac de billets. Il pourrait en faire des choses avec ! Mais pas question d'y toucher. Il était le héros.

Il sortit le trésor empoisonné et referma la trappe sans remarquer le téléphone à l'intérieur

Sa montre sonna : il avait programmé l'alarme pour ne pas rentrer trop tard et n'avait pas vu le temps passer. Il coupa l'alerte et se félicita du travail accompli.

Il était certain que Guillaume serait content quand il verrait que tout avait déjà été nettoyé et qu'il pourrait ainsi se reposer. Rémi était le héros qui agissait dans l'ombre, sans que personne le sache.

Mais il était temps qu'il parte s'il ne voulait pas se faire prendre.

Il rangea ses affaires dans son sac et remonta tranquillement la route, oubliant d'effacer les traces de son passage à côté de la cache.

Sur le chemin, il aperçut Thomas, un peu plus loin dans la forêt, allongé au pied d'un sapin. Il s'approcha et lui caressa les cheveux. Son ami était fatigué. Très fatigué.

Rémi hésita : fallait-il le réveiller et le raccompagner chez lui ?

En l'aidant, personne ne saurait que Thomas avait un peu bu et pris le produit de Benjamin. Une fois dans sa chambre, Rémi l'aurait aidé à se déshabiller, il aurait mis ses affaires au sale, et l'aurait bordé comme un grand frère.

Le jeune garçon se dit qu'il fallait du repos à son ami et que le réveiller pourrait le perturber. Il préféra le laisser finir sa nuit ici, à la belle étoile, dans cette magnifique forêt.

*

Vendredi 21 septembre 2018
Deux jours avant que Rémi n'envoie ce SMS

Ce que Rémi n'avait pas dit, c'est que, la nuit où Guillaume lui avait sauvé la vie, il avait vu, pendant la bagarre, le portable de Samuel Lebourg tomber de sa poche. Et, en s'approchant de l'ancien légionnaire pour le remercier, Rémi l'avait discrètement récupéré.

Durant les jours qui avaient suivi l'anniversaire de Benjamin, des appels, émanant toujours du même numéro, s'étaient mis à pleuvoir.

Le jeune garçon avait fini par décrocher.

« Samuel ? C'est toi ?

– Non !

– T'es qui, toi ? »

La voix était agressive, mais il n'avait pas peur.

« Je suis Rémi, avait-il répondu promptement.

– C'est toi qui as pris le pognon et la dope ?

– Non !

– Écoute-moi bien, *RÉMI* : mon patron, il en a rien à foutre de qui tu es, on veut notre pognon et notre produit, c'est clair ? Et on veut le mec qui nous a baisés dans cette histoire ! »

Rémi, sans sourciller, avait lâché :

« D'accord, je te rappelle.

– Quand ça ?

– Ça craint en ce moment ! »

Rémi se marrait derrière son téléphone.

« Je viens de te demander quand ?

– Plus tard. T'inquiète, quéquette ! »

Et il avait raccroché, sourire toujours aux lèvres.

Ensuite, il avait recopié le numéro et s'était débarrassé du portable de Samuel. Trop facile, il y avait le lac !

*

« Alors ?

– Je ne sais pas qui c'était, patron, sa voix était bizarre, on aurait dit un gosse.

– On s'en fout de sa voix, ou de qui il est ! Il a dit quoi ?

– Apparemment ça craint en ce moment, il nous rappelle plus tard. »

*

Rémi avait laissé passer la fête du maïs, il voulait que tout le monde retrouve sa bonne humeur. C'était tellement mieux Blaches quand tous les habitants avaient le sourire.

Mais il fallait bien s'occuper des joueurs restants, la partie devait se terminer.

Aussi, en cet après-midi du 21 septembre 2018, veille de week-end, il décida de rappeler les « amis » de Samuel Lebourg.

« Allô ? »

Rémi ne répondit pas. Son interlocuteur s'énerva :

« C'est qui ?

– C'est moi ! Rémi ! dit-il d'un ton sec, comme dans les séries.

– Putain, enfoiré ! Tu devais nous rappeler !

– Ben, je rappelle, là ! »

Rémi ne sut quoi dire de plus. Il plaça sa main sur sa bouche pour ne pas rire. Cela lui rappela ces mercredis après-midi où il faisait des canulars téléphoniques. Mais il avait arrêté le jour où papa avait demandé des factures détaillées pour sa ligne.

« Non, mais je rêve, tu te fous de ma gueule, enfoiré ! »

Le jeune garçon lâcha :

« C'est bon !

– Et c'est quoi, qui est bon ? aboya son interlocuteur. Mais, putain ! tu vis dans quel monde ?

– Ben, dans mon monde à moi y a que des poneys, ils mangent des arcs-en-ciel et font des cacas papillon ! »

Rémi explosa de rire. À l'autre bout de la ligne, l'homme hurla de colère :

« Tu me prends pour un con ? C'est ça ? Si je te chope, bordel, tu vas découvrir le mien de monde, sale fils de chien. »

Rémi ne se laissa pas impressionner :

« Dimanche, je t'envoie un SMS… »

Puis il coupa la communication.

*

L'homme s'empressa de faire son rapport au boss :

« Il m'a juste dit : "Dimanche, je t'envoie un SMS."

– On attend dimanche, alors. Par contre s'il se fout encore de notre gueule, on fera le grand ménage. »

*

Rémi récupéra la drogue et les billets. Maman lui avait toujours dit que l'argent ne faisait pas le bonheur. Alors, il avait décidé de tout rendre aux gendarmes.

Il savait que quand on perdait quelque chose, il fallait toujours se rendre à la gendarmerie, au cas où quelqu'un retrouverait notre bien et l'aurait amené là-bas.

Mais il ne voulait pas être questionné une deuxième fois et repasser une nuit au poste avec un lit en béton et une couverture qui gratte. Il voulait rester avec son père. Il choisit donc de déposer le paquet chez Rathier. Au moins, il y serait en sécurité. Patrick Rathier, même s'il était parfois méchant, c'était un gendarme, donc, c'est comme s'il allait à la gendarmerie.

*

Dimanche 23 septembre 2018
Quelques heures avant l'envoi de son SMS

« *Monsieur Hunt, il est 15 h 15.* »

Rémi était assis sur un banc au bord de la route. En patientant, il balançait ses jambes.

Une trentaine de minutes plus tard, il vit le gendarme Rathier passer avec son véhicule de service pour sa dernière ronde de l'après-midi et, comme d'habitude, Rémi lui fit un grand signe de la main pour dire bonjour.

Il attendit encore un peu et marcha de son pas dansant jusqu'à la maison du gendarme. Au fond du jardin, dans la cabane, il déposa le sac derrière la tondeuse. Sa mission accomplie, il repartit vers son lieu préféré : le ponton au bord du lac.

Il passa la fin de l'après-midi à se faire dorer la pilule et à regarder Thomas faire du wakeboard.

Quand le soleil commença à décliner, il appuya sur le bouton de sa montre : « *Monsieur Hunt, il est 18 heures.* »

Il saisit son téléphone et envoya un message au numéro qu'il avait enregistré.

Et voilà !

Rémi était fier de lui : le propriétaire pouvait maintenant se rendre à la gendarmerie « Rathier » pour récupérer ses affaires. Et en plus, il lui facilitait le travail : il n'aurait même pas de papiers à remplir.

Il sourit, car en se dépêchant un peu, il arriverait à temps chez lui pour regarder un épisode de *Columbo*.

*

Dimanche 23 septembre 2018, 18 h 30
Chez Patrick Rathier

Sa journée tout juste terminée, le gendarme s'installa devant la télévision pour boire une bière.

Depuis plusieurs jours, il fumait moins. La crainte que tout soit découvert s'éloignait. Les choses se tassaient. Au fond, il s'en était bien sorti. Ni Samuel Lebourg ni Benjamin Folias n'avaient été retrouvés.

Une aubaine. La seule personne qui connaissait le fin mot de l'histoire était morte de ses propres mains.

Il avait réussi à amasser pas mal de pognon ; il avait de quoi voir venir. Sa seule angoisse était que le môme refasse surface. Mais au vu des événements, s'il était toujours vivant, il ne reviendrait pas à Blaches, c'était trop risqué.

Patrick ne savait toujours pas ce qui avait bien pu se passer ce soir-là. Mais, peu importe, il était en vie et c'était l'essentiel.

Il décapsula sa bière et commença à la déguster devant des émissions sans intérêt.

Un bruit attira soudain son attention. Il baissa le volume de son téléviseur, à l'affût.

De nouveau ce bruit. C'était celui d'une portière qu'on referme.

Il se leva et regarda par la fenêtre : un véhicule était garé devant chez lui.

Un mauvais pressentiment. Il fila vers la porte de derrière et, lorsqu'il l'ouvrit, tomba nez à nez avec un homme armé.

Rathier se figea. L'individu le poussa et entra.

« Tu allais où, mon gars, comme ça ?

– Vous… vous êtes qui ? bredouilla le gendarme.

– Va t'asseoir.

– Mais vous êtes qui, bordel ?!

– Je t'ai dit d'aller poser ton cul ! »

Sous la menace du calibre, il obtempéra et regagna son fauteuil.

Tout en le maintenant en joue, l'intrus se dirigea vers la porte d'entrée. Il l'ouvrit, et un autre homme apparut : grand, les cheveux grisonnants, lunettes noires sur le nez, il se planta devant Rathier, sans un mot. Le premier alla lui chercher une chaise : c'était visiblement son chef. Ce dernier ôta ses Ray-Ban et s'assit.

Rathier était en sueur.

L'homme fit un signe de tête à son second. Celui-ci s'éclipsa dans le jardin sous le regard du gendarme.

« Savez-vous qui je suis ? »

Il avait une bonne soixantaine d'années et un fort accent russe.

Un boule dans la gorge, les yeux larmoyants, Rathier secoua la tête pour lui signifier que non.

« Bien sûr que si, tu sais, sinon tu ne chialerais pas comme une gonzesse.

– Je… je ne comprends pas. J'ai toujours été là pour garantir que les transactions se passent bien.

– Parce que tu crois que je t'ai attendu, toi, une pourriture de flic, pour faire le job ? Tu crois que je ne suis pas capable de récupérer mon fric ou ma drogue tout seul ? Tu penses que j'ai besoin d'une merde comme toi pour ça ?

– Non, je n'ai pas…

– Chut ! tsss tsss tsss. Ferme ta gueule ! Ça fait quarante-trois ans que je suis dans le métier. Et si aujourd'hui j'en suis là, c'est parce que je n'ai jamais laissé personne me doubler, je n'ai jamais laissé personne venir chez moi et m'enculer ! Tu crois que c'est toi le gars qui va me la mettre, c'est ça ? »

Le gendarme se liquéfiait à vue d'œil. Il crevait de trouille.

« Mais non, m'sieur, je vous jure que non. Je n'ai rien fait… »

Soudain, l'autre homme revint et jeta un sac au sol.

« C'était dans la cabane du jardin, au fond, derrière la tondeuse. »

Le sac dégueulait de drogue et de fric.

Le Russe explosa :

« Tu te fous de ma gueule ?! Et ça, c'est quoi ?!

– Mais non ! Ce n'est pas à moi, je ne savais même pas que c'était là ! Je vous jure... je n'en avais aucune... »

Sans sommation, l'homme de main tira une balle dans la jambe de Rathier. Le gendarme hurla.

Le chef se leva et fit un signe à son second, qui disparut en emportant le sac.

Se tenant la cuisse, Rathier gémissait de douleur.

Le boss dégaina la machette dissimulée dans son dos.

« Non, je vous en prie... pitié ! pleurnicha le gendarme.

– Dans ce milieu, ceux qui se comportent comme toi, on les appelle des "*malen'kaya shlyukha*". Tu sais ce que ça veut dire ? »

Patrick Rathier ne répondit pas.

« Ça veut dire "petite pute", dans ta langue. »

L'homme fit siffler la lame.

Après avoir éparpillé autour du cadavre un sachet de poudre et laissé un mot sur le T-shirt du mort, le Russe rejoignit sa voiture. Son sbire avait fait l'inventaire du sac.

« Alors ?

– Il y a toute la came, patron, et le fric, il y en a même plus que prévu. »

Le malfrat eut un petit rictus de satisfaction.

« C'est là que tu vois quand tu as affaire à des hommes de parole et loyaux. Ce mec-là, qui nous a contactés, c'est le genre de gars sur qui on peut s'appuyer. Il doit avoir de l'expérience. Renvoie-lui un message et dis-lui que son tuyau était bon. Remercie-le. Et remercie-le pour le geste, aussi. Dis-lui que j'apprécie, et que s'il souhaite reprendre l'affaire, il n'y aura pas de discussion. On traitera avec lui.

– Oui, patron."

*

Dimanche 23 septembre 2018, 19 h 07

Toujours sur le ponton, après avoir reçu le SMS de remerciements, Rémi sut que le jeu était fini. Tous les méchants avaient perdu, et Blaches allait redevenir un village idéal sans le venin de serpent qui s'y était répandu.

Il soupira. Il avait grandi et il était nostalgique. Il savait qu'il devait apprécier chaque moment de sa vie, comme sa maman le lui avait appris. Il pensa aux années passées à ses côtés, à l'écouter et à apprendre les règles de la vie. Et il se remémora surtout ses dernières phrases :

« Rémi, mon ange, promets-moi que tu ne changeras jamais tes habitudes. Lorsque je ne serai plus là, il faudra que tu continues tes activités, ta marche, tes balades en musique, tout ce que tu aimes tant. Sache garder ton univers, celui que tu t'es créé, celui qui t'anime, celui qui te fait vibrer au fond de ton cœur... À Blaches, tu es chez toi, c'est ton univers, avec ton village, ta forêt, tes amis... Il faut que tu prennes soin de celles et ceux qui t'entourent. Montre-leur de l'amour et ils te le rendront. Tu as bien compris, mon chéri ? Il faut que ta vie soit faite d'amour et de joie... »

Si elle le voyait aujourd'hui, sa maman serait sûrement très fière qu'il ait réussi à sauver Blaches.

Rémi bomba le torse. Ses pieds frôlaient la chaîne métallique longeant l'un des poteaux en bois du ponton. Celle qui courait jusqu'au fond de l'eau. Rémi se dit qu'il avait beaucoup appris des leçons de l'inspecteur Columbo. Il savait que garder l'argent et la drogue chez lui était impossible. Alors, il avait accroché, au bout de cette chaîne, un sac étanche où il avait pu cacher la poudre et les espèces en attendant le jour J.

Il se pencha en avant et vit la masse noire au fond de l'eau, dans laquelle reposait le restant d'un trésor.

La nuit où le barman avait été assassiné par Rathier, ce dernier et Yannick Provost étaient repartis en laissant le bar ouvert.

Rémi, tapi dans les bois, avait quitté sa cachette et s'était faufilé dans l'établissement. Derrière le comptoir, il avait soulevé une latte du parquet. Il savait qu'une partie de l'argent que Benjamin gagnait y était planqué pour être réinjecté dans les finances du bar et blanchi.

Après avoir récupéré le magot dans le bar de Franck, ne pouvant tout garder pour lui, Rémi avait eu l'idée de s'en servir pour se faire de nouveaux copains. En observant Benjamin, il avait compris qu'être généreux avec ses amis permettait de les garder près de soi. Il avait donc décidé d'en donner une partie, en plus de l'argent rendu, à ses nouveaux amis, les Russes.

Bon… Il en avait quand même gardé un peu, pour se faire plaisir. Vu le prix des glaces au bar, il avait désormais de quoi s'en payer pour toute l'année.

ÉPILOGUE

Il était l'heure de partir. Mais avant, Rémi eut envie de relire le SMS :

> Le patron te remercie pour le tuyau
> et le bonus. Si tu souhaites faire le
> boulot, rappelle à ce numéro.

Un immense sourire s'afficha sur son visage. Mais, en même temps, il avait un goût amer dans la bouche.

Son jeu ne s'était pas déroulé comme prévu, et il ne saisissait pas vraiment tous les liens entre les événements. Tout s'était enchaîné très vite : la chute de Mylène, l'accident de Benjamin, l'apparition de l'envoyé du Démogorgon qui avait voulu le tuer, l'aide de son père, l'arrivée d'autres joueurs…

Rémi avait du mal à comprendre l'univers des adultes, dans lequel il débarquait avec une vision différente. À ses yeux, le monde des enfants était bien plus drôle, et surtout, plus simple à décrypter.

Il mit son casque sur la tête et appuya sur « *play* ». Il commença à marcher et à faire ses petits pas de danse sur *Heroes*, de David Bowie.

« I, I will be king
And you, you will be queen… »

Il était heureux d'avoir reçu ce message, car lui aussi, comme dans cette chanson, devenait le héros… juste pour un jour. Mais ce qui le rendait encore plus heureux, c'est que pour son jeu, c'était comme pour les films ou les séries : quand le premier était trop bien, il y avait toujours une deuxième saison…

« … *We can be heroes, just for one day*… » .

Remerciements de l'auteur

Tout d'abord, je remercie ma maison d'édition, Taurnada. Joël et Patricia, merci à vous de me donner la chance de voir mes écrits publiés. Merci d'arriver à me supporter, et surtout de comprendre et suivre les scénarios que j'ai dans la tête.

Je remercie mes bêta-lecteurs, et particulièrement Sandrine Durochat pour son œil aguerri, notamment dans le domaine juridique.

Je remercie Ophélie Cohen, qui s'est aventurée dans le jeu : « Tiens, et si je te corrigeais ? » Mon Dieu quelle erreur et mon Dieu quelle horreur ! Merci à toi pour le temps que tu passes à me lire, me relire, me corriger, me défoncer ! lol. Mais surtout merci de m'apprendre que, pour faire un bon roman, un scénario ne suffit pas…

J'ai décidé, du moins j'ai essayé, de faire quelque chose de différent dans ce roman, de prendre des risques. Tenté de me renouveler, tout en gardant la patte scénaristique qui m'est propre. Rien n'est facile pour ne pas dire que tout est compliqué, mais j'ai aimé travailler sur le personnage de Rémi. J'ai d'ailleurs une pensée pour mon frère, Guillaume, éducateur sportif pour les enfants handicapés à l'IME de Saint-Maurice-l'Exil.

J'ai également une pensée pour ces enfants que l'on dit différents. À eux, je n'ai qu'une chose à dire : restez vous-mêmes, cultivez votre différence, c'est elle qui fait de vous des enfants extraordinaires, des enfants qui portent sur la vie un regard que nous ne serons jamais capables d'avoir.

Profitez de la vie et continuez de la voir d'une manière différente.

Des Biz,
Xavier

COLLECTION
LE TOURBILLON DES MOTS

M. Collet & I. Villain	*In vino veritas*
Christophe Royer	*Néréides*
Gérard Saryan	*Sur un arbre perché*
Estelle Tharreau	*Il était une fois la guerre*
Magali Collet	*Comme une image*
Sacha Erbel	*La mort est parfois préférable*
David Ruiz Martin	*Requiem des ombres*
Christophe Royer	*La Quatrième feuille*
Xavier Massé	*30 secondes*
Isabelle Villain	*De l'or et des larmes*
Magali Collet	*Les Yeux d'Iris*
Estelle Tharreau	*Les Eaux noires*
Christian Guillerme	*Transaction*
David Ruiz Martin	*Seule la haine*
Noël Boudou	*Et pour le pire*
Christophe Royer	*Une Arête dans la gorge*
Isabelle Villain	*À pas de loup*
Xavier Massé	*Némésis*
Estelle Tharreau	*La Peine du bourreau*
Mehdy Brunet	*Goliat*
Christian Guillerme	*Urbex Sed Lex*
Magali Collet	*La Cave aux poupées*
Tito Desforges	*La Machine à brouillard*
Isabelle Villain	*Blessures invisibles*
Noël Boudou	*Benzos*
Christophe Royer	*Lésions intimes*
Xavier Massé	*L'Inconnue de l'équation*
Gaëlle Perrin-Guillet	*Haut le chœur*
Estelle Tharreau	*Mon ombre assassine*
Isabelle Villain	*Mauvais genre*
Éric Oliva	*Le Vase rose*

Mehdy Brunet	*Le Fruit de ma colère*
Estelle Tharreau	*De la terre dans la bouche*
Estelle Tharreau	*L'Impasse*
Estelle Tharreau	*Orages*
Florent Marotta	*Le Visage de Satan*
Mehdy Brunet	*Sans raison*
Éric Lange	*Le Sauveteur de touristes*
Noémi Krynen	*Sang blanc*
Franck Villemaud	*Palissade*
Christian Laurella	*Sortie noire*
Jean-Baptiste Dethieux	*Renaissance*

COLLECTION
L'OMBRE DES MOTS

Jean-Marc Dhainaut	*Psylence*
Jean-Marc Dhainaut	*Brocélia*
Jean-Marc Dhainaut	*L'Œil du chaos*
Jean-Marc Dhainaut	*Les Couloirs démoniaques*
Jean-Marc Dhainaut	*Les Galeries hurlantes*
Jean-Marc Dhainaut	*Les Prières de sang*
Jean-Marc Dhainaut	*La Maison bleu horizon*

Cet ouvrage a été imprimé par

Novoprint

Achevé d'imprimer en août 2023

Taurnada Éditions
38, chemin du Candéou
06530 Peymeinade

www.taurnada.fr

Dépôt légal : septembre 2023
ISBN : 978-2-37258-121-9

Imprimé en Espagne